KB076853

Arsène Lupin

19

La Cagliostro
se venge

아르센 뤼팽 전집 19
칼리오스트로 백작부인의 복수

1판 1쇄 펴냄 2016년 2월 25일
1판 3쇄 펴냄 2021년 4월 13일

지은이   모리스 르블랑
옮긴이   바른번역
감수   장경현, 나혁진
펴낸이   하진석
펴낸곳   코너스톤
주소   서울시 마포구 독막로 3길 51
전화   02-518-3919
ISBN   979-11-85546-82-7 04860

아르센 뤼팽
전집

19

A r s è n e   L u p i n

칼리오스트로
백작부인의 복수

모리스 르블랑 지음   바른번역 옮김
장경현, 나혁진 감수

코너스톤
Cornerstone

차례

아르센 뤼팽의 서문

본 지면을 빌어 나의 연대기 작가가 쓴 일련의 모험 이야기가 사실과 별반 다르지 않다는 것을 밝히고 그 노력에 감사하다는 말을 전하고 싶다. 그러나 동시에 나의 모험 이야기가 전개되는 방식에는 다소 아쉬움도 있음을 전하고 싶다.

실제 모험담을 대중의 입맛에 맞게 각색하는 방법은 매우 많다. 아마도 나와 관련된 모험 이야기를 가장 효과적으로 전달할 방법을 찾다 보니 나를 돋보이게 하여 중요한 인물로 묘사한 것인지도 모르겠다. 또한 연대기 작가는 내가 어쩔 수 없이 상황에 얽히고 적들에게 당하거나 친애하는 경찰 나리들에게 냉대받은 적 있는 여러 에피소드를 그리 중요하게 다루지 않았으며, 사실을 왜곡하지는 않았지만 이야기를 적당히 각색하고 전개하는 과정에서 어느 정도 과장하기도 했다. 그 결과 나는 겸손함을 갖기가 점점 힘들게 되었다.

이런 식의 이야기 방식에 동의하지는 않는다. 누군가 이런 이야기를 한 적이 있다. '한계를 알고 그 한계를 사랑해야 한다.' 나 역시 내가 지닌 한계를 알고 있으며 그 한계를 느낀다는 것에 오히려 뿌듯함을 느낀다. 초인간적이고 비정상적이며 지나치게 균형에서 벗어나는 것은 매우 싫어한다. 지금의 나로 충분하다. 그 이상 넘어가면 내 모습이 어색하고 괴상하게 보일 것이다. 그리고 내 약점

중의 하나는 내 자신이 우습게 보이는 것을 매우 두려워한다는 것이다.

지금 내가 처한 상황 역시 그런 것이 문제가 되었다. 여기에 짧은 서문을 쓰게 된 이유도 그래서다. 대중에게 비춰지는 나의 모습은 언제나 짜증을 불러일으킬 정도로, 지나치게 사랑에만 몰두하는 것으로 묘사되고 있다. 물론 내가 감수성이 예민하고 길모퉁이를 돌 때마다 생각지 못한 순간들을 만나게 되지 않을까 늘 기대하고 있는 것은 사실이다. 또한 여성들도 대체로 내게 호의적이고 친절하게 나온다는 것도 사실이다. 감미로운 추억들도 있고 다른 남자 같으면 당장에 우쭐대며 자랑했을 정도로 내 앞에서 맥을 못 추던 여성들도 있었다. 하지만 그렇다고 해서 나를 돈 후안이나 매력 넘치는 난봉꾼으로 묘사하는 것은 싫다. 솔직히 여성들에게 차갑게 거절당한 적도 있기 때문이다. 나보다 못한 남자를 택한 여성들도 있었다. 모욕감을 느껴본 적도 많고 배신도 많이 당해봤다. 이해가 가지 않는 패배의 경험이긴 하지만 가식 없는 진짜 나의 모습을 바란다면 알고 넘어가야 할 일화들이다.

그렇기 때문에 지금 전개되는 나의 모험담이 왜곡이나 두리뭉실한 부분 없이 있는 그대로 소개되길 바란다. 이번에 나는 완벽한 인간으로 묘사되지 않을 것이다. 내 가슴이 이성을 넘어 사랑의 고뇌를 호소하지도 않을 것이며, 여자를 유혹하는 나의 능력도 안타까울 정도로 좌절을 맛보게 될 것이다. 그동안 뛰어난 능력을 갖고 승승장구하기만 하던 내 모습에 거부감을 느낀 사람들이 있다면 이번 모험담에 등장하는 나에 대해서는 좀 더 친근한 눈으로 바라볼 수 있을 것이다.

한마디만 더 하겠다. 스무 살, 내 청춘 시절에 뜨거운 열정을 바친 조제핀 발사모…. 18세기의 유명한 사기꾼인 칼리오스트로 백작의 딸이라 자신을 소개하며, 아버지로부터 영원한 젊음을 유지하는 비법을 배웠다고 거짓말하던 그 여성은 이번 모험담에는 등장하지 않는다. 그녀가 등장하지 않는 것은 어떤 이유가 있어서이며, 자연히 독자는 그 이유를 무척이나 궁금해하고 열광할 것이다. 사랑과 증오가 얽히고 복수에 대한 다짐이 솟아나는 이번 이야기에는 그녀의 이미지가 비극적인 그림자를 드리우고 있다. 그러니 이 책의 제목으로나마 그녀의 존재를 떠올릴 수밖에 없지 않겠는가?

제1부

두 번째 비극적 사건

Arsène
Lupin

1
전투의 흔적을 따라서

쌀쌀한 공기가 뜨거운 햇살 속에 녹아드는 1월의 아름다운 아침은 삶에 가장 생기 넘치는 흥분을 안겨주는 원천이다. 추운 겨울 속에서도 인간은 봄의 숨결을 예감하기 시작한다. 낮 시간이 점점 더 길어진다. 새해의 젊은 기운이 사람의 기분을 더욱 젊어지게 한다. 그날 오전 11시경에 아르센 뤼팽도 이러한 기분을 느끼며 한가로이 큰길을 산책하고 있었다.

뤼팽은 마치 체조라도 하듯이 발꿈치를 들썩이며 유연하게 걸었다. 왼발을 내디딜 때마다 가슴 속 깊이 들이마시는 공기가 벌써 당당하게 부풀어 오른 가슴을 더욱 부풀게 했다.

고개가 가볍게 뒤로 젖혀졌고 허리는 잘록했다. 외투는 이미 벗은 채였다. 한여름에 입는 간편한 회색 복장에 겨드랑이에는 펠트 모자를 끼고 있었다.

지나가는 사람들, 특히 조금이라도 얼굴이 예쁜 여성들을 보며 살짝 미소를 짓는 뤼팽의 얼굴에는 나이 쉰을 향해 가는 남자의 여유로운 표정이 깃들어 있었다. 그러나 뒷모습이나 멀리 떨어져서 본 모습은 호리호리한 몸매에 아주 말쑥하고 풍채가 탄탄해서 스물다섯 살도 되지 않은 청년처럼 보였다.

뤼팽은 거울 앞에서 자신의 우아한 몸을 감상하며 속으로 중얼거렸다.

'아, 여전하군! 아직도 젊은이들에게 부러움을 살 만해!'

어쨌든 이 남자의 넘치는 활력과 자신감, 균형 잡힌 신체, 건강한 정신, 당당한 뱃심과 양심은 모두의 부러움을 사기에 충분했다. 뤼팽 정도라면 고개를 치켜들고 당당히 걸을 수 있으리라.

뤼팽에 대해 주목해야 할 사실이 또 있다. 그의 지갑은 두둑하고 바지 뒷주머니에는 서로 다른 은행에서 서로 다른 이름으로 사용할 수 있는 수표책이 들어 있으며, 강바닥이든 알 수 없는 동굴이든 접근할 수 없는 암벽의 틈새든, 금괴와 보석 자루들이 가득한 난공불락의 은신처들이 프랑스 전역에 널려 있다는 것이다.

뿐만 아니라 전 세계 어디서나 통하는 뤼팽의 신용에 대해서는 더 이상 말할 필요도 없다. 라울 드 리메지, 라울 다브낙, 라울 데느리스, 라울 다베르니 등 라울이라는 이름에 붙는 무난한 시골 귀족의 성은 어디서나 통하는 힘을 이미 가지고 있었다. 그런 뤼팽이 데 프로뱅스 은행 앞을 지나고 있었다. 라울 다베르니라는 이름으로 이 은행에 거액의 수표 한 장을 예치하려는 참이었다. 뤼팽은 은행 안으로 들어가 거래를 했고 이어서 건물 아래층으로 내려가 장부에 서명을 한 뒤, 서류 몇 가지를 챙기기 위해 전용 금고로 갔다.

필요한 서류를 고르던 뤼팽의 눈에 그리 멀지 않은 곳에 있는 한 신사가 들어왔다. 나이 든 시골 공증인처럼 보이는 상복 차림의 그 신사는 금고에서 깔끔한 봉투 꾸러미를 몇 개 집어 들어 끈을 잘라 열더니, 1000프랑짜리 지폐가 열 장씩 묶인 다 발을 천천히 세고 있었다.

심한 근시인지 불안한 눈으로 주변을 가끔 살폈지만 아르센 뤼팽이 자신의 행동을 하나하나 관찰하고 있다는 것은 전혀 눈 치채지 못했다. 신사는 80~90만 프랑의 금액을 천천히, 모로 코가죽으로 만든 서류 가방 속에 차곡차곡 담았다.

뤼팽은 그 신사와 동시에 돈의 액수를 속으로 세면서 이렇게 중얼댔다.

'연금 생활자처럼 보이는 저 남자는 지금 뭘 하고 있는 거지? 은행 수금원인가? 아니면 회계원? 그것도 아니면 세무서에게 들키지 않으려고 이미 감춰둔 돈다발을 완전히 빼돌리려는 파렴치한 인간인 건가? 저런 인간들은 질색이야… 나라를 속이다니… 치사한 놈!'

남자는 작업을 마치고 모로코가죽 서류 가방을 닫은 후 조심스럽게 버클을 잠갔다.

그리고 계단을 오르며 점점 멀어져 갔다.

뤼팽은 남자의 뒤를 따라가기 시작했다. 아무리 양심적인 사람이라 한들 100만 프랑에 가까운 현금을 갖고 가는 사람의 뒤를 따라가고 싶은 욕망이 없겠는가! 그 정도의 돈이면 냄새만으로도 훌륭한 사냥개들을 따라붙게 만들기 충분했다. 뤼팽만큼 잘 훈련된 사냥개가 있을까? 뤼팽이야말로 한번 포착한 냄새는 절대로 놓치는 법이 없는, 후각이 발달할 대로 발달한 사냥개였다. 뤼팽은 먹잇감인 남자를 바짝 따라붙었다. 다른 사람의 시선을 끌어선 안 되기에 조심스럽게 걸었지만 속마음은 기쁨으로 잔뜩 들떠 있었다. 특별한 계획은 없었다. 특별한 저의도 없었다. 사실, 나무랄 데 없는 양심과 어마어마한 보물을 가지고 있는 뤼팽 같은 사람에게 남자가 가진 돈다발이 무슨 의미가 있을까?

남자는 르 아브르 거리의 제과점에 들어가서 과자 한 봉지를 사서는 생 라자르 역 쪽으로 향했다.

뤼팽은 속으로 생각했다.

'이런! 기차를 타려는 건가? 날 어디까지 끌고 갈 셈인 거야?'

남자는 기차를 탔다. 별로 내키지는 않았지만 뤼팽도 기차에 올랐고, 승객들이 가득한 기다란 객실에 앉아 생제르맹 노선을 달렸다. 남자는 마치 아기를 안은 어머니처럼 모로코가죽 서류가방을 꽉 껴안고 있었다.

기차가 샤투라는 도시를 지나 르 베지네 역에 도착하자 남자가 내렸다. 다행히 자신의 마음에 쏙 드는 장소라 뤼팽은 기뻤다.

파리에서 12킬로미터 떨어진 거리, 센 강의 만곡으로 둘러싸인 듯한 르 베지네. 잔잔한 호수를 중심으로 하여 울창한 숲과 화려한 별장 및 녹지가 멋지게 어우러진 넉넉한 도로망이 있으며, 이주 및 시공에 대한 엄격한 지역권을 보장하는 곳이었다. 이날 아침은 전날 밤 내린 서리로 인해 남아 있는 이슬이 나뭇가지마다 맺힌 채 햇빛을 받아 반짝이고 있었다. 단단한 바닥은 걸을 때마다 경쾌한 소리를 냈다. 이웃의 재산을 잘 지켜보는 것 외에 다른 걱정 없이 걷는 기쁨이라니!

외곽 도로에 둘러싸인 예쁜 집들이 호수보다 조금 작고 소박한 연못가에 줄지어 있었다. 연못의 기슭도 일정한 구획씩 각 별장의 정원에 속해 있었다.

남자는 **로즈레** 앞을 지났고 **오랑주리** 앞을 지나 **클레마티트**라는 이름의 별장 문고리를 들어 올렸다.

뤼팽은 남자에게 들키지 않으려고 거리를 두면서 계속 걸었다. 잠시 후 문이 열리더니 젊은 여자 둘이 반갑게 뛰어나왔다.

"늦으셨네요, 삼촌! 점심 식사는 차려놓았어요. 저희 주려고 뭘 사 오신 거예요?"

뤼팽은 이 장면에 정신이 팔렸다. 과자를 사 주는 삼촌을 따뜻하게 맞이하는 두 조카들, 세월의 흔적이 느껴지는 약간 낮은 집…. 모든 것이 마음에 들었다. 저 화기애애한 분위기 속으로 들어가 끈끈한 가족의 정을 흠뻑 느낄 수 있다면 정말로 기분이 좋을 것 같았다.

500미터를 더 가자 큰 호수가 보였다. 호수에는 목제 다리로 연결된 섬이 있어 그림처럼 아름다웠다. 그곳에는 사람들이 식사를 즐기는 멋진 레스토랑이 있었고, 뤼팽도 같은 곳에서 코스 요리를 실컷 먹었다. 식사를 끝낸 뒤에는 호수 주변을 산책하며 겨울에는 대부분 문을 열지 않는 멋진 별장들을 죽 둘러보았다.

그런데 그중 하나가 뤼팽의 시선을 사로잡았다. 특별히 쾌적하다거나 멋진 정원을 갖추고 있어서가 아니라 철책으로 된 문에 걸린 표지판의 내용 때문이었다.

'**클레르 로지**. 분양 가능. 방문 문의 환영. 그 외 궁금한 점은

클레마티트 별장에 문의 바람.'

클레마티트! 아까 '삼촌'이라 불리던 남자가 점심을 먹으러 들어간 그 별장 아니던가! 정말로 운명이 짓궂은 장난을 치고 있었다. 현금이 가득 든 가죽 가방과 **클레르 로지**를 어떻게 서로 연결하지 않을 수 있겠는가?

철책 문 양쪽으로 두 개의 별채가 자리하고 있었는데, 그중 오른쪽에 정원사가 살고 있었다. 뤼팽은 초인종을 눌렀고 곧바로 건물 안으로 안내되었다. 첫인상은 매우 좋았다. 너무 낡아서 허물어질 것 같은 부분도 있었으나 전체적으로는 공간 배분이 잘 되어 있었기 때문에 보수만 잘하면 꽤 멋진 별장이 될 것 같았다.

뤼팽이 생각했다.

'그래, 이거야… 내게 필요한 거지. 파리 근교에서 머물며 주말을 보낼 수 있는 곳이 필요했잖아. 다른 건 필요 없지!'

횡재도 이런 횡재가 없었다! 기막힌 우연의 일치였다. 매우 이상적인 거처를 발견한 것도 행운인데, 심지어 지갑을 열 필요도 없이 이곳을 손에 넣을 수 있다. 모로코가죽 가방도 이 집을 얻을 수 있게 해줄 존재가 아니던가! 모든 것이 이렇게 착착 맞아떨어질 수가 없었다!

그로부터 5분 후, 뤼팽은 자신의 명함을 건넸다. 이번에는 라울 다베르니로 변신한 뤼팽. 라울 다베르니는 곧장 필립 가브렐의 안내를 받아 1층에 있는 탁 트인 응접실로 안내받았다. 가브렐은 이미 그곳에 나와 있는 예쁜 두 조카를 소개했다.

그러면서도 가브렐은 가죽끈으로 단단히 묶은 모로코가죽

가방을 겨드랑이에 꼭 끼고 있었다. 점심 식사도 그 상태로 서둘러 먹었을 것 같았다.

뤼팽은 이곳에 온 목적을 밝혔다. 바로 **클레르 로지**를 사겠다고 한 것이다. 필립 가브렐은 조건에 대해 설명했다.

뤼팽은 잠시 생각에 잠겼고 자매 사이인 두 조카를 바라봤다. 어느 틈엔가 언니 쪽이 약혼자라고 소개한 젊은 남자가 나타나 셋이서 즐겁게 웃고 있었다. 그 모습이 왠지 거슬렸다. 언제나 양심적인 뤼팽은 꽤 저렴하게 이 별장을 사게 되면 저 자매에게 어느 정도 해를 끼치게 될지 생각했다.

마침내 뤼팽은 결정을 내리기 전까지 48시간의 여유를 달라고 부탁했다.

가브렐이 대답했다.

"알겠습니다. 하지만 이제부터는 제 공증인과 이야기를 나누셔야 할 것 같습니다. 조금 있다가 남프랑스에 가야 해서요."

그러면서 가브렐은 여덟 달 전에 홀아비가 되었고, 아들이 한 명 있는데 이번에 니스에서 결혼식을 올리게 되어 결혼식에 참석도 할 겸, 올해는 신혼부부가 된 아들 내외 곁에서 어느 정도 시간을 보낼 것이라고 설명했다.

"원래 제가 사는 곳은 여기, 조카들의 집이 아닙니다. 옆에 있는 **오랑주리** 별장에 머물죠. 정원 두 개가 하나로 붙어 있습니다. 집은 쾌적합니다. 그러나 지금은 덧문까지 모두 닫혀 있어서 어느 정도로 쾌적한지 감을 잡기가 힘들 겁니다."

뤼팽은 한 시간 동안 머물면서 두 젊은 여자들을 즐겁게 해줄 이런저런 이야기와 모험담을 들려주었고, 그러면서도 필립 가브렐을 흘끗 보며 관찰했다.

뤼팽과 가브렐 일행은 **클레마티트** 정원과 **오랑주리** 정원을 산책했다. 필립 가브렐은 서류 가방을 여전히 겨드랑이에 낀 채 하인에게 지시를 내렸다. 그는 하인에게 여행용 가방과 짐을 자동차에 챙기게 한 후 먼저 리옹 역으로 출발시켰다.

조카 한 명이 물었다.

"삼촌, 그 서류 가방도 가져가실 거예요?"

가브렐이 대답했다.

"당연히 아니지. 파리에서 가져온 별로 중요할 것 없는 사업 서류인데 집에 놔둬야지."

정말로 가브렐은 집 안으로 들어갔다가 20분 후에 다시 나왔다. 더 이상 겨드랑이에 서류 가방을 끼고 있지도 않았고 어느 호주머니도 돈다발이 들어가 있을 법하게 불룩하지 않았다.

'집 안에다가 숨긴 거야. 안심할 수 있는 은닉 장소가 있는 것 같군. 아내의 유산 처리와 관련해 세무 행정을 속이려는 교활한 늙은이일 수 있어. 저런 인간은 배려해줄 필요가 없지.'

뤼팽은 속으로 결정을 내리곤 이렇게 말했다.

"결정했습니다. 사도록 하죠."

"좋습니다."

별장 열쇠를 조카들에게 건네며 가브렐이 대답했다.

다 함께 자리에서 일어났다. 정말로 가브렐은 모로코가죽 서류 가방을 갖고 있지 않았다.

그로부터 2주 후, 뤼팽은 수표 한 장에 서명했다. 판매자에게 지불하는 선불금이었다. **클레르 로지**를 구입한 가격이야 **오랑**

주리 별장에 안전하게 보관되어 있는 1000프랑짜리 지폐 다발로 몇 배는 보상받을 수 있으리라 생각한 것이다. 뤼팽은 모로코가죽 서류 가방을 미리부터 찾지는 않았다. 그렇게 많은 지폐를 가진 사람이 안심하는 것으로 봐서는 그만큼 안전한 은닉처는 더 없을 것이다. 특히 가방 안에 무엇이 들었는지 아무도 모른다는 점이 은닉처의 안전함을 보장한다. 그러나 뤼팽은 가방 속 내용물이 무엇인지 알고 있었다.

먼저 **클레르 로지**를 수리하기 위해 적당한 건축가를 찾아야 했다. 마침 마음에 드는 건축가를 알게 되었다. 일전에 자신에게 도움을 준 적이 있고, 또 진짜 정체를 알고 있는 의사로부터 편지가 온 것이다. 사실 뤼팽은 누군가로 변장하든, 어디에 있든 먼저 이 의사에게 자신의 주소를 알리고 연락을 해오고 있었다. 들라트르 박사(《기암성》참조 - 옮긴이)의 편지 내용은 아래와 같았다.

친구에게
펠리시앵 샤를이라는 젊은 건축가를 흥미롭게 바라보고 있는데, 당신이 이 친구를 돌봐줄 수 있다면 정말로 기쁠 것 같습니다. 재능이 있는 젊은이인데… 기타 등등.

뤼팽은 이 젊은이를 불러들였다. 젊은이는 얌전하고 신중해 보였으며, 타인의 마음에 들고 싶어 하는 마음은 있으나 어떻게 해야 하는지 그 방법을 잘 모르는 듯했다. 예쁘장하게 생긴 얼굴에 스물일곱 내지 스물여덟 정도 되는 청년으로, 지적이고 예술적인 분위기가 흘렀다. 젊은이는 의뢰받은 사항을 모두 정확히 이해했고 **클레르 로지**의 전체 내장과 정원 정리까지 확실히 하겠다고 장담했다. 젊은이는 철책 문 왼쪽에 딸린 별채에서 머물기로 했다.

몇 달의 시간이 흘렀다.

그동안 뤼팽은 서너 차례 정도만 별장에 들렀다. 뤼팽은 펠리시앵 샤를을 두 자매에게 자연스럽게 소개했는데, 두 자매에게 일어나는 일을 항상 파악할 수 있도록 하기 위해서였다. 다행히 펠리시앵도 두 자매를 자주 찾아갔다. 언니가 심한 기관지염으로 결혼 날짜를 늦추고 있다는 것도 그를 통해 알게 된 사실이었다.

결혼식 날짜는 7월 9일로 정해졌다. 필립 가브렐도 결혼식에 분명 참석할 것이다. 그때 네덜란드를 여행 중이던 뤼팽은 적어도 결혼식 일주일 전에는 돌아가 목표한 은행권 다발을 가로채야겠다고 결심했다.

계획은 단순했다. 별장 두 채의 담장 사이에는 누구나 다닐 수 있는 통행로가 연못가까지 닿아 있었는데, 그 끝에 빈 보트를 정박하는 것이다. 그리고 적당한 밤을 정해 **오랑주리** 별장 정원까지 가서, 곧장 집 안으로 들어가기로 했다.

지폐 다발을 손에 넣으면 가죽으로 만든 서류 가방의 모양이 전과 똑같게 보이도록 잘 가다듬을 것이다. 가브렐은 결혼식에 와서 **오랑주리**가 아닌 자매들 집에서 24시간 동안만 지내기로 되어 있었다. 가브렐은 가방 안까지 살피지 않고도 가방이 제자리에 그대로 있다는 사실만으로 만족할 것이다. 가방 속 돈이 도난당했다는 사실은 10월에 다시 돌아와서야 알게 될 것이다.

하지만 뤼팽은 아침에 자동차를 타고 도착하자마자 그 전날, 비극으로 점철된 끔찍한 사건이 물결 잔잔한 평화로운 연못 기슭을 덮쳤다는 사실을 알게 되었다….

2
살인 사건

  우선 확실히 밝혀둘 것이 있다. 비극적인 사건이 12시간 정도에 걸쳐 일어나기 전까지 두 명의 젊은 여자와 두 명의 젊은 남자들은 앞으로 어떤 일이 일어날지 상상도 하지 못한 채, **클레마티트** 별장의 편안하고 화기애애한 분위기 속에서 점심 식사를 하고 있었다는 것이다. 폭풍우는 언제나 전조가 되는 징후를 보이지 않는 법이다. 이번 사건도 끔찍한 희생자가 될 사람들은 그 어떤 불안감도 느끼지 못했다. 그야말로 맑은 하늘에 갑자기 불어닥친 폭풍우 같은 사건이었다.

  모두 다음 날 계획, 다음 주 계획처럼 곧 있을 일들에 대해 이야기하며 즐겁게 시간을 보내고 있었다. 가브렐 자매는 태어날 때부터 돌봐준 나이 든 가정교사 아멜리와 그녀의 남편이자 하인인 에두아르의 보살핌을 받으며 부모가 돌아가신 이후, 그러니까 7~8년 전부터 계속 **클레마티트**에 살고 있었다.

  자매 중 언니인 엘리자벳은 키가 크고 금발 머리에 마치 회복 중인 환자처럼 얼굴이 창백했지만 소박한 매력을 품고 있었다. 엘리자벳은 주로 약혼자인 제롬 엘마와 이야기를 주고받았다. 잘생긴 제롬은 일자리는 없는 처지였지만 돌아가신 어머니가 살았던 집을 파리행 국도변, 베지네 인구 밀집 지역에 보유하고 있었다. 약혼을 하기 전 제롬과 엘리자벳은 평범한 이성 친구 사이였다. 그는 엘리자벳의 동생인 롤랑드를 먼저 알았고, 그녀와는 어릴 때부터 알고 지내서 서로 편하게 말을 놓는 사이였다. 평소에도 제롬은 **클레마티트**에서 식사를 하곤 했다.

롤랑드는 언니 엘리자벳과 나이 차이가 많이 났다. 롤랑드는 언니보다 표정도 풍부하고 미인이었으며, 열정적이면서도 비밀스러운 매력을 품고 있었다. 따라서 펠리시앵 샤를이 롤랑드에게 끌리는 것은 당연한 일이었다. 펠리시앵은 롤랑드를 노골적으로 쳐다볼 수 없어 흘끔흘끔 몰래 보며 관찰했다. 하지만 정말로 펠리시앵이 롤랑드에게 빠진 것일까? 롤랑드조차도 확신할 수가 없었다. 펠리시앵은 어딘가 믿음이 잘 가지 않았고 속마음을 잘 이야기하지 않는 유형이라, 평범한 사람들처럼 생각하고 느끼긴 하는지 궁금할 정도였다.

식사가 끝나자 네 젊은이들은 넓은 응접실로 자리를 옮겼다. 공간은 넓은 편이었지만 가구, 골동품, 책들의 배치 상태로 인해 매우 아늑하고 편안한 느낌을 주었다. 또한 매우 큰 영국식 창문들이 활짝 열려 있어서 연못과 별장 사이의 좁은 잔디밭이 잘 보였다. 일렁임 하나 없는 연못 위로 우거진 나무들이 가지를 길게 늘이고 있어서, 연못을 거울 삼아 자신의 모습을 보는 것 같은 모양이었다. 창문으로 고개를 내밀면 오른쪽으로 60미터 정도 떨어진 곳에 또 다른 건물 하나가 보였다. 필립 삼촌이 사는 **오랑주리** 별장이었다. 두 정원의 경계는 낮은 울타리로 표시되어 있을 뿐이었고 잔디밭은 연못의 기슭을 따라 죽 이어져 있었다.

엘리자벳과 롤랑드는 한참 동안 손을 붙잡고 있었다. 매우 다정한 자매 사이로 보였고, 특히 롤랑드가 언니를 걱정하고 관심을 갖는 것 같았다. 약하디 약한 엘리자벳의 건강 상태 때문에 롤랑드는 늘 주의를 기울이고 있었다.

언니를 약혼자에게 맡긴 롤랑드는 피아노 앞에 앉아 펠리시앵 샤를에게 옆으로 오라고 말했다. 처음에 펠리시앵은 자리를 피하려고 핑계를 댔다.

"미안하지만 오늘은 점심 식사가 꽤 늦었습니다. 하지만 제가 일을 해야 할 시간은 매일 일정하게 정해져 있어서…."

"하지만 일은 당신 마음대로 조정할 수 있는 거 아니었나요?"

"그렇기 때문에 오히려 정확하게 시간을 지키려고 하는 겁니다. 더구나 다베르니 씨가 내일 새벽쯤에 여기에 오기로 되어 있거든요. 밤새 자동차를 몰고 온다고 하더군요."

"그분을 다시 보게 되다니 정말 기뻐요. 호감이 가고 흥미로운 분이죠!"

"그렇다면 그분을 만족시키고 싶어 하는 제 기분도 이해하시겠군요."

"그래도 롤랑드 옆에 앉아보세요… 30초만이라도…."

펠리시앵은 앉았지만 아무 말도 하지 않았다.

"말 좀 해보세요."

롤랑드가 보챘다.

"이야기를 하라는 겁니까, 아니면 연주를 들으라는 겁니까?"

"둘 다요."

"아가씨가 연주를 하지 않아야 제가 이야기를 할 수 있는 것 아닐까요?"

하지만 롤랑드는 대답 대신 감미로운 곡을 계속 연주할 뿐이었다. 분위기가 어찌나 노골적인지 속마음을 고백하는 것 같았다. 펠리시앵에게 은근히 마음을 전하는 것일까? 이 남자의 마음을 열려고 하는 것일까? 하지만 펠리시앵은 계속 아무 말도 하지 않았다.

"이제 가보세요!"

롤랑드가 명령하듯이 말했다.

"가다뇨…? 왜죠?"

"오늘은 충분히 이야기를 한 것 같아서요."

롤랑드가 농담하듯이 대답했다.

펠리시앵은 잠시 어리둥절해 쭈뼛거렸지만 롤랑드가 다시 같은 말을 명령하듯 말하자 자리를 떴다.

롤랑드는 가볍게 어깨를 으쓱하고는 엘리자벳과 제롬을 바라보며 피아노 연주를 계속했다. 엘리자벳과 제롬은 서로 붙어서 나지막한 목소리로 이야기를 나누고 있었다. 롤랑드가 연주하는 감미로운 음악이 두 연인을 부드럽게 감싸며 더 가까이 다가가게 만들었다. 그렇게 20분이 흘렀다.

엘리자벳이 일어나며 말했다.

"제롬, 이제 평소처럼 산책할 시간이에요. 나뭇가지 사이를 헤치며 연못의 수면 위를 배로 지나가면 정말 멋질 것 같아요."

"엘리자벳, 괜찮겠어요? 아직은 몸이 완전히 회복되지 않았잖아요?"

"아뇨, 정말 괜찮아요! 바깥바람을 쐬어야 휴식도 할 수 있고 건강에도 좋을 거예요!"

"하지만…."

"어쨌든 괜찮아요, 사랑하는 제롬. 배를 찾아서 잔디밭 앞으로 가져올 테니 여기에 그대로 있어요, 제롬…."

엘리자벳은 여느 때와 마찬가지로 자기 방으로 올라가 개폐식 책상을 열고는, 언제나 하던 대로 일기장에 글을 썼다. 이날 쓴 일기는 훗날 그녀가 마지막으로 남기는 글이 되고 말았지만 말이다.

오늘 제롬은 뭔가 생각에 잠긴 듯 멍하게 있었다. 나는 무슨 일이냐고 물었지만 제롬은 아무것도 아니라고 했다. 내가 계속 묻자 여전히 같은 대답을 하긴 했지만 좀 더 애매모호하게 말을 흐렸다.

"아무것도 아니에요, 엘리자벳, 문제가 있을 수 있겠습니까? 우린 곧 결혼할 거고 1년 전부터 품어 온 꿈이 이루어질 텐데요. 하지만…."

"하지만 뭐죠?"

"미래가 불안해요. 난 부자도 아니고, 서른이 다 되어 가지만 변변한 일자리도 없는걸요."

나는 제롬의 입술에 손을 살짝 갖다 대고 미소 지었다.

"내가 부자잖아요… 물론 호화롭게 살 수 있을 정도는 아니지만… 당신도 호화로운 생활을 바라는 것은 아니잖아요?"

"엘리자벳, 당신을 생각하면 욕심이 납니다. 나 혼자라면 욕심 가질 일도 없지만…"

나는 웃으면서 대답했다.

"나도 다르지 않아요, 제롬! 작은 것으로도 충분히 만족할 수 있다고요. 마음만 행복하면 더 이상 바랄 것이 없죠. 그래서 말인데… 우리끼리 여기서 조용히 살면 안 될까요? 또 알아요? 마음 착한 요정이 언젠가 우리에게 보물을 안겨줄지도…"

"아! 그런 보물은 관심 없습니다!"

"어머! 하지만 우리에게 진짜 보물이 있긴 해요, 제롬… 언젠가 내가 이야기한 적이 있죠? 우리 부모님의 먼 친척이 한 분 계신데 오랜 세월 만나지도, 연락하지도 않았지만 우릴 무척이나 아껴주시는 분이죠… 가정교사인 아멜리가 어느 날 이런 말을 해주었어요. '엘리자벳 아가씨, 앞으로 큰 부자가 되실 거예요. 먼 친척분 되시는 조르주 뒤그리발 씨가 전 재산을 아가씨에게 물려줄 것 같아요. 지금 편찮으시거든요.' 내 말 알겠어요, 제롬?"

그러자 제롬은 이렇게 속삭였다.

"돈… 돈… 나쁜 건 아니지만 내가 원하는 건 일자리입니다. 내가 당신을 위해 바라는 것은… 당신에게 떳떳한 남편이 되는 거니까요."

그리고 제롬은 더 이상 아무 말도 하지 않았다. 하지만 나는 미소 짓고 있었다. 제롬… 내 사랑 제롬, 우리가 서로 사랑하는데 미래를 걱정할 이유가 있을까?

엘리자벳은 여기까지 쓰고 펜을 내려놓았다. 매일 습관적으로 쓰는 일기로, 이날은 여기까지 쓴 것이었다. 엘리자벳은 얼굴에 생기가 돌도록 발그스름하게 분을 바르며 얼른 단장하기 시작했다. 어머니로부터 물려받은 후 늘 차고 다니는 아름다운 진주 목걸이 걸쇠가 단단한지 마지막으로 점검한 후, 엘리자벳은 필립 삼촌의 정원으로 달려갔다. 그러곤 3단짜리 나무 계단을 내려가 근처에 매어둔 보트로 다가갔다.

한편, 제롬은 엘리자벳이 자리를 뜬 후에도 꼼짝하지 않은 채 롤랑드가 즉흥적으로 연주하는 곡을 무심히 듣고 있었다.

갑자기 롤랑드가 연주를 중단하고 물었다.

"난 기분이 정말 좋아. 당신은?"

"나도."

"그나저나 엘리자벳 언니는 정말 훌륭하지 않아? 미래의 아내가 될 우리 언니는 얼마나 고상하고 마음 착한 여성인지! 하긴 제롬, 당신도 이미 알고 있겠지…."

롤랑드는 다시 자세를 바로 하며 건반을 바라보고는 커다란 행복을 표현하는 행진곡을 열정적으로 연주하기 시작했다.

하지만 얼마 지나지 않아 연주가 끊겼다.

"누가 비명을 지른 것 같아… 무슨 소리 안 들렸어, 제롬?"

두 사람은 귀를 기울였다.

고요한 연못과 잔디밭에서는 정적만이 흐르고 있었다. 롤랑드가 잘못 들은 것일 수도 있었다. 롤랑드는 다시 손가락을 펼쳐 승리와 기쁨의 곡을 열심히 연주했다.

하지만 롤랑드가 갑자기 자리에서 벌떡 일어났다.

다시 어디선가 비명이 들렸는데 잘못 들은 것이 아니라는 생각이 들었다.

"엘리자벳…."

롤랑드는 창문 쪽으로 비틀거리며 다가갔다.

그리고 목이 멘 소리로 이렇게 외쳤다.

"도와줘요!"

제롬이 얼른 롤랑드 곁으로 달려왔다.

제롬이 고개를 내밀어 내다보자, 연못으로 내려가는 기슭의 계단께에 어떤 남자가 엘리자벳의 목을 잡고 있는 듯한 모습이 보였다. 여자의 몸은 축 늘어져 있고 두 다리는 물속에 잠겨 있었다. 제롬도 비명을 질렀다. 제롬은 저 멀리 잔디밭을 향해 달려가는 롤랑드를 당장이라도 따라갈 듯한 태세를 갖췄다.

바로 그때 낯선 남자가 홱 돌아봤다. 남자는 엘리자벳을 내팽개치고 무엇인가를 줍더니 **오랑주리** 정원을 지나 달아나기 시작했다.

제롬은 생각을 바꿨다. 옆방으로 달려간 그는 두 자매가 자주 사용하던 장전된 총을 들고 나와, 정원을 굽어보는 현관 앞 계단에 우뚝 섰다.

낯선 남자는 현관을 벗어나 별장 건물 바로 앞까지 도망쳐, **오랑주리**의 텃밭으로 빠져나갈 채비를 하고 있었다. 순환도로와 연결된 길이 그곳으로 통해 있기 때문이다.

제롬은 총을 들어 목표물인 남자를 향해 겨누었다. 총성이 울렸다. 남자는 바로 쓰러져 꽃밭 위로 굴러떨어졌다. 남자는 몇 번 몸을 움직이려 했으나 이내 축 늘어졌다. 제롬은 얼른 약혼녀에게 달려갔다.

"살아 있어?"

제롬이 엘리자벳을 끌어안고 있는 롤랑드에게 다가가 물었다.

"심장이 더 이상 뛰지 않아…."

롤랑드가 흐느끼며 대답했다.

"안 돼! 그럴 리가 없어! 말도 안 돼! 살려낼 수 있을 거야…."

제롬이 큰 소리로 외쳤다.

제롬은 축 늘어진 엘리자벳을 얼른 안아 아직 살아 있는지 확인하려고 했으나, 그 전에 뭔가를 보고 놀라 이렇게 더듬거리며 말했다.

"이럴 수가, 목걸이가… 목걸이가 없어… 범인은 진주 목걸이를 빼앗으려고 목을 조른 거야… 이런… 죽었어…."

제롬은 늙은 하인 에두아르와 미친 듯이 달렸고, 롤랑드와 늙은 가정교사 아멜리는 엘리자벳의 시신을 지켰다. 총에 맞은 남자는 꽃밭에 엎드려 있었다. 총알이 견갑골 사이를 지나 심장을 관통한 듯했다.

제롬은 에두아르의 도움을 받아 남자의 몸을 뒤집었다. 쉰에서 쉰다섯 정도로 되어 보이는 남자로, 허름한 옷과 챙 모자 차림이었고 창백한 얼굴을 헝클어진 잿빛 수염이 감싸고 있었다.

제롬은 남자의 옷부터 뒤졌다. 꼬질꼬질한 지갑 속에 종이 몇 장이 쑤셔 넣어져 있었다. 그 중 종이 두 장에 이런 이름이 적혀 있었다.

'바르텔르미.'

한편 하인이 뒤진 남자의 윗도리 주머니에는 엘리자벳의 목에서 떼어낸 굵은 진주알 목걸이가 나왔다.

두 별장 주변에 있던 사람들도 총성과 비명 소리를 들었는지, 다들 몰려들어 담장 위를 기웃거리거나 철책 문을 열고 들어와 **클레마티트** 별장 문 앞에서 초인종을 눌렀다. 또한 샤투 경찰서와 군경 부대에 신고까지 해준 사람들도 있었다. 곧바로 수사가 진행되었고 구경꾼들의 접근은 차단되었다. 이렇게 초기 현장 확인 작업이 이루어졌다.

제롬 엘마는 약혼녀 엘리자벳의 시신 옆에 맥없이 늘어져서는, 주먹을 부르르 떨며 두 눈을 가리고 있었다. 엘리자벳의 시신이 집 안으로 옮겨질 때도 그는 그대로 주저앉아 꼼짝도 하지 않았다. 롤랑드는 있는 힘을 다해 엘리자벳의 시신에 웨딩드레스를 입히며 제롬을 불렀지만 역시 미동도 하지 않았다. 사랑했던 여인의 살아생전 아름다운 모습만 기억하고 싶었기에, 그때보다 덜 아름다운 지금의 이미지를 뇌리에 각인시키고 싶지 않아서였다.

펠리시앵 샤를은 비극적인 사건 소식을 듣고 달려왔으나, 롤랑드가 들어오지 못하게 하자 제롬을 설득해 조사 작업에 함께 참여했다. 펠리시앵은 들것에 눕혀진 범인의 시신 앞으로 제롬을 데려가 혹시 본 적 있는 사람인지를 물었고, 사건이 어떻게 일어났는지를 물었다. 하지만 제롬은 여전히 멍한 상태였다.

경찰들이 계속 질문을 하자 마침내 제롬은 도망치듯 응접실로 피했고, 마지막으로 엘리자벳과 함께 있었던 그 장소에서 한 발짝도 나오려 하지 않았다.

그날 저녁, 롤랑드는 엘리자벳의 방을 떠나려 하지 않았다. 제롬은 하인인 에두아르가 차려준 음식을 먹었고 피로가 몰려오자 완전히 곯아떨어졌다. 시간이 얼마나 지났을까? 눈을 뜬 제롬은 조용히 정원으로 나가 환한 달빛 아래를 거닐었고 이어서 잔디밭 위로 쓰러지듯 누워 축축한 풀과 꽃을 침대 삼아 눈을 감았다.

갑자기 빗방울이 떨어지는 바람에 집으로 들어오다 제롬은 계단 아래에서 절망감에 비틀거리는 롤랑드와 마주쳤다. 두 사람은 아무 말 없이 손을 잡았다. 이 세상에 고통만 존재하는 것 같았다. 제롬은 새벽 1시에 별장을 나갔다. 롤랑드는 다시 엘리자벳의 방으로 가 가정교사와 밤을 새웠다. 커다란 양초는 마치 뜨거운 눈물 같은 촛농을 떨어뜨렸다. 연못에서 불어오는 선선한 바람에 양초의 불길이 흔들렸다.

빗줄기가 굵어졌다. 또 얼마나 시간이 지났을까. 어느새 푸르스름한 하늘에는 몇 개 남지 않은 별빛만이 반짝이고 있었다. 주변을 떠도는 구름들은 마침내 햇빛을 받아 황금빛으로 빛났다.

바로 그때였다. 샤투로 통하는 샛길 양쪽의 언덕 너머에서 도로 공사를 하는 인부 한 명이 비에 젖은 제롬 엘마가 반쯤 기절한 채 신음 소리를 내고 있는 모습을 발견했다. 제롬의 옷깃에는 핏자국이 있었다.

잠시 후, 아침 이 시각쯤에는 사람이 잘 다니지 않는 길에서 우유 배달부가 부상당한 또 다른 사람을 발견했다. 가슴에 칼을 맞은 듯한 이 청년은 검은색 벨벳 바지와 역시 검은색 윗도리를 입고 흰색 반점이 있는 나비 넥타이를 매고 있었다. 예술 가처럼 보이는 남자로 어느 정도 체격이 있어 보였다.

　그런데 부상이 꽤 심한 것 같았다. 움직이지도 못한 채 숨은 겨우 붙어 있었고, 심장은 약하게 뛰고 있었다.

3
라울의 개입

평화롭던 베지네는 아침 내내 소란스러웠다. 경찰관과 사복 형사들이 왔다 갔다 하고, 자동차 엔진 소리가 시끄러웠고, 교통은 혼잡했으며, 신문기자와 사진사들이 정신없이 오갔다. 하루아침에 갑자기 어수선해진 것이다. 여기저기 서로를 부르는 소리, 언제 어디서 터져 나오는지 모를 정도로 곳곳에서 들리는 고함 소리로 온통 정신이 없었다.

유일하게 조용한 곳은 **클레마티트** 별장과 정원뿐이었다. 여기만큼은 접근 불가 장소였다. 경찰 소속이 아닌 사람은 절대 들어올 수 없었다. 단순히 구경하러 온 사람뿐만 아니라 신문기자도 마찬가지였다. 죽은 엘리자벳의 영혼과 롤랑드의 슬픔을 배려하기 위해 경찰들은 소리를 낮추어 말하고 있었다.

제롬 엘마가 갑자기 공격을 받고 부상을 당했다는 소식을 들은 롤랑드는 울음을 터뜨렸다.

"아, 불쌍한 언니… 불쌍한 엘리자벳…."

롤랑드는 부상을 입은 제롬을 근처 병원으로 데려가 치료를 받게 했다. 또 다른 부상자도 같은 병원에 실려와 있었다. 엘리자벳을 목 졸라 죽인 바르텔르미의 시신은 창고에 방치된 채, 공동묘지의 시체 안치소로 운반되길 기다리고 있었다.

오전 11시쯤, 예심판사 루슬랭은 검사보檢事補와 함께 정원의 안락의자에 앉아서 졸음을 참고 있었다. 그의 옆에는 구소 형사반장이 베지네에서 일어난 네 차례의 비극적 사건에 대해 이런저런 이야기를 하고 있었다.

루슬랭은 배와 엉덩이만 보일 정도로 땅딸했고 가끔씩 속이 편치 않은 소화불량을 앓고 있었다. 15년이나 이 지역의 예심판사로 있는 루슬랭은 야망 같은 것은 전혀 없는 소탈한 성격이었고, 좋아하는 낚시를 마음껏 할 수 있는 시골에 살기 위해 열심히 노력해왔다. 그러나 최근에 맡은 오르삭 성채 사건(모리스 르블랑의 소설《피 묻은 묵주》에 등장하는 사건 – 옮긴이)에서 치밀하고 통찰력 있는 수사 실력을 보여주면서 사람들의 주목을 받게 되었고, 본인의 뜻과 관계없이 파리 발령을 받은 상태였다. 검은색 알파카 털로 된 상의와 바짓단이 둘둘 말린 회색 바지를 보면 그가 옷차림에 얼마나 관심이 없는지를 알 수 있었다. 그러나 이런 겉모습에도 불구하고 루슬랭은 강한 정신력과 섬세한 성격을 지녔으며, 종종 행동이 개성 넘치다 못해 황당하다는 생각이 들 때도 있었다.

반면, 구소 형사반장은 실제 능력보다 과한 명성을 누리고 있었다. 구소 형사반장은 루슬랭의 졸음을 날려버릴 정도의 목소리로 이렇게 결론지었다.

"간단히 말하면 가브렐 양은 보트를 맨 쇠사슬을 풀기 위해 허리를 굽혔고, 바로 그 순간에 습격당했습니다. 충격이 너무

큰 나머지 물속까지 연결된 3단짜리 나무 계단이 부서질 정도
였습니다. 실제로 가브렐 양은 허리띠 위의 높이까지 물에 젖
어 있었죠. 약간의 몸싸움이 있었고 범인은 진주 목걸이를 빼
앗아 도망쳤습니다. 살인자의 두 다리도 물에 젖어 있었습니
다. 살인자의 시신은 의사들이 검시를 끝냈고, 지금은 창고에
보관되어 있으니 당장에라도 볼 수 있습니다. 바르텔르미라는
이름 외에는 어떤 단서도 없는 상태입니다. 얼굴과 옷을 보면
부랑자가 틀림없습니다. 도둑질을 하려다가 가브렐 양이 저항
하자 살인까지 한 것으로 보입니다. 그 이상은 알 수 없습니다."

구소 형사반장은 잠시 말을 멈췄고, 하고 싶은 말은 거리낌
없이 다 하는 사람이 느끼는 듯한 만족감에 취해 이렇게 말했
다.

"나머지 두 건의 사건에 대해서입니다. 제롬 엘마 씨는 도망
치려는 범인을 총으로 쏴서 쓰러뜨렸습니다. 우리가 유일하게
확인할 수 있는 부분입니다. 그런데 제롬이 침대에서 고통스러
워하면서 내뱉은 이야기들은 도무지 뭐가 뭔지 알 수 없습니
다. 우선, 제롬은 약혼녀를 살해한 범인이 처음 보는 인물이라
고 했습니다. 그리고 알 수 없는 사람에게 어둠 속에서 공격을
당했으며 어떤 이유로 공격을 받았는지도 모르겠다고 했습니
다. 또 다른 피해자는 신원은 물론, 어떤 이유로 공격을 받았는
지도 알려진 것이 없습니다. 다만 두 사건 모두 동일범에 의한
것일 수도 있다고 추정할 뿐입니다."

바로 그때 누군가 끼어들었다.

"하지만 형사반장님, 이런 가정도 해볼 수 있을 것 같습니다.

간밤의 사건이 범인 한 명과 두 피해자 사이의 일이라기보다는 두 사람 사이에서만 일어난 일이라고 말입니다… 그러니까 제롬 엘마 씨는 자신을 공격한 범인에게 부상을 입혔고, 그 범인은 부상을 입은 채 300~400미터를 겨우 가다가 쓰러져 발견된 것일지도 모른다는 거죠….”

갑자기 끼어들어 새로운 가설을 내놓는 남자의 말도 어느 정도 일리가 있어 보였다. 모두 이 낯선 남자 쪽으로 시선을 돌렸다. 누구지? 방금 **클레마티트** 별장 쪽으로 걸어 나와 구소 형사반장의 이야기를 듣고 있던 신사였다. 무슨 권리로 이 남자가 수사에 끼어드는 것일까?

형사반장은 자신의 가설이 다른 사람의 가설로 뒤집어졌다는 생각에 예민해졌다.

“댁은 누구입니까?”

“라울 다베르니라고 합니다. 저의 사유지는 여기서 별로 멀지 않은 호숫가에 있습니다. 지난 몇 주 동안 파리를 떠나 있다가 오늘 아침에 돌아왔고 별장 내부 공사를 맡은 젊은 건축가에게 사건 소식을 들었습니다. 펠리시앵 샤를은 가브렐 자매와 친구처럼 잘 아는 사이인데 어제 바로 여기서 같이 점심을 먹었다고 했습니다. 펠리시앵과 롤랑드 양을 한 시간 전쯤에 만나고 오는 길입니다. 그러고 나서 이곳 정원을 산책하려고 어슬렁거리다가 형사반장님의 뛰어난 추리를 우연히 듣게 되었습니다. 수사의 달인 같은 실력이시더군요.”

말은 이렇게 했지만 라울 다베르니의 얼굴에는 빈정거리는 미소가 어려 있었다. 구소 형사반장만 눈치채지 못했지만 다른 사람들은 라울 다베르니가 그를 놀리고 있다는 것을 눈치챘다. 구소 형사반장은 자신이 중요한 위치에 있다는 사실과 재능이 있는 존재라는 자부심에 가득 차 있어서 라울의 얼굴 표정에 담긴 의미까지는 읽지 못했다. 오히려 맨 마지막 말을 칭찬으로 해석하여 고개를 약간 숙여 감사의 인사를 전했다. 라울에게 호감을 느낀 형사반장은 그가 내놓은 의견에 다음과 같이 답변했다.

"그런 가정은 저도 해봤습니다. 제롬 엘마 씨에게도 그런 의견을 내놓았으니까요. 하지만 제롬 엘마 씨는 자신에게 무슨 무기가 있어서 범인에게 부상을 입혔겠냐고 반문했습니다. 그냥 맨주먹이나 발길질로 자신을 방어하려 했을 뿐이라고 하더군요. 제롬 엘마 씨가 이런 말을 했습니다. '놈의 얼굴을 주먹으로 때렸더니 바로 도망갔습니다. 저도 이미 부상을 당했고요'라고 말이죠. 확실한 답변 아니겠습니까? 그러니까…."

구소 형사반장이 미소를 지으며 말꼬리를 흐렸다.

이번에는 라울이 고개를 숙이며 말했다.

"맞는 말씀입니다."

예심판사 루슬랭은 라울이 꽤 믿을 만했는지 이렇게 물었다.

"저희에게 주실 또 다른 의견이 있다면 주저하지 말고 말씀해주시겠습니까?"

"대단한 것은 아닙니다… 혹시 사실을 왜곡할 수도 있고…."

"말해보십시오! 말해주십시오! 이 사건은 매우 복잡합니다. 조그만 정보라도 도움이 될 수 있죠. 또 다른 의견이 있다면 듣고 싶습니다…."

"알겠습니다. 우선, 엘리자벳 가브렐이 공격을 받을 때 나무 계단이 무너졌죠. 그래서 엘리자벳 가브렐은 물속에 빠진 겁니다. 그 무너진 계단을 직접 살펴봤습니다. 계단은 연못 속에 단단히 뿌리를 박은 나무 기둥 두 개가 받치고 있었습니다. 그런데 각 기둥의 4분의 3 정도 부분이 누군가에 의해 톱질이 되어, 한 번 밀치기만 해도 바로 무너지게 되어 있었습니다!"

갑자기 누군가 작은 소리로 탄성을 질렀다. 응접실에서 나온 롤랑드였다. 롤랑드는 펠리시앵 샤를의 부축을 받은 채 힘없이 서서 라울 다베르니의 말을 듣고 있었다.

"그럴 리가…."

롤랑드는 더듬거렸다.

구소 형사반장은 나무 계단까지 달려갔고 라울 다베르니가 둑 위에 다시 올려놓은 말뚝 하나를 가져오면서 말했다.

"틀림없군요. 최근에 잘린 흔적이 있어요."

롤랑드가 조심스레 반박했다.

"일주일 전부터, 언니는 매일 같은 시각에 보트를 가지러 그곳에 가곤 했어요. 범인이 그 사실을 알고 있었던 것일까요? 미리 준비를 했다는 건가요?"

라울은 고개를 저었다.

"그런 것 같지는 않습니다. 범인이 목걸이를 빼앗으려고 엘리자벳을 물속에 빠뜨리기까지 할 이유는 없었을 겁니다. 그냥 가볍게 때리고 2~3초 동안 몸싸움을 하는 것이 고작이었을 겁니다… 그런 뒤 범인은 도망쳤겠죠."

예심판사가 흥미를 보이며 물었다.

"그렇다면 함정을 판 또 다른 범인이 있다는 겁니까?"

"그렇다고 봅니다."

"누가요? 왜 함정을 만들었단 말입니까?"

"그건 모르죠."

루슬랭이 자신도 모르게 엷은 미소를 지었다.

"사건이 복잡하긴 하군요. 범인이 두 명일 가능성이 있고… 한 명은 계획만 세웠고 또 한 명은 실제 살인을 저질렀고요… 어쩌다 보니 살인을 하게 되었겠죠. 하지만 범인들이 어떻게 사유지에 들어왔을까요? 어디로 들어와 어디에 숨어 있었던 걸까요?"

라울이 손가락으로 가리키며 대답했다.

"저기입니다. 필립 가브렐 씨가 소유하고 있는 **오랑주리** 별장."

"저 별장 말입니까? 그럴 리가요. 잘 보십시오. 1층의 문과 창문은 모두 닫힌 채 덧문으로 단단히 막혀 있습니다."

하지만 라울은 개의치 않고 말했다.

"덧문은 튼튼하지만 전부 닫혀 있는 것은 아닙니다."

"계속해보십시오!"

"가장 오른쪽에 있는 유리문은 닫혀 있지 않습니다. 문짝 두 개가 안에서 억지로 열렸다가, 살짝 끌어당겨 놓아 맞물리게 닫은 상태입니다. 직접 확인해보시죠, 형사반장님."

"그것도 누군가 먼저 안에 들어가야 가능한 일 아닙니까? 안으로 어떻게 들어간 겁니까?"

루슬랭이 물었다.

"바깥쪽 길 맞은편 건물 정면에 있는 문을 통해 들어갔을 겁니다."

"위조 열쇠라도 있다는 겁니까?"

"그렇습니다."

"가브렐 양의 움직임을 감시하다가 공격하기 위해 저곳을 은신처로 삼은 것이란 말인가요? 기발하군요."

"예심판사님, 저도 나름의 의견이 있습니다… 일단 가브렐 씨가 올 때까지 기다리죠. 어제 롤랑드 양에게 전보를 받았을 테니 돌아올 겁니다. 지금 아들 부부와 칸에서 휴가를 보내고 있거든요. 이제 오실 때가 된 거죠, 롤랑드 양?"

"이미 도착하셨을 거예요."

롤랑드가 라울의 질문에 대답했다.

한참 동안 침묵이 흘렀다. 라울 다베르니의 권위는 이미 사람들을 압도하고 있었다. 그가 하는 이야기는 다소 무리가 있는 부분도 있었으나 거의 진실로 받아들여지고 있었다.

구소 형사반장은 **오랑주리** 별장 앞에 서서 유리문을 살펴봤다. 정말로 완전히 닫혀 있지는 않았다. 사법관들은 소리를 낮춰 수군거렸다. 롤랑드는 조용히 눈물을 흘렸고 펠리시앵은 롤랑드를 보는 건지 라울을 바라보는 것인지 모르겠으나 멍하게 있을 뿐이었다.

마침내 라울 다베르니가 다시 입을 열었다.

"예심판사님 말씀대로 사건은 복잡합니다. 아주 복잡하죠. 저는 이런 사건일수록 눈에 보이는 것을 그대로 보지 않고 일단 의심합니다. 문제를 단순하게 보려고 노력하는 거죠. 현실은 어느 정도 요약되기 때문입니다. 이렇게 여러 사건이 동시다발적으로 일어나기란 힘듭니다. 여러 사건이 그렇게 한꺼번에 일어나는 일은 없으니까요. 12시간 안에 범인이 은신하고, 익사 사고가 일어나고, 절도가 일어나고, 피해자가 목이 졸려 숨지고, 그리고 살인자가 죽고, 다른 두 건의 공격 사건이 더 있어서 두 사람이 목숨을 잃을 뻔한 거죠. 이 모두가 앞뒤가 맞지 않고 갑작스러우며 이상합니다. 아뇨, 이러기는 힘듭니다… 그래서…"

"그래서 뭐죠?"

"그래서 이런 생각을 할 수 있는 거죠. 동시다발로 일어난 여러 사건들의 중심이 되는 기준이 있다는 겁니다. 왼쪽에 있는 사건들과 오른쪽에 있는 사건들… 하나로 연결되어 있는 사건이 아니라 두 가지 다른 사건이 어느 단계에서 우연히 마주친 거죠. 만약 그렇다면 두 사건이 서로 꼬인 지점을 찾아서 그 지점부터 알아봐야 합니다."

루슬랭이 미소 지으며 물었다.

"오! 오! 왠지 환상의 영역 안으로 들어가는 느낌입니다. 그렇게 생각하는 근거라도 있습니까?"

"그런 건 없습니다. 하지만 증거보다 논리를 더 믿을 수 있을 때가 있습니다."

라울 다베르니는 이렇게 대답하곤 입을 다물었다.

모두 각자 나름대로 생각에 빠져 있을 때, **클레마티트** 별장 뒤로 자동차가 멈추는 소리가 들렸다. 롤랑드가 달려가 가브렐 삼촌을 맞았다.

두 사람은 엘리자벳의 시신이 안치된 방으로 올라갔다. 잠시 후 가브렐이 내려와 사법관들과 인사했다.

그들은 이런저런 설명을 했다. 라울 다베르니는 열린 별장의 문을 손으로 가리키며 말했다.

"가브렐 씨, 누군가 별장에 들어간 것 같습니다."

가브렐의 안색이 창백해졌다.

"누가요? 무슨 이유로요?"

"도둑이 든 거죠. 혹시 집 안에 귀중품을 남겨두지 않았습니까? 유가증권이라거나….”

가브렐은 비틀거렸다.

"귀중품? 유가증권? 안 돼… 그나저나 어떻게 안 거지? 안 돼! 그럴 리가 없어….”

가브렐은 미친 사람처럼 **오랑주리** 별장 쪽으로 달려갔다.

"아뇨… 나 혼자 가겠습니다… 아무도 따라오지 마십시오….”

가브렐은 **오랑주리** 별장 1층의 반쯤 열려진 문을 박차고 안으로 들어갔다.

2분의 시간이 흘렀다. 갑자기 비명 소리가 들렸다. 다시 몇 초의 시간이 지났다. 가브렐이 밖으로 뛰어나와 모두가 기다리고 있는 입구 계단에 털썩 주저앉아 두 팔을 휘저으며 중얼거렸다.

"그래… 그렇게 된 거였어… 도둑맞은 거야… 숨겨둔 장소가 들킨 거라고… 어쩌지… 이제 끝이야… 숨긴 곳이 발각되었다고… 어떻게 된 거지? 전부 다 도둑맞았어….”

"중요한 것을 도둑맞은 겁니까? 액수는 어느 정도입니까?"

예심판사의 질문을 들은 가브렐이 다시 일어났다. 방금 자신이 내뱉은 말에 스스로도 놀란 듯 얼굴이 창백하게 질렸다.

"중요한 거냐고요? 예, 그렇습니다… 하지만 그건 오직 제일입니다… 사법 당국은 그저 도난 사건이 있었다는 한 가지 사실에만 집중하면 됩니다… 도둑만 잡으면 되는 겁니다… 제가 도둑맞은 것이 무엇이든 그것만 찾으면 됩니다…."

라울 다베르니와 구소 형사는 별장 안으로 들어가 살펴보기로 했다. 현관으로 가보니 바깥길로 통하는 대문의 자물쇠가 망가져 있었다. 라울 다베르니의 생각 그대로였다. 안쪽에서 걸게 되어 있는 빗장으로만 문이 닫혀 있었다.

라울 다베르니와 구소 형사는 다시 정원으로 나왔다. 라울이 롤랑드에게 물었다.

"어제 응접실 창틀로 뛰어나갔을 때 언니의 살해범이 도망치다가 땅에서 뭔가 줍는 것을 봤다고 했죠. 맞습니까?"

"예… 사실이에요…."

"무엇을 주웠습니까?"

"잘 보이지 않았어요…."

"꾸러미였습니까?"

"예… 그런 것 같아요… 작은 꾸러미… 윗옷 속에 감추고 도망갔어요."

꾸러미는 어떻게 된 것일까? 믿을 만한 하인 에두아르를 조사해보니 시신에서는 아무것도 발견되지 않았다고 했다.

경찰도 대대적으로 조사했지만, 전날부터 오늘 오전 내내 땅에서 뭔가를 주운 사람은 없는 것으로 나타났다.

필립 가브렐은 다시 희망을 가졌다.

"찾게 될 겁니다. 경찰이 꼭 찾을 겁니다!"

가브렐의 말을 루슬랭이 지적했다.

"찾아내려면 어떻게 생긴 건지 알아야 할 것 아닙니까?"

"회색 천으로 된 작은 자루입니다."

"뭐가 들어 있습니까?"

가브렐이 흥분하며 대답했다.

"그건 오직 저의 문제입니다… 제 개인 물건이에요… 돈이 든 서류든 소중하게 여기는 것은 제 소관입니다."

"은행권 지폐입니까?"

가브렐이 점점 더 흥분하며 소리쳤다.

"아뇨! 그렇게 말한 적 없습니다! 은행권 지폐라니요! 아 뇨… 그냥 편지가 있었습니다… 그냥 평범한 서류들하고요."

"그러니까?"

"그러니까 작은 회색 꾸러미를 찾고 있는 것이니까, 사법 당국은 그것만 찾아주면 됩니다!"

라울은 한참 동안 침묵을 지키다 입을 열었다.

"어쨌든 말입니다. 그저께 밤에는 바르텔르미라는 자가 이 별장에 몰래 들어와 목표하던 자루를 찾는 데 성공했습니다. 그다음이 문제입니다. 어떻게 빠져나갈 것인가? 현관으로 나 가 바깥길로 통하는 문으로 빠져나갈 것인가? 그건 무리죠. 낮 이라 다른 사람들 눈에 띌 수도 있었으니까요. 범인은 유리문 을 천천히 열었습니다. 아무도 살지 않는 별장의 정원이니까 다른 사람에게 들킬 염려도 없고 텃밭 출구를 안전하게 사용할 수 있을 것이라 생각한 겁니다. 하필 그때 엘리자벳 가브렐이 **클레마티트** 별장에서 그곳으로 다가오고 있었죠. 엘리자벳과 범인은 우연히 마주치게 되었습니다. 엘리자벳은 비명을 질렀고 그 소리가 **클레마티트**까지 희미하게나마 들려온 것입니다. 어떤 일이 있었던 것일까요? 범인은 엘리자벳에게 달려들었고 엘리자벳은 도망치려 했겠죠. 나무 계단에서 두 사람 사이에 몸싸움이 벌어졌고요. 그 후의 일은 모두 아시는 대로입니다."

구소 형사반장이 어깨를 으쓱했다.

"그럴듯한 가설이지만… 직접 현장에서 본 것도 아니고…."

"저도 직접 본 것은 아닙니다…."

"사건이 그렇게 일어났다는 것을 증명하는 단서는 하나도 없다는 거군요! 바르텔르미가 가브렐 양을 목표로 공격하려 한 증거도 없고…."

"실제 단서는 없는 거죠."

라울도 인정했다.

꽤 늦은 시간이었다. 검사보는 그날 파리로 돌아가야 했다. 루슬랭은 배가 고픈 나머지 하인에게 근처에 괜찮은 식당이 있냐고 나지막하게 물었다.

라울 다베르니가 말했다.

"예심판사님, 제가 초대하고 싶습니다… 꽤 괜찮은 식사를 하실 수 있을 겁니다…."

라울은 형사반장도 식사에 초대했으나 그는 하던 수사를 마저 하고 싶다며 거절했다. 롤랑드가 갑자기 라울 다베르니를 한쪽으로 데려가 당황스러운 얼굴로 말했다.

"선생님을… 믿어요… 언니의 원수를 갚아주실 거죠? 너무나 사랑했던 우리 언니…."

라울은 대답했다.

"언니의 원수는 꼭 갚을 겁니다. 롤랑드 양이 어쩌면 제게…."

라울이 롤랑드의 눈을 잔잔히 바라보더니 말을 이었다.

"롤랑드 양이 어쩌면 제게 도움을 줄 수 있을 것 같습니다… 아주 복잡한 문제를 하나 해결해야 합니다. 도무지 갈피가 잡히지 않는 복잡한 문제입니다. 계속 생각해봐야 합니다. 혹시 언니에게 원한을 가질 만한 사람이 있는지 한번 찾아보십시오. 누군가에게 질투나 미움을 산 일이 없었는지… 만일 짚이는 게 있다면 꼭 연락 주십시오. 저도 롤랑드 양을 열심히 돕겠습니다… 우린 꼭 성공할 겁니다."

4
구소 형사의 공격

라울이 펠리시앵 샤를도 함께 초대한 점심 식사에 루슬랭은 매우 만족하며 감탄과 칭찬을 아끼지 않았다.

"아! 이 대하 요리! 아! 소테른산 화이트 와인! 그리고 살코기 가득한 영계!"

"예심판사님이 어떤 것에 약한지 이미 알고 있었습니다."

라울 다베르니가 솔직히 말했다.

"그렇습니까? 누구에게 들었나요?"

"예심판사님이 활약하신 그 유명한 오르삭 성채 사건에 참여한 적이 있는 부아주네라는 친구로부터죠."

"활약을 했다고요? 난 그냥 일이 자연스럽게 이어지도록 놔두었을 뿐입니다…."

"그렇습니다. 예심판사님의 이론은 이미 잘 알고 있습니다. 파란만장한 사건은 등장인물 스스로가 그 파란만장함을 풀어가게 놔두면 어둠이 걷히게 되는 법이죠."

"당연히 그렇습니다. 하지만 이번 사건들엔 그런 분위기가 없어서 아쉽습니다. 돈과 목걸이가 도난당하고… 사건으로서는 재미가 없죠."

"그건 알 수 없는 일입니다. 다만 엘리자벳 가브렐을 상대로 함정이 만들어진 것은 맞습니다."

"계단을 미리 잘라놓은 것 말이군요. 일부러 함정을 만든 것이라 봅니까? 두 사건이 서로 별개라고 보는 겁니까?"

"전 하찮은 재주만 갖고 으스대는 아마추어 탐정이 아닙니다… 전혀 그렇지 않죠. 책도 꽤 읽었고… 탐정소설 같은 건 지루해서 잘 안 읽지만요…. 그러나 〈판결록〉(판례와 사법 심의를 다룬 잡지 – 옮긴이)은 흥미를 갖고 읽습니다. 실제 일어난 범죄 사건에 관한 이야기들도 즐겨 살펴보지요. 물론 독서를 통해 간접경험을 하거나 사물을 보는 힘을 기르기도 합니다. 때론 그러한 것들이 실제 사건을 추리할 때 도움을 줄 때도 있지만 전혀 통하지 않을 때도 있습니다. 이러한 간접경험과 간접지식을 토대로 이야기하다 보면 더 상황을 복잡하게 만들 때도 있지요… 물론, 간혹 평범한 경찰들에게는 생각지도 못한 단서를 줄 때도 있습니다. 예를 들어 선량한 구소 형사 같은 분 말이죠. 이번 사건에서 중요한 것은 매우 복잡한 수수께끼가 얽혀 있다는 사실입니다! 쉽게 단서가 파악되지를 않습니다(이 부분에서 라울은 살짝 미소를 지으며 덧붙였다). 예를 들어 필립 가브렐 씨는 은행권 다발을 숨기려 한다는 사실을 들킬까 봐 어쩔줄 몰라 합니다. 그러나 문제의 회색 자루를 찾아도 안에 아무것도 없다면 별 의미가 없지 않습니까?"

"그건 그렇습니다. 도둑이 제일 먼저 관심을 두는 것은 자루를 열어 안에 들어 있는 것을 가져가는 일입니다. 그러니 그 안에 들어 있는 것을 찾기란 어렵죠."

루슬랭이 맞장구를 쳤다.

펠리시앵은 입을 다물고만 있었다. 실제로 펠리시앵은 식사 내내 라울 다베르니가 하는 말을 진지하게 듣기만 할 뿐 대화에 동참하지는 않았다.

오후 3시에 루슬랭은 라울과 펠리시앵을 동반한 채 형사반장이 지키고 있는 **클레마티트** 별장 정원을 다시 방문했다.

"형사님, 새로운 소식이라도 있습니까?"

구소는 담담하기 그지없는 표정을 지으며 대답했다.

"아직입니다! 제롬 엘마 씨가 어떻게 되었는지 알아보려고 병원에 들러 의사들과 잠깐 이야기를 나누었습니다… 다행히 위험한 고비는 넘겼지만 아직 심문 조사를 받을 상황은 아니라고 하더군요. 다만 제롬 엘마 씨는 나중에 공격을 해온 또 다른 범인이 연못으로 통하는 골목길에서 튀어나온 것 같다는 이야기를 해주더군요."

"범행에 사용된 칼은요?"

"찾지 못했습니다."

"또 다른 부상자는요?"

"그 부상자는 상태가 심각합니다. 아직 의사를 표현할 상태가 아닙니다."

"신원도 파악이 안 된 건가요?"

"전혀요."

형사반장은 잠시 머뭇거리더니 지나가듯 이렇게 덧붙였다.

"다만… 그 부상자에 대해 아주 흥미로운 사실을 하나 발견하긴 했습니다….”

“그게 뭐죠?”

“분명 간밤에 공격을 당한 이 남자가 어제 이 정원 안에 미리 숨어들어 있었다는 겁니다.”

“그게 무슨 말입니까? 이 정원이요?”

“바로 이곳입니다.”

“어떻게?”

“엘리자벳 양이 살해를 당한 후 펠리시앵 샤를 씨가 롤랑드 양을 만나러 별장에 들어갔죠. 그때 그 남자도 몰래 별장 안까지 들어간 것으로 보입니다.”

“그러고는요?”

“총성이 나서 사람들이 몰려들자 자신도 그 틈에 자연스럽게 섞인 겁니다. 어느 정도 분위기가 안정이 될 때까지 말입니다.”

“확실한 겁니까?”

“병원에서 몇몇 사람을 상대로 탐문 수사를 하면서 그런 증언을 들었습니다.”

예심판사가 펠리시앵을 돌아보며 물었다.

“그 부상자가 펠리시앵 씨와 동시에 별장으로 들어간 것은 우연의 일치겠죠?”

“예, 전혀 눈치채지 못했습니다.”

펠리시앵이 대답했다.

“정말 아무 눈치도 채지 못했습니까?”

구소 형사도 재차 물었다.

"예!"

"희한하군요… 그 부상자가 펠리시앵 씨와 이야기를 나누는 것을 봤다는 사람도 있는데….."

펠리시앵은 매우 침착하게 말했다.

"그럴 수 있죠. 군경이든 호기심을 갖고 보는 사람이든 현장에 있는 사람들과 이야기를 했거든요."

"흰색 점박이 무늬가 있는 커다란 나비 넥타이를 맨 키가 큰 남자였는데 사이비 화가 같은 분위기라고 들었습니다. 보지 못했습니까?"

"글쎄요… 봤을 수도 있지만… 모르겠습니다… 너무 놀라 정신이 없는 상황이어서….."

잠시 침묵이 흘렀다. 구소 형사는 다른 질문들을 했다.

"펠리시앵 씨는 다베르니 씨의 사유지에 있는 별채에 머물고 있죠?"

"예."

"정원사와도 알고 지내는 사이입니까?"

"그럼요."

"그런데 정원사 말로는 어제 총성이 울렸을 때 펠리시앵 씨는 밖에 나와 앉아 있었다고 했습니다….."

"맞습니다."

"더구나 두세 번 찾아온 적 있는 남자와 함께였다고 하더군요. 그 남자는 아까 말한 사기꾼 화가 같은 분위기의 그 남자였고요. 방금 병원에서 정원사로부터 분명히 들었습니다."

그러자 펠리시앵은 얼굴이 빨개지고 이마에 흐르는 땀을 닦는 등 어쩔 줄 몰라 했다. 마침내 펠리시앵은 입을 열었다.

"그 남자가 문제의 인물인 줄은 몰랐습니다. 그 당시 너무 당황한 상태라 그 남자가 나와 같이 **클레마티트**에 들어갔는지의 여부도 모르고 있었습니다. 어제 사람들 사이에 그 남자가 있었을 수도 있고요!"

"펠리시앵 씨의 친구분인, 그 남자의 이름은요?"

"친구는 아닙니다."

"어쨌든! 이름은 뭐였습니까?"

"시몽 로리앙. 어느 날 호숫가에서 그림을 그리고 있었는데 제게 다가왔습니다. 자신도 화가라며 작품을 어디에 팔아야 할지 모른다고 했습니다. 일자리를 구한다는 말도 했습니다. 그리고 기회가 되면 다베르니 씨를 만나고 싶다고 말했습니다. 전 소개시켜 주겠다고 했고요."

"그 남자와 자주 만났습니까?"

"네다섯 번 정도요."

"그 남자가 사는 곳은요?"

"파리에 산다는 것만 알지, 그 이상은 모릅니다."

펠리시앵은 다시 침착함을 찾았고 예심판사도 이렇게 중얼거렸다.

"음… 이야기의 앞뒤가 맞긴 하는군…."

하지만 구소는 그냥 넘어갈 태세가 아니었다.

"어제 만난 것은 맞죠?"

"예, 제가 사는 별채 근처에서요. 그때는 다베르니 씨가 곧 돌아올 거니까 시몽 로리앙을 소개하려고 생각했습니다."

"그다음, 내가 정원에서 다들 물러나라고 지시했을 때는요?"

"못 봤습니다."

"그러나 그자는 그다음에도 연못 주변의 별장들 근처를 맴돌았습니다. 근처의 저렴한 식당에서 저녁을 먹었고, 어제저녁까지도 이 근처에서 목격되었습니다. 다시 말해 그자는 어둠 속을 배회했던 겁니다."

"거기에 대해서는 아무것도 모릅니다."

"그때 펠리시앵 씨는 무엇을 하고 있었습니까?"

"여느 때처럼 별채에서 다베르니 씨의 여자 관리인이 준비해준 저녁을 먹었습니다."

"그러고는요?"

"책을 읽은 후 잠자리에 들었습니다."

"몇 시쯤이었습니까?"

"11시 정도 같습니다."

"이후 밖으로 나온 적이 없습니까?"

"없습니다."

"정말요?"

"예."

구소 형사는 이미 조사를 마쳤고, 증언을 하기 위해 기다리고 있는 네 사람을 바라봤다. 그중 가장 나이가 많은 사람이 자발적으로 앞으로 나왔다.

구소가 그 사람에게 바로 물었다.

"근처 별장에 살고 있죠?"

"예, 가브렐 씨의 텃밭 너머 별장에 살고 있습니다."

"그 별장 옆으로 나 있는 기다란 공용 도로를 지나면 연못으로 갈 수 있게 되어 있죠?"

"예."

"밤 12시 45분 정도에 창가에서 바람을 쐬다가 누군가 연못에 보트를 띄우고 노를 젓고 있는 것을 봤다고 증언했죠? 그리고 얼마 후에 그 누군가가 공용 도로가 끝나는 지점에 보트를 댔다고 했습니다. 그 사람이 댁의 사유지에 접근해 늘 매어두는 말뚝에 보트를 묶어두었다는 거죠. 즉, 당신 보트를 사용했다는 뜻입니다. 그 사람 얼굴은 기억납니까?"

"예, 구름이 걷히면서 달빛이 나타나 그 사람의 얼굴을 비췄습니다. 그 사람은 곧바로 어두운 곳으로 뛰어들어 갔습니다. 분명 펠리시앵 샤를이었습니다. 통로에 오랫동안 머물러 있더군요."

"그다음에는요?"

"그다음은 모릅니다. 바로 잠자리에 들어서요."

"그때 본 그 사람이 분명 여기에 있는 펠리시앵 샤를 씨가 맞습니까?"

"틀림없습니다."

구소 형사가 펠리시앵을 보며 말했다.

"그러니까 펠리시앵 씨는 침대가 아니라 바깥에서 밤을 보낸 셈이군요?"

그러자 펠리시앵이 단호하게 부정했다.

"방에서 한 발짝도 나오지 않았습니다!"

"방에 그대로 있었다면 어떻게 보트에서 내린 후 구석의 골목에 숨어든 모습이 목격된 겁니까? 또한 제롬 엘마가 어떻게 그 구석 골목에서 자신을 공격하는 범인을 목격할 수 있었을까요?"

"전 방에서 나간 적이 없습니다!"

펠리시앵이 거듭 강조했다.

루슬랭은 아무 말도 하지 않았지만 어설픈 변명을 하는 펠리시앵과 함께 맛있는 식사를 했다는 사실이 점점 불편해지기 시작했다. 루슬랭은 라울 다베르니를 조용히 바라봤다. 라울 다베르니 역시 아무 말 없이 펠리시앵을 바라보고만 있었다.

곧 라울이 끼어들었다.

"잠깐만요, 형사님. 먼저 펠리시앵 샤를에 대해 어떤 생각을 갖고 계신지가 궁금합니다. 그다음에 모든 사람들을 대상으로 정식 수사를 하고 나서 그 가설을 확인해도 좋을 것 같습니다."

구소가 받아쳤다.

"나는 그저 진실에 대한 증거를 모으려는 겁니다."

"형사님, 진실을 이루는 요소도 감으로 느끼게 되어 있습니다."

"진실이 어떨 것이라는 감 같은 것은 모릅니다."

"아뇨, 그렇지 않을 겁니다. 형사님은 탐문 수사를 통해 이런 결론을 내리고 있습니다. 첫째, 은행권 다발 도난 사건과 밤에 일어난 두 건의 습격 사건은 중심 사건이 아닌데도 형사님은 이를 매우 중요하게 생각하고 있습니다. 둘째, 간밤에 펠리시앵이 밖으로 나가서 남의 보트를 이용해 **오랑주리** 별장의 정원에 갔고, 지폐가 들어 있는 회색 자루를 훔쳤고, 새벽 1시쯤에는 이유를 알 수 없으나 어둠 속에 숨어 있다가 피해자 엘리자벳 양의 약혼자인 제롬 엘마를 따라가 습격했다고 생각하고 있습니다. 형사님은 펠리시앵이 시몽 로리앙까지 공격한 것이 아닌가 하는 생각을 하는 거죠."

구소가 차갑게 말했다.

"그런 생각 없습니다. 지금처럼 누군가를 의심해서는 안 된다고 설득을 당하는 것도 기분이 그렇군요."

라울 다베르니가 말을 이었다.

"이 점은 분명히 해두고 싶습니다. 형사님은 펠리시앵 샤를과 시몽 로리앙을 연관시켜 의심하고 있는 것 같습니다. 그런데 말입니다, 두 사람이 공범 관계라면 무엇 때문에 펠리시앵 샤를이 시몽 로리앙을 공격하겠습니까?"

구소는 아무 대답도 하지 않았다. 라울은 어깨를 으쓱하고는 다시 말했다.

"말도 안 되는 가정입니다."

구소는 계속 아무 말도 하지 않았고 상황은 이렇게 끝났다. 언제 나왔는지 롤랑드가 상복을 입은 채 현관 계단에 가만히 서서 귀를 기울이고 있었다. 상복 차림의 롤랑드는 매우 아름다워 보였다.

롤랑드는 이야기가 끝난 것을 보고는 삼촌과 함께 병원으로 제롬 엘마의 병문안을 갔다.

더 이상 구소 형사와 논쟁할 생각이 없었던 라울은 펠리시앵에게 말했다.

"그만 갑시다."

이어서 라울은 예심판사에게 예의 바르게 인사했다.

라울 다베르니는 아무 말 없이 걸었고, 별장 앞에 도착하자 펠리시앵을 아담한 서재로 데려갔다. 응접실 뒤에 있는, 울타리로 경계가 지어진 정원 한 곳으로 통하는 서재였다.

라울 다베르니는 펠리시앵에게 앉으라고 권한 후 입을 열었다.

"내가 왜 당신에게 나를 보러 와달라고 편지했는지, 당신은 한 번도 묻지 않았소."

"그럴 용기가 나지 않았습니다."

"내가 왜 당신에게 이 별장의 내부 공사를 맡겼는지, 왜 이곳 별채에 묵으라고 했는지 그 이유 역시 모르는 거요?"

"예."

"궁금하지 않소?"

"괜히 주제넘는다고 하실까 봐… 저한테 따로 물으신 적도 없고요."

"천만에! 어떻게 살아왔는지를 물어본 적이 있소. 당신은 오래전 부모님을 여의고 생활이 어렵다는 말만 했소. 그때 자신에 대해 더 이상 자세히 이야기하고 싶어 하지 않는 것 같아 더는 묻지 않은 거요. 그 후로는 대화를 해본 일이 없소. 내가 당신을 잘 모르고 있다는 생각이 드는군. 오늘도 그렇고…."

라울은 매우 주저하며 뜸을 들였고 마침내 이렇게 말했다.

"오늘도 당신은 뭔가 좋지 않은 일과 관계된 듯한 인상을 주었소. 자신도 모르게 얽혔을지 모르는 일에 대해서도 제대로 변명하지 못했고. 지금 속마음을 내게 털어놓으면 어떻겠소?"

펠리시앵이 설명하기 시작했다.

"선생님께서 제게 해주신 일에 얼마나 감사하고 있는지 모릅니다. 하지만 달리 숨기는 것이 없습니다."

"듣기 나쁜 대답은 아니군. 그 정도의 나이면 지금과 같은 상황을 혼자 헤쳐 갈 수 있어야겠지. 뭔가 잘못을 저지른 것이 있다면 당신을 위해서도 유감이오. 만일 결백하다면 당신이 원하는 대로 인생이 풀릴 거요."

펠리시앵은 자리에서 일어나 라울 다베르니에게 다가갔다.

"선생님의 생각은 어떻습니까?"

라울은 잠시 펠리시앵을 말없이 바라봤다. 두 사람은 어색한 표정을 지으며 눈을 깜빡였다. 마침내 라울이 말했다.

"모르겠소…."

엘리자벳 가브렐의 장례식은 그다음 날에 치러졌다. 롤랑드는 씩씩하게 무덤까지 걸어갔고 열린 무덤에서 시선을 떼지 않았다.

롤랑드는 관 위에 두 팔을 쭉 뻗어 남이 알아듣지 못하게 작은 소리로 뭔가를 중얼거렸다. 마지막으로 절망적인 마음을 표현하며 언니를 잊지 않겠다고 다짐하는 것 같았다.

그리고 롤랑드는 삼촌에게 안겨 자리를 떠났다. 가브렐은 루슬랭과 오래 대화를 나누었다. 비록 충격이 크고 절망적인 마음이라 해도 가브렐은 원래의 입장을 고집했다.

"은행권 지폐는 한 장도 들어 있지 않습니다, 예심판사님. 편지, 서류 들뿐입니다. 제가 사법 당국에게 부탁하는 것은 이것이 담겨 있는 회색 자루를 찾아달라는 겁니다. 이번 도난 사건은 남프랑스로 가기 전에 파리 시 검찰청에 정식으로 신고할 겁니다."

라울 다베르니는 연못가를 산책하다가 기슭에 앉아 조간신문을 자세히 읽었다.

전날 어딘가에 숨어 모든 것을 지켜본 듯한 대범한 어느 기자의 기사가 신문에 실려 있었다. 펠리시앵 샤를을 대상으로 한 구소 형사반장의 조사 내용과 예심 과정이 상세하게 적힌 기사였다.

"상황이 이런데 작업을 해야 하다니!"

라울 다베르니는 짜증을 내며 중얼거렸다.

사유지로 돌아오니 일을 하고 있는 펠리시앵이 보였다. 그리고 현관을 지나 별장으로 들어가, 작은 방 앞을 지나갔다. 그 작은 방은 평소에 그가 조용히 앉아 생각에 잠기는 곳이었다.

바로 그때 한 여성이 모자도 쓰지 않고 단순한 옷차림에 붉은색 머플러만 목에 감은 채 기다리고 있는 것이 보였다. 난생처음 보는 여자였다. 여자의 얼굴은 혼란과 분노, 적대감, 알 수 없는 괴로움이 가득한 표정이었으나, 꽤 아름다웠다.

"누구신지…"

"시몽 로리앙의 애인입니다."

5
포스틴 코르티나와 시몽 로리앙

여자는 마치 라울 다베르니 때문에 시몽 로리앙이 다쳤다고 생각하는 것처럼 공격적인 말투로 나왔다.

라울이 여자에게 말했다.

"오늘 아침에 〈에코 드 프랑스〉지의 기사를 읽으셨나 보군요. 우리 집에 묵는 펠리시앵 샤를에게 마치 혐의라도 있는 듯한 내용의 기사 말입니다. 펠리시앵을 만날 수 없으니 대신 저를 몰아붙이는 거 아닌가요?"

여자는 살짝만 건드려도 바로 폭발했다. 흑흑대며 흥분하는 것으로 봐서는 우울하고 다혈질인 성격을 자신도 잘 제어하지 못하는 것 같았다.

"내가 사랑하는 남자가 사흘 동안 실종 상태였죠. 그 사흘간 난 정신 나간 여자처럼 여기저기 헤매며 애인을 찾아다녔지만 허탕을 쳤어요. 그러다가 오늘 아침에 신문에서 애인의 이름을 본 거죠. 어떤 사건에서 피해를 입었다는 기사를 읽으며 얼마나 놀랐는지 모릅니다… 부상을 당해 위독하다고 적혀 있더군요… 어쩜 지금 이미 세상을 떠났는지도 모르죠!"

"그럼 먼저 병원으로 가야지 왜 여기로 온 겁니까?"

"병원에 가기 전에 먼저 댁부터 만나려고요."

"왜죠?"

여자는 대답 대신 라울에게 위협적이고 험악하게 다가가 못마땅한 듯 대답했다.

"왜냐고요? 이번 일은 그쪽 짓이니까요. 그래요, 그쪽 때문입니다. 모든 것은 그쪽이 꾸민 거죠! 신문만 자세히 읽어도 충분히 짐작할 수 있죠. 펠리시앵 샤를은 하수인일 뿐입니다. 주범은 그쪽이죠! 딱 보면 알아요. 확실해요… 신문을 읽자마자 그렇게 생각했어요. '이건 그쪽의 짓이다'라고 말이죠…."

"나라고요? 댁은 날 모르잖아요."

"아뇨, 알아요."

"나, 라울 다베르니를 안다고요?"

"라울 다베르니? 아니요, 아르센 뤼팽이죠!"

라울은 멈칫했다. 생각지 못한 허를 찔린 것이다. 자신의 본명이 이렇게 불명예스러운 상황과 얽혀 불려질지는 몰랐다. 이 여자는 자신의 정체를 어떻게 안 것일까?

라울은 여자의 손을 덥석 잡으면서 말했다.

"그게 무슨 소리입니까? 아르센 뤼팽이라니…."

"아닌 척해 봐야 소용없어요! 이미 오래전부터 알고 있었죠. 시몽이 댁의 이야기를 많이 했거든요… 다베르니는 가짜 이름이죠. 댁이 자리를 비운 지난주 어느 저녁에는 몰래 이곳에 와보기도 했죠. 아르센 뤼팽이 사는 곳이라면서 내게 보여줬거든요. 그때 난 시몽에게 아르센 뤼팽에 대해 더 이상 알려고 하면 위험하니 그만두라고 했는데. 아르센 뤼팽 같은 악당에게 뭘 기대하냐며 시몽을 말렸죠."

여자는 주먹을 부들부들 떨며 라울에게 들이대기도 했다.

여자의 파르르 떠는 눈빛과 목소리는 강한 원망과 적대감을 품고 있었다. 라울은 동요하지 않고 여자가 하는 말에 귀를 기울였다. 이 이상한 이야기는 어디서부터 나온 것일까. 라울은 병원에서 시몽 로리앙을 봤지만 전에 만난 적이 없는 사람이었다. 그런데 시몽 로리앙은 무슨 이유로 자신에게 접근하려 했을까? 라울 다베르니가 아르센 뤼팽이라는 것을 시몽 로리앙은 어떻게 알았을까? 이 같은 비밀을 그가 어떻게 알아낸 것일까? 도무지 알 수 없는 일이었다.

라울은 여자가 이러한 의문점을 시원히 밝혀줄 수 없는 입장이며, 설령 그녀가 답을 알고 있다 해도 자신에게 그것을 알려줄 것 같지 않다는 것을 깨달았다. 여자의 이마와 눈빛은 성격이 꽤 고집스럽다는 것을 보여주었다. 그러면서도 여자는 그 완강한 고집과 동시에 여성적인 매력과 우아한 기품을 유지하고 있었다. 또한 원래 이런 성격인 것인지 아니면 습관으로 다져진 것인지는 모르겠지만, 자신의 미모를 내보일 줄 아는 듯 보였다. 부드러운 비단 블라우스는 날씬한 몸매와 균형 잡힌 어깨선을 그대로 드러내고 있었다.

여자는 라울이 빤히 쳐다보는 시선을 느꼈는지 얼굴을 붉혔다. 여자는 결국 안락의자에 털썩 주저앉으며 두 팔을 올려 두 손으로 양쪽 볼을 반쯤 가렸다. 그리고 마치 마음이 허물어지기라도 한듯 흐느껴 울었다.

"그이가 내게 어떤 존재인지 모를 거예요⋯. 내 인생 그 자체
예요⋯. 그이가 죽으면 나도 더 이상 살 이유가 없어요⋯. 다른
남자는 사랑해본 적이 없어요⋯. 그이에게 내 자신을 전부 걸
었기 때문이죠⋯. 그이의 고통을 덜어줄 수 있다면 내 목숨도
아깝지 않아요. 그이도 날 진심으로 사랑하고 있고요⋯ 우린
부자가 되면 곧바로 결혼해서 떠나기로 했었죠⋯. 그래요, 아
주 떠나려고 했죠⋯."

"못 떠나게 방해하는 사람이라도 있습니까?"

"하지만 그이가 죽으면요?"

여자는 시몽이 죽을지도 모른다는 생각에 다시 흥분했다. 그
렇게 여자는 몇 초 간격으로 이런저런 생각과 감정을 극과 극
으로 넘나들고 있었다.

갑자기 여자는 라울에게 달려들어 소리를 질렀다.

"당신이 그이를 죽일 거야⋯. 자세히는 모르겠지만⋯ 분명
당신 짓이야⋯. 우리 고향 코르시카 방식대로 복수해주겠어⋯
그이도 내가 원수를 갚아주었다는 것을 알기 전에는 절대 죽
으면 안 돼! 그이는 분명히 아르센 뤼팽에게 당했어! 그 아르
센 뤼팽이란 이름을 큰 소리로 퍼뜨릴 거야⋯ 그래, 당신을 경
찰에 고발할 거야. 지금 당장! 당신이 누구인지 세상이 알아야
해⋯ 아르센 뤼팽, 악당 중의 악당! 도둑⋯ 아르센 뤼팽이 바로
여기에 있다고 알릴 거야!"

여자는 문을 활짝 열더니 미친 사람처럼 소리를 지르며 밖
으로 뛰어나가려고 했다. 라울은 여자의 입을 틀어막고 거칠게
낚아챘다. 여자와 라울 사이에 잠시 거친 몸싸움이 있었다. 여

자는 몸부림쳤다. 라울은 여자의 양쪽 팔을 붙들어 안락의자에 앉히고 움직이지 못하게 꽉 잡았다. 아래에 깔려 울분과 증오심을 삭이지 못해 부르르 떠는 여자의 몸이 느껴지자 라울은 잠시 정신이 아득해졌다. 라울은 마치 자신도 모르게 입을 맞추려는 것처럼 여자에게 더욱 다가갔다.

그러나 순간 이성을 잃은 자기 자신이 바보처럼 느껴졌는지 라울은 벌떡 일어섰다. 갑자기 여자가 큰 소리로 웃으며 거친 말을 쏟아냈다.

"호호호! 당신도 별수 없군! 다른 남자들과 똑같아! 내가 여자니까 힘으로 누르면 제압할 수 있다고 보는 거야? 뤼팽에게는 불가능이란 없다, 이거지! 여자는 전부 먹잇감으로 생각하겠지… 이봐, 엉터리 배우! 내 입술에 닿기만 해봐, 정말 개처럼 죽여버릴 테니까!"

라울도 더 이상 참지 않았다.

"말도 안 되는 소리 그만해요! 여길 온 건 날 고발하기 위해서도 아니고 날 죽이기 위해서도 아냐! 솔직히 말해보시지! 원하는 게 뭡니까? 어서 말해봐요!"

라울은 다시 여자의 두 팔을 단단히 잡고 얼굴을 바짝 들이대며 떨리는 목소리로 말했다.

"난 이번 사건과는 전혀 관련이 없습니다…. 난 시몽 로리앙을 공격하지 않았어요… 맹세코 난 아닙니다…. 어서 솔직히 말해요… 원하는 게 뭡니까?"

여자가 몸을 떨었다.

"그이가 감옥에 갈 수도 있단 말이에요! 그이는 감옥에 갈 짓은 한 적이 없다고요! 정말 정직한 사람인데. 절대 그렇게 되도록 놔둘 수는 없어요! 내가 그이를 구해야 해요. 그이를 구할 수 있는 것은 오직 나뿐이에요! 그이를 돌봐줄 사람은 나밖에 없단 말이에요!"

"그러니까 어쩌겠다는 겁니까?"

"내가 병원으로 가서 그이 곁에 있어야 해요. 밤낮으로 그이를 간호해야 해요. 이래 봬도 4년 동안 간호사로 일한 경험이 있어요. 그이를 간호할 수 있는 사람은 나밖에 없다고요. 그러니까 오늘 당장 내가 옆을 지켜야…."

라울이 어깨를 으쓱했다.

"그럼 애꿎은 나를 몰아붙일 게 아니라 처음부터 그런 이야기를 했으면 될 거 아닙니까!"

여자가 신경질적으로 반응했다.

"그럼 날 그이에게 데려다줄 건가요?"

"그러죠."

"지금 당장요?"

라울은 잠시 생각하더니 여자에게 약속했다.

"그래요. 병원장을 만나보죠. 거절은 안 할 겁니다. 아니, 원장이 거절하지 못하도록 조치를 취할 겁니다. 아예 보안을 지켜달라고 부탁해보죠. 하지만 그러려면 내가 자유롭게 활동할 수 있어야 합니다. 이름이 어떻게 됩니까?"

"포스틴… 포스틴 코르티나…."

"병원에는 다른 이름을 알려주십시오. 그리고 시몽 로리앙과의 관계에 대해서는 아무 말 하지 말아야 합니다."

하지만 여자는 의심하는 듯한 표정을 지었다.

"당신이 배신을 하면?"

"그런 말 말아요!"

라울은 짜증스럽게 대답하고는 여자를 일으켜 세워 서재 쪽 간이 정원으로 거칠게 밀쳤다.

울타리로 가려진 그곳은 바깥 차고와 연결되어 있었다. 하지만 운전사는 없었다. 라울은 카브리올레형 자동차 문을 열고 이렇게 지시했다.

"붉은색 머플러부터 벗어요. 다른 사람 눈에 띄어봐야 좋을 건 없으니까. 어서 타요."

여자는 저항하지 않고 차에 올랐다.

라울은 사유지의 다른 출구로 나와 센 강 방향으로 차를 몰았다. 이어서 페크를 지나 언덕길을 빠르게 올라갔다.

"지금 어디로 가는 거죠? 혹시 함정 같은 것 파놓았다간 가만있지 않겠어요!"

여자가 물었지만 라울은 아무 말도 하지 않았다.

라울은 생제르맹에 도착하자 대형 기성복 양장점 앞에 차를 세우고는 간호사 옷을 한 벌 구입했다.

그로부터 한 시간이 지났다. 간호사처럼 보이게 된 여자는 정식으로 병원 안으로 들어가 시몽의 치료를 담당하게 되었다. 시몽은 땀을 흘리며 고열에 시달리고 있어 연인을 알아보지 못했다.

여자는 얼굴이 창백해지고 긴장한 상태였으나 간호사 복장의 매무새를 가다듬고 환자의 상태에 대해 열심히 들었다. 여자는 시몽의 귀에 대고 이렇게 속삭였다.

"당신은 내가 살려낼 거예요… 내가 살려낼 거예요…."

라울은 병원을 나오다가 롤랑드 가브렐과 마주쳤다. 롤랑드는 엘리자벳의 무덤에서 꺾은 꽃다발을 제롬 엘마의 입원실에 갖다 주고 나오는 참이었다. 제롬은 점점 나아지고 있다고 했다. 내일 정식으로 탐문 조사가 이루어질 수도 있을 것 같았다.

라울은 롤랑드와 함께 가며 물었다.

"저번에 내가 했던 말, 생각은 해봤나요?"

"그렇지 않아도 계속 생각해봤어요. 어떻게 된 일인지 알고 싶어서 하루하루 떠올려 보고 있죠."

"뭐 새로 알아낸 거라도 있습니까?"

"아직은 없어요. 아무리 기억을 더듬어도 언니에 대해 특별히 생각나는 이야기가 없어요."

롤랑드는 **클레마티트** 별장에 도착하자마자 언니의 일기장을 보여주었다. 일기장을 읽어보니 지난 몇 달 동안 엘리자벳의 마음 상태를 알 수 있었다. 사랑에 취한 밝고 부드러운 기운과 동시에 병적인 우울함도 느껴졌다. 마치 회복기 환자 같은 담담한 기쁨과 결혼을 앞둔 여인의 행복감이 일기장을 가득 채우고 있었다.

롤랑드가 말했다.

"특히 맨 마지막 페이지를 보세요. 걱정이라고는 없는, 얼마나 마음 편한 상태인지 몰라요. 행복을 방해할 만한 건 아무것도 없는 듯한 느낌이죠."

한편, 밖에서는 루슬랭이 마지막 현장 조사를 마무리하고 있었다. 루슬랭은 라울에게 손짓을 하며 다가와 말했다.

"펠리시앵이라는 젊은이의 상황이 불리해지고 있습니다."

"왜 그런가요, 예심판사님?"

"펠리시앵의 혐의점들이 점점 뚜렷해지고 있어요. 하인 에두아르와 당신의 정원사가 확인해준 내용은 이렇습니다. 보름 전 늦은 오후 시간에 에두아르는 친구와 이야기하기 위해 이곳에 들렀다고 했습니다. 두 사람은 정원사들의 공간과 당신네 정원을 나누는 울타리 근처에서 이야기를 나누었다고 하더군요. 대화를 하다 보니 아가씨들의 삼촌 되는 필립 가브렐 씨가 화제에 오르게 되었습니다. 하인 에두아르는 그만 가브렐 씨의 험담을 하게 되었죠. '모으기만 하지, 완전 수전노야! 전에는 세무서와 껄끄러운 일까지 있었다더군. 집에 돈을 보관하고 있다고 들었어⋯ 그러다가 큰일 나지.' 그런데 잠시 후에 울타리 너머로 불꽃 같은 것이 반짝였고, 담배 연기 냄새가 났다고 합니다. 확인해보니까 저 너머로 남자 둘이 앉아서 담배를 피우고 있었다고 하더군요. 그 두 사람은 바로 펠리시앵 샤를과 시몽 로리앙이었다고 합니다. 두 사람이 에두아르와 친구의 대화를 모두 들은 거죠."

라울이 끼어들었다.

"들었다고 어떻게 확신하십니까?"

"펠리시앵 샤를에게 물어보니 부정하지는 않더군요."

"그래서 결론은 뭡니까?"

"예심판사는 서둘러 결론을 내리지 않습니다. 결론을 내리기 전에 몇몇 절차가 있으니까요. 어쨌든 둘 중 한 사람은 뭔가 꾸밀 생각을 했을 수 있습니다. 그런 일에 익숙한 바르텔르미 영감을 하수인으로 개입시켜 계획을 실행에 옮겼을 수 있죠….”

“그다음은요?”

“그다음에는, 밤에 회색 자루를 훔친 겁니다. 자루가 잠시 없어졌으나 두 사람 중 한 명이 정원 구석에서 발견하게 되었고, 공범이었던 두 사람이 칼을 들고 싸우게 된 거죠.”

“그럼, 제롬 엘마 씨는 어떻게 된 거라 보십니까?”

“그곳을 우연히 지나가다 두 사람에게 걸리적거리는 존재가 되어 공격당하게 된 거죠.”

다음 날, 라울은 시몽 로리앙의 상태가 더 악화되었다는 소식을 들었고 얼른 병원으로 갔다.

루슬랭과 구소 형사도 와 있었다. 좀 더 떨어진 곳에는 포스틴이 등을 돌리고 서 있었다. 라울은 여자의 얼굴이 절망으로 굳어져 있다는 것을 알아차렸다.

시몽 로리앙은 힘겹게 숨을 쉬고 있었다. 그리고 잠시 몸을 일으켜 앉아 사람들을 맑은 눈으로 바라봤다. 그러다 애인을 바라보며 미소를 지었다.

그러나 이내 안개 같은 것이 눈을 가로막는 것처럼 정신이 희미해졌고 마치 아픈 아이처럼 헛소리를 했다.

시몽이 한 말 중 알아들을 수 있는 말을 정리하면 이랬다.

“은닉 장소… 노인이 자루를 찾아냈어… 그리고… 내가 찾아봤는데… 더 이상은 몰라… 펠리시앵….”

시몽은 몇 번이나 이 말을 반복했다.

"펠리시앵… 펠리시앵… 아주 잘 짜인 계획이었어… 펠리시앵…."

이어서 시몽은 베개 위에 푹 쓰러져 움직이지 않았다.

한참 동안 침묵이 흘렀다. 라울은 증오심으로 불타는 포스틴의 시선을 보았다. 자신의 연인을 죽인 남자는, 죽어가던 연인이 진지한 목소리로 말하던 그 이름 아니겠는가?

루슬랭은 구소 형사와 함께 밖으로 나가면서 라울 다베르니를 붙잡고 이야기했다.

"다베르니 씨, 펠리시앵 샤를이 손님이라니 유감이군요. 다베르니 씨로서는 보호해야 할 대상이니까요. 하지만 그에게 혐의가 있는 것은 분명해 보이는군요…."

그러면서 루슬랭은 머뭇거렸다. 라울은 절망에 휩싸인 포스틴이 신경 쓰였다. 펠리시앵이 범인이든 아니든, 차라리 경찰에게 체포당해야 여자가 품은 복수의 칼날에서 벗어날 수 있을 것 같다는 생각이 들어 특별히 반박하지는 않았다.

"다른 의견을 내놓을 수가 없습니다, 예심판사님. 펠리시앵은 제 별장에 딸려 있는 별채에 있을 겁니다."

루슬랭은 라울을 믿고 있었기에 그 말을 듣고 이런 조취를 취했다.

"구소 형사, 펠리시앵 샤를을 유치장까지 데려가십시오. 이제부터는 제가 직접 관리합니다."

6
조각상

　라울은 저녁 식사를 마치고 하인에게 보고를 받았다. 펠리시
앵이 극비리에 체포되었다는 내용이었다. 이를 들은 라울은 펠
리시앵이 머물렀던 별채로 갔다. 단층인 그 별채는 작업실과
펠리시앵이 침실로 사용하는 욕실 딸린 방, 단 두 개의 방으로
이루어져 있었다.

　라울은 문을 열어둔 채 작업실에 들어가 앉았다.

　밤의 어둠이 점점 짙어지고 있었다. 한 시간 정도 지나자 정원
의 철책 문이 삐걱이는 소리가 들렸다. 철책 문을 열쇠로 잠그지
않았던 것이다. 누군가 별채 쪽으로 조심스럽게 다가오고 있었
다. 풀밭 위, 그다음에 계단과 현관 쪽으로 발소리가 들렸다.

　라울은 포스틴과 마주쳤다. 여자는 마치 그를 보지도 못한
것처럼 의자에 그대로 푹 주저앉았다.

　잠시 후 포스틴이 물었다.

　"그 사람 어디에 있죠?"

　"펠리시앵 말입니까?"

　"어디 있나요?"

"감옥에 있습니다. 몰랐습니까?"

포스틴은 담담하게 반응했다.

"감옥이요?"

"그래요. 포스틴 씨의 표정에 어린 강한 증오심을 읽었기에, 펠리시앵이 위험할 것 같아 아예 그를 감옥에 보내는 데 협조한 겁니다. 자, 어떤가요?"

여자가 힘없이 중얼거렸다.

"모르겠어요… 모르겠다고요… 난 그냥 범인을 알고 싶은 것 뿐이에요… 시몽 로리앙을 누가 칼로 찌른 건지… 찾고 싶어요."

"펠리시앵과 이미 만난 적이 있죠?"

"아뇨."

"그럼 왜 여기에 온 겁니까?"

"묻고 싶었어요. 정말 그가 한 짓이라면…."

여자는 많이 지친 듯 너무나 조그만 소리로 말해 거의 들리지 않을 정도였다.

라울이 말했다.

"당신은 분명 뭔가 알고 있습니다…. 경찰도 신원을 알아낼 수 없는 바르텔르미에 대해서라든지… 시몽 로리앙에 대해서라든지…. 시몽 로리앙의 주소를 찾고 있지만 별 성과가 없습니다. 몽마르트르나 시몽을 아는 삼류 화가들이 자주 가는 카페를 중심으로 탐문 수사가 이루어지고 있습니다만, 시몽이 어디서 머물렀는지 여전히 알 수 없습니다. 신분 증명 서류는 어디에 있는 건지, 펠리시앵과는 어떤 관계인지, 난 어떤 이유로 이 사건과 얽히게 된 건지. 당신도 시몽이 마지막으로 한 말 들었죠? 숨이 끊어져 가는 가운데에서도 시몽은 자신의 범행을 스스로 고백했습니다. '은닉 장소… 노인이 자루를 찾아냈어… 그리고… 내가 찾아봤는데…'라고 했죠? 노인과 시몽은 공범입니다… 어쩌면 펠리시앵도 한패일 수 있죠."

여자는 시몽은 절대로 도둑이 아니라고 부정하는 듯, 그리고 그런 이야기조차 한 일 없다는 듯 고개를 설레설레 흔들었다. 라울도 더 이상 참지 않고 외쳤다.

"이봐요! 시몽 로리앙은 내 뒤를 밟고 다녔습니다! 내 주변을 맴돌았다고요! 그러니 어서 순순히 대답해요, 포스틴!"

하지만 포스틴은 입을 꾹 다물었다. 여자는 이제 울음을 터뜨렸다. 양쪽 볼에 처량하게 눈물을 흘리며 두 손을 불안한 듯 꼬면서 괴로움을 토로했다.

"내가 사랑한 사람은 오직 그이뿐이었어요… 그런데 그이가 죽었어요… 이제 더 이상 볼 수 없다고요… 그이가 죽었어요. 누가 찌른 걸까요? 그이의 원수를 갚아주지 않고 내가 어떻게 살아갈 수 있겠어요? 원수를 갚아야 해요… 그렇게 결심했죠…."

밤새도록 울면서 복수를 다짐하는 포스틴 때문에 그 곁에서 잠을 청하던 라울은 계속 잠을 설쳐야 했다.

아침이 밝으면서 성당의 종소리가 울렸다. 위령미사 소리였다. 여자가 입을 열었다.

"그이를 위한 종이 울리는군요. 어제 병원에서 이 시간에 종을 울릴 거라고 했죠… 나 혼자서 기도할 거예요. 아직 원수를 갚지 못한 날 용서해달라고 빌 거예요."

포스틴은 자리를 떴다. 날씬한 다리와 굴곡 있는 몸매… 여자는 힘이 넘쳐 보이는 걸음걸이로 걸어 나가고 있었다.

이즈음, 라울은 인생에서 매우 복잡한 시기에 있었다. 때문에 휴식을 생각하면 기분 좋은 그림을 보는 것처럼 마음이 편안해졌다. 완전히 쉬겠다는 뜻은 물론 아니었다. 아직 젊고, 행동하고자 하는 의지가 강하기 때문에 여전히 모험은 계속하고 싶어 했다. 동시에 프랑스 전역에 즉, 코트다쥐르, 노르망디, 사부아나 파리 근교에 편하게 쉴 수 있는 휴식처를 마련해놓고 있었다. 베지네의 사유지도 그러한 휴식처 중 하나였다. 다른 사유지와 마찬가지로 여기에도 하인 겸 운전사, 요리사, 정원사 겸 관리인까지 옛 동지들을 근무시켰다. 이는 과거에 자신을 열심히 도와준 사람들의 은혜를 잊지 않고, 그들에게 편안한 은신처를 마련해주는 일도 되었다. 그런데 운명이 장난을 쳐 다시 끔찍한 결투장에 나설 수밖에 없는 처지가 된 것이다. 자신이 결코 바라지 않은 모험 속으로 또 들어가야만 했다.

그냥 포기할까? 그럴 수는 없었다. 좋든 싫든 행동해야 했다. 무엇보다도 베지네에서 평화롭고 양심 있게 사는 사람으로서, 왜 자신을 끌어들인 사건이 일어나게 된 것인지 밝히고 싶었다. 우연히 일어난 일들이 아니었다. 그러니 있는 그대로의 사실에서 출발해 이유를 밝혀야 했다. 하지만 그 사실은 어디서 찾아낼 것인가? 어떻게 밝혀낼 수 있을까?

라울은 **클레르 로지**에서 일주일 동안 꼼짝 않고 틀어박힌 채,

그 누구와도 만나지 않았고 어떤 행동도 하지 않았다. 그저 신문만 꼼꼼하게 읽었다. 펠리시앵이 용의 선상에 올랐다는 사실 외에 새로운 정보는 아직 없었다.

이제 라울의 머릿속에서 문제의 본질이 무엇인지 점점 뚜렷하게 그려지고 있었다. 어떻게 해서 이 귀찮은 살인·절도 사건에 자신이 연루되었는지 알아내고 싶었던 라울은 문제를 해결하기 위해 계속 생각했고, 여러 가지 가설을 세웠고, 이런저런 방법을 강구했다. 하지만 언제나 장애물과 막다른 골목에 부딪쳤기에, 도저히 진실을 밝히기가 어려웠다.

그래서 늘 형태만 다른, 같은 질문을 생각하고 있었다.

'내가 왜 이번 사건에 연루된 거지? 두 가지 다른 사건이 하나의 지점에서 만난 것이 맞는데 왜 내가 두 사건 중 하나에 끼어들게 된 거냔 말이지. 베지네에서 조용히 지내고 싶었는데 왜 이렇게 된 거냐고. 내 조용한 생활을 망치는 게 누구야?'

우연히 다음과 같은 의문을 품었던 그날에도 라울은 스스로 해답을 구해야 했다.

"도대체 그 펠리시앵의 정체는 뭐야?"

라울은 또 중얼거렸다.

"펠리시앵은 여기에 어떻게 온 걸까. 내가 믿는 들라트르 박사의 추천을 받았지. 펠리시앵에 대한 정보는 박사도 별로 가지고 있지 않아. 어디 출신이고 부모는 누굴까? 나도 모르게 억지로 펠리시앵을 받아들인 것은 아닐까?"

라울은 주소를 모아둔 수첩을 뒤지기 시작했다.

"자… 들라트르 박사라… 알보니 광장이군."

라울은 바로 전화를 걸었다. 박사는 마침 집에 있었다. 라울은 서둘러 자동차에 올랐다.

큰 키에 눈처럼 흰 수염의 들라트르 박사는 손님들이 줄을 서서 기다리는데도 얼른 달려 나와 라울을 맞았다.

"잘 지내죠?"

"아주 잘 지냅니다, 박사님."

"그런데 무슨 일인지…?"

"하나 여쭤보려고요. 펠리시앵 샤를은 어떤 친구입니까?"

"펠리시앵 샤를?"

"신문 안 보셨나요?"

"시간이 없어서…."

"제게 젊은 건축가를 추천해주셨죠. 6개월인가 8개월 전에."

"그렇지… 이제 기억이 나는군요."

"펠리시앵 샤를을 좋게 보시는 거죠?"

"내가요? 만나본 적도 없습니다."

"박사님도 펠리시앵을 누군가에게 소개받은 겁니까?"

"물론이죠. 그게 누구더라… 잠깐 생각 좀 해보죠…. 아, 생각났다… 정말 이상한 일이긴 했죠… 우리 집에 일을 잘하는 하인이 한 명 있었습니다. 지적이고 과묵한 나이 지긋한 사람이었어요. 비서 역할도 해주었습니다. 어느 날 라울 씨에게 엽서가 왔고 나는 그 사람에게 발신 주소를 적어놓으라고 했습니다. 그런데 엽서를 이상할 정도로 뚫어지게 바라보더군요. 마치 아는 필체라도 되듯이. 그러더니 이런 말을 했습니다. 지금도 기억나는군요. '다베르니 씨는 정말 멋진 분인 것 같습니다. 박사님께서 건축가를 추천하시려면 제가 돌본 적이 있는 젊은 건축가를 추천하시면 좋을 것 같습니다… 일전에 잠깐 말씀드린 적이 있는데요…'라고 말했습니다. 그리고 얼른 편지 한 장을 타이핑하더니 내게 서명만 하면 된다고 했습니다. 상황이 그렇게 된 거죠."

라울이 박사에게 물었다.

"그 하인은 지금 여기 없습니까?"

그러자 박사는 쓸쓸한 미소를 지으며 대답했다.

"나중에 알게 된 건데 내 돈을 꽤 빼돌렸더군요. 얼른 내쫓았죠. 그러자 그가 '박사님, 제발 부탁이니 절 거리로 내쫓지 마십시오. 이제야 겨우 마음잡고 살고 있는데… 여기서 나가는 게 두렵습니다… 제발 내쫓지 말아 주십시오… 여기서 나가게 되면 다시 과거처럼 좋지 않은 일을 해야 합니다'라고 하더군요."

"그 하인 이름이 뭡니까?"

"바르텔르미라고 했습니다."

라울은 이미 예상한 이름이라 별로 놀라지 않았다.

"그 바르텔르미라는 사람, 가족은 없습니까?"

"그가 훌쩍이며 털어놓기로는 아들 둘이 있는데 모두 건달이라더군요. 특히 아들 중 한 명은 늘 경마장이나 그르넬의 술집에 다닌다고 했습니다."

"아들들이 바르텔르미를 만나러 여기에 온 적이 있습니까?"

"아뇨. 하지만 어느 여자가 몇 번 바르텔르미를 찾아온 적이 있습니다. 둘이 뭔가 쑥덕이더군요. 중류계급에 속한 여자 같았는데 세련되고 아름다웠습니다. 1년 반 전쯤에, 어느 날 그 여자가 정신이 나간 것 같은 모습으로 찾아와 부상당한 사람이 근처에 있다고 날 이끌었습니다."

"누가 부상을 당한 겁니까?"

"별 비밀도 아닙니다. 신문에도 한참 나왔죠. 작년 살롱전에 매우 아름다운 프리네(기원전 4세기 그리스 아테네의 고급 창부. 아름다움으로 인해 불경죄를 저질렀으나, 심판관들의 '아름다운 것은 모두 선하다'는 편견에 의해 법정에서 용서받았다 – 옮긴이) 조각상을 출품한 유명 조각가 알바르 아시죠?"

그리고 박사는 은근히 미소를 지으며 물었다.

"혹시 질문을 하시는 이유가 뭔가 수상한 계획을 세우기 위해서는 아니죠?"

라울은 생각에 잠긴 채 그곳에서 나왔다. 드디어 궁금한 것의 실마리를 조금 알게 된 것 같았다. 바르텔르미 영감, 코르시카 여인, 펠리시앵을 연결하는 실마리였다. 어떻게 펠리시앵이 베지네까지 오게 되었는지 이제 알 것 같았다.

필요한 정보를 얻었다고 생각한 라울은 여기서 5분 거리에 사는 조각가 알바르의 집으로 찾아가 명함을 건넸다.

넓은 아틀리에로 들어가자 아직 나이가 젊은 남자 한 명이 서 있었다. 세련된 용모에 검은색 눈동자가 멋있었다. 라울은 그에게 예술 작품을 구입하기 위해 프랑스에 온 예술 애호가라고 자신을 소개했다.

이어서 라울은 진짜 감식가라도 되듯 아틀리에 여기저기에 있는 초벌 작품, 흉상, 토르소, 미완성 입상들을 하나하나 살펴보고 평가하면서 조각가 알바르를 흘끔 관찰했다. 연약해 보이지만 우아하고 세련된 저 조각가와 코르시카 출신 여인은 무슨 관계일까? 그녀가 사랑했던 남자?

라울은 비취로 된 멋진 작은 조각상 두 점을 사겠다고 했다. 그다음, 초석 위에 흰색 천으로 덮여 올려진 커다란 조각상을 가리키며 물었다.

"저건 뭡니까?"

"파는 것이 아닙니다."

조각가가 얼른 대답했다.

"그 유명한 프리네 조각상인가 보죠?"

"그렇습니다."

"좀 볼 수 있을까요?"

알바르는 바로 조각상을 보여주었다. 라울은 감탄사를 내뱉었다. 알바르는 작품이 멋져서라고 생각했지만, 라울은 단순히 조각상이 아름다워서 감탄사를 뱉은 것이 아니라 너무 놀라서 비명을 지른 것에 가까웠다. 그 조각상은 분명히 포스틴 코르티나를 모델로 한 것이었다. 포스틴의 얼굴과 표정, 부드러운 옷으로 가려진 몸의 선이 그대로 살아 숨쉬는 듯했다.

라울은 조각상의 아름다움에 넋을 잃은 것처럼 아무 말 없이 한참을 서 있다가 한숨처럼 내뱉었다.

"이런! 세상에 없을 것 같은 여성의 모습이군요!"

알바르는 미소 지으며 말했다.

"아뇨, 실제로 있는 여성입니다."

"물론 알바르 씨처럼 위대한 예술가가 해석한 여성은 존재하겠지만 올림포스 산의 여신들, 그리스의 매춘부들 이후 저렇게 완벽한 아름다움을 지닌 여성은 없습니다."

"아뇨, 실제로 있다니까요! 해석도 필요 없이 그대로 묘사만 하면 되었습니다."

"아! 직업 모델인가요?"

"일정 시간 포즈를 취하고 비용을 받는 평범한 직업 모델입니다. 어느 날 한 여성이 찾아와 내 동료 조각가 두 명을 위해 포즈를 취한 적이 있다고 했고 자신의 애인이 질투가 많은 성격이라면서 저만 괜찮다면 몰래 와서 하겠다고 하더군요. 애인을 너무나 사랑하기 때문에 괴롭게 만들고 싶지 않다고 했습니다…."

"그런데 왜 굳이 모델을 하겠다는 거죠?"

"돈이 필요하다고 했습니다."

"애인이라는 남자는 전혀 몰랐습니까?"

"아뇨, 감시를 철저하게 했는지 어느 날 모델 일이 끝나고 그 여성이 옷을 입는데 애인이 갑자기 아틀리에 문을 밀고 들어와 날 한 대 쳤죠. 여성이 얼른 근처 병원에서 의사 선생님을 데려왔습니다. 다행히 큰 부상은 아니었습니다."

"그 여자를 다시 본 적이 있습니까?"

"요즘 들어서 겨우 한 번 봤습니다. 애인이 죽었다며, 장례식을 치를 돈이 필요하다고 하면서 얼마 정도를 빌려 갔습니다."

"그 여자가 또 모델을 하러 올까요?"

"두상 모델을 서는 거라면 가끔 온다고 했습니다. 대신 다른 포즈는 곤란하다고 했습니다."

"어떻게 살아간답니까?"

"글쎄, 그건 잘 모르겠습니다. 헤픈 여자는 아닙니다."

라울은 다시 한 번 프리네 조각상을 한참 동안 바라보면서 이렇게 중얼거렸다.

"저 조각상은 아무리 값을 많이 쳐주어도 팔지 않겠다는 건가요?"

"절대로요. 제 최고의 걸작이니까요. 저 작품만큼 여성의 아름다움을 표현하기 위해 열정을 바친 작품은 없습니다."

"사랑했던 여성의 아름다움이라 그런 거겠죠…."

라울이 농담처럼 말했다.

"사랑이라기보다는… 갈망에 가깝죠… 저의 일방적인 마음이었는걸요… 그녀에겐 따로 사랑하는 남자가 있었으니까요. 하지만 상관없습니다. 제 곁에는 저 프리네가 있으니까요."

7
장지 바르

몇 년 전에 간판에는 이렇게 적혀 있었다.

오 비외 마스트로케(낡은 선술집 – 옮긴이)

하지만 지금 이 글자는 다음과 같은 현대적인 간판의 새로운 이름 아래에 가려져 있다. 다만 군데군데 페인트가 벗겨진 틈으로 이 글자를 어렴풋이 볼 수 있을 뿐이었다.

장지 바르

술집은 여전히 공단 한복판인 서민 동네 그르넬의 낡은 뒷골목에 있었다. 노트르담에서 샹 드 마르스까지 파리의 가장 화려한 풍경이 보였고 센 강의 물결이 주위를 흐르고 있었다.

술집 장지 바르는 상습적인 경마 투기꾼, 음지에서 활동하는 불법 마권업자, 예상업자 등 경마로 먹고살고 빚을 지기도 하는 사람들로 늘 북적거렸다.

공장에서 사람들이 몰려나오는 정오와 외상값을 걷는 오후 5시가 술집이 제일 붐비는 시간이었다.

저녁 시간이 되면 술집은 비밀 도박장으로 변신했다. 싸움이 일어날 때도 있었고 술에 취한 사람들도 많았다. 그리고 이때에는 토마 부키('북메이커'의 프랑스식 줄임말이다)가 중요한 인물이 되었다. 토마 부키는 대담하고 냉정하게 게임을 하기 때문에 늘 돈을 땄다. 술도 어찌나 센지 아무리 마셔도 취하지 않았다. 얼굴은 호탕한 인상이었지만 표정은 뭔가 비열해 보였다. 머리는 냉철하고 풍채는 단단했다. 주머니가 두둑한 신사 복장에 중산모는 절대로 벗지 않았다. 사람들은 그를 가리켜 '자기 일에 통달한 사람'이라고 했다. '자기 일'이라… 그 일이 정확히 무엇인지 아는 사람은 없었다. 그날 저녁도 토마 부키가 작업을 시작하자 사람들은 긴장하며 집중했다.

저녁 11시 정도에 어느 창백한 남자가 도박 테이블로 다가왔다. 술에 취해 몸을 가누지 못하는 듯 남자의 다리가 후들거렸다. 때가 꼬질꼬질한 낡은 외투는 고급 재단의 흔적만 겨우 보였다. 칼라는 지저분했으나 그래도 나름 부착식이었다. 손은 곱상하고 턱을 깨끗하게 면도한 것으로 봐서 자신이 속한 계층에서 최근에 밀려난 낙오자 같았다.

남자가 주문했다.

"퀴멜주(증류주에 캐러웨이 씨, 쿠민, 회향 등을 첨가한 무색의 독일 리큐르-옮긴이)."

주인이 의심하는 표정을 지으며 대꾸했다.

"선불입니다."

남자는 은행권 지폐 다발이 얼핏 보이는 수첩을 열더니 그 사이에서 10프랑짜리 지폐를 한 장 꺼냈다.

그 모습을 본 토마 부키는 주저하지 않고 이런 제안을 했다.

"포커 다이스(포커가 그려진 주사위로 하는 주사위 놀이-옮긴이)를 할까요?"

곧바로 토마 부키는 자기소개를 했다.

"토마 부키라고 합니다."

상대방은 영어식 억양이 약간 섞인 말투로 역시 예의 바르게 대답했다.

"'젠틀맨'이라 불러주십시오… 하지만 난 주사위 놀이는 안 하는데요….'

"그럼 뭐로 할까요?"

"에카르테(32장의 카드로 하는 카드놀이의 일종-옮긴이)로 하죠."

그러나 에카르테 게임은 포커 다이스를 한 것이나 마찬가지일 만큼 금세 판가름이 났다.

젠틀맨은 한 판 더 하자고 했다. 그렇게 수차례 하다 보니 200프랑이 금방 날아갔다.

젠틀맨은 돈을 지불하고 퀴멜주를 두 잔째 마셨다. 술기운 때문일까? 운이 따르지 않아서일까? 젠틀맨은 눈물을 흘리는가 싶더니 비틀거리며 가버렸다.

다음 날에도 젠틀맨은 모습을 보였다. 그런데 이번에도 또 200프랑을 날리고 가버렸다.

그다음 날에 젠틀맨은 또 나타났지만 너무 취해서 카드를 쥘

수조차 없을 정도였다. 돈을 잃어서가 아니라 퀴멜주를 너무 많이 마셔서 제정신이 아닌 듯했다. 남자는 알아듣기 힘든 말을 내뱉었는데 그중 몇 마디가 토마 부키에게 이상하게 들린 모양이었다. 토마 부키는 젠틀맨에게 세 잔 연속 퀴멜주를 따라주었고 자신도 세 잔을 마셨다. 퀴멜주에 다른 알코올이 섞이는 폭탄주는 자신 없었지만 퀴멜주만이라면 괜찮았다.

두 사람은 결국 비틀거리며 술집을 나섰고, 에밀 졸라 대로변 벤치에 누워 경쟁하듯이 먼저 곯아떨어졌다.

얼마나 시간이 지났을까. 잠에서 깬 두 사람은 좀 더 제대로 이야기를 나누기 시작했다. 토마 부키가 상대적으로 상태가 멀쩡했다. 토마 부키는 갑자기 뭔가 생각이 났는지 젠틀맨의 목을 팔로 감싸며 친근한 목소리로 말했다.

"정신이 좀 드나? 자네 마셔도 너무 마시더군. 너무 취하다 보니 감옥에 들어갈 만한 위험한 소리까지 하더군."

"내가 감옥에?"

젠틀맨이 가까스로 발끈하는 태도를 취했다.

"그렇다니까! 아까 술집에서부터 계속 베지네 사건 얘기를 하던데, 그게 뭔가?"

"베지네라고?"

"그래, 베지네 사건 말야. 신문에서 요란스럽게 떠들었잖아. 자네가 거기서 돈을 훔쳤다며?"

"큰일 날 소리!"

"안 훔쳤단 말인가?"

"그래! 누가 준 거라고."

"누가 줬는데?"

"어떤 녀석이."

"베지네 사람?"

"아니."

"그럼 뭔가? 자네 베지네에서 살았다면서?"

"그래."

"그게 언젠데?"

"전쟁이 일어나기 전에."

"그게 무슨 헛소리인가… 전쟁 이전의 은행권 지폐를 갖고 있다는 것은 아니지?"

"그건 아니야."

두 사람은 20분 동안 알맹이 없는 말을 주고받았고, 그런 후에야 젠틀맨은 이렇게 말했다.

"부키, 자네 말이 맞아. 사실, 최근에 있었던 일이야."

"아마도 10일 아니면 12일?"

"그쯤 되지."

"자네가 말한 그 사람 이름은 뭔데?"

"그건 말할 수 없어, 부키!"

"말할 수 없다고?"

"그래. 그자가 말하지 말라고 했거든."

"돈은 왜 줬다던가?"

"보상금으로…."

"자네가 저지른 일에 대한 보상인 건가?"

"아니, 해야만 했던 일에 대한 보상."

"그게 뭔가?"

"나도 더 이상은 몰라."

이런저런 새로운 잡담이 끝없이 이어졌다. 두 사람은 만취한 몸으로 다른 술집에 들어갔다. 젠틀맨이 부키도 똑같은 양을 마셔야 한다고 고집을 부리는 바람에 부키도 함께 퀴멜주 두 잔을 더 마셨다. 그리고 두 사람은 큰 소리로 노래를 부르며 제방 쪽으로 걸어갔다.

두 사람은 강물에서 가까운 아래쪽 도로, 다시 말해 바지선이 정박하는 기슭까지 왔다. 젠틀맨이 갑자기 모래 더미 속에 털썩 넘어졌다. 토마 부키는 먼저 자기 얼굴부터 씻고는 손수건에 물을 묻혀 젠틀맨의 얼굴을 닦았다.

젠틀맨은 다시 호흡을 가다듬고 있었다. 그런 젠틀맨을 두고 토마 부키는 아까의 대답을 끌어내려했다. 다만 이번에는 새로운 방법으로 젠틀맨의 정신을 먼저 깨우기 위해 애썼다.

"정리 좀 한번 해봄세. 우선, 베지네 별장에 도둑이 들어 엄청난 액수의 돈이 든 회색 자루를 훔쳤다. 그러나 그 자루는 얼마 안 가 사라졌다. 누군가 자루를 찾아달라며 자네에게 지폐 다섯 장을 줬다. 어때, 맞나?"

"아냐."

"맞다니까. 물방울무늬 나비 넥타이를 맨 키 큰 친구가 있었다고 했잖아…"

"그게 아냐… 자루도, 물방울무늬 나비 넥타이도 아냐…"

"거짓말! 그럼 왜 자네에게 500프랑을 줬겠나?"

"500프랑이 아니라…."

"그럼 뭔가?"

"1000프랑짜리 지폐 다섯 장…."

"그럼 5000프랑!"

토마 부키는 엄청나게 흥분했다. 5000프랑! 하지만 진실은 마치 손가락 사이를 빠져나가는 물처럼 잡히지 않았다. 토마 부키는 점점 취기가 올랐고 이제는 자신이 울기 시작했다. 어리석게도 토마 부키는 정신이 없는 와중에 넋두리처럼 속마음을 떠벌렸다.

"잘 들어… 그 사람들이 나와 함께 강도질을 한 거야… 바르텔르미 영감과 시몽… 두 사람은 작업을 하면 날 늘 멀리 따돌렸어. 내게는 '소형 화물차를 빌려 샤투교 근처에서 기다리라고, 일이 끝나면 우리가 그리로 가지'라고 했어. 그러더니 서로 개죽음만 당했지. 난 상관 안 해! 그 이야기는 그만하기로 하고… 다른 이야기도 있으니까….'

젠틀맨은 컴컴한 어둠 속에서 천천히 팔을 짚고 몸을 일으켰고, 취기가 사라진 눈동자를 반짝이며 토마 부키의 눈물범벅이 된 얼굴을 노려봤다. 부키의 얼굴이 희미한 불빛 속에 드러났다.

젠틀맨이 중얼거렸다.

"다른 이야기라니? 그게 뭐지? 다른 이야기는 또 뭔가?"

토마 부키가 더듬거리며 이야기했다.

"그자들이 꾸민 일… 엄청난 거지. 꽤 많이 알긴 하지만 완벽하게는 몰라… 누구를 상대로 꾸민 일인지는 알지만 그 대상이 현재 어떤 이름으로 다니고 있는지는 들은 적이 없어… 어디에 사는지도 들은 바가 없고… 이런 정보만 알아도 수십만 프랑을 손에 넣을 수 있는데 말이야. 수십만 프랑… 더 자세히만 알아도….”

젠틀맨이 속삭였다.

“그래… 알면 좋을 텐데 말이지… 내가 좀 도와주지.”

“그래, 날 도와줄 거지?”

부키가 훌쩍이며 물었다.

“당연하지! 도와주고말고. 이런 일을 담당하는 업체도 있다고… 흥신소 같은….”

“아는 데라도 있나?”

“아는 데가 있냐고? 5000프랑도 그런 일을 해서 받게 된 거야….”

“그래, 일을 한 비용으로 받았다고 자네가 말했지.”

“흥신소 일을 하는 사람이었어… 내게 이런 말을 했어. ‘이봐, 젠틀맨! 최근 체포된 펠리시앵이라는 사람이 누구인지 알고 싶어 하는 남자분이 있거든. 좀 알아봐줘! 괜찮은 정보를 낚아 오면 돈은 더 받을 수 있을 거야….’”

갑자기 토마 부키가 펄쩍 뛰었다. 펠리시앵이라는 이름을 듣자 취기가 사라진 것이다. 토마 부키는 대뜸 말했다.

“지금 그게 무슨 소리인가? 자네가 펠리시앵을 조사하고 있다고?”

“그래, 지금 감옥에 있지. 사실, 의뢰인을 직접 만나기로 했어.”

“자네에게 5000프랑을 준 사람 말인가?”

“그래.”

"약속은 한 건가?"

"의뢰인의 운전기사를 만나 차를 타고 가기로 되어 있어."

"어디서 만나기로 했나?"

"콩코르드광장 스트라스부르 동상 앞."

"언제인가?"

"사흘 후… 목요일 오전 11시. 운전기사는 〈르 주르날〉을 들고 있을 거라고 했어… 어때, 자넬 도울 만하지?"

토마 부키는 두 주먹으로 머리를 눌렀다. 마치 스쳐 지나가려는 생각을 붙잡아 완전한 형태로 파악하고 싶어 하는 것 같았다. 펠리시앵? 5000프랑을 준 남자? 추리에서 중요한 실마리가 될 수 있는 요소 아닌가?

토마 부키가 물었다.

"그 의뢰인이 어디에 사는지 알아?"

젠틀맨이 분명한 목소리로 대답했다.

"베지네에 사는 것 같아… 그래… 베지네에 살아…."

"이름은 알고 있는 거지?"

"그럼… 신문에서 그 사건에 대해 한참 나올 때 몇 번 이름이 나온 사람이거든… 그러니까… 타베르니인가… 다베르인가… 뭐 그래."

젠틀맨은 목소리가 약해지더니 더 이상 아무 말도 하지 않았다.

부키는 어지러운 머릿속을 정리하면서 흩어진 생각을 모으려고 애썼다. 이리저리 헝클어져 서로 엇갈리는 이야기들을 완전히 이해할 수는 없어도 그나마 분명하게 느껴지는 두세 가지 요점이 떠올랐다. 어둠 속에 고정된 빛 같은 그 두세 가지를 중심으로 모든 생각이 맴돌았다.

젠틀맨은 부키의 가슴에 머리를 기대고 꾸벅 졸고 있었다. 두터운 구름 아래로 후끈하고 무거운 밤공기가 점점 쌓여갔다. 정박해 있는 바지선의 불빛이 수면에 반사되어 조용히 춤을 추었다. 맞은편 기슭에는 컴컴한 건물들과 웅장한 트로카데로 궁, 그리고 아치형 다리가 보였다. 제방에는 아무도 없었다.

토마 부키는 젠틀맨의 윗도리와 조끼 사이에 몰래 손을 넣어 호주머니를 더듬었다. 안전핀으로 채워져 있어 정말 열기 힘들었다! 조끼 안주머니 부분에 두툼한 은행권 지폐들이 손가락에 느껴졌다. 토마 부키는 얼른 그 지폐들을 꺼냈다. 그런데 그 와중에 하필 안전핀 끝이 손가락을 찔러 움찔하고 말았다.

잠이 깬 젠틀맨은 무슨 일이 일어나는지 자세히 알지 못하면서도 저항했다. 부키는 이제 거리낌 없이 힘을 모았고 젠틀맨은 부키의 손을 자기 두 손으로 꽉 잡았다.

예상했던 것보다 저항이 만만치 않았다. 젠틀맨은 손톱으로 부키의 손 살갗을 꾹 누르며 놓지 않으려 했고, 도움을 요청하며 소리도 질렀다.

토마 부키는 겁이 났다. 있는 힘껏 젠틀맨을 밀치고 자신에게 매달리는 남자의 몸을 바닥에 질질 끌며 벗어나려고 했다. 젠틀맨은 갑자기 힘이 빠졌는지 먼저 떨어져 나갔다. 부키는 이미 절제할 수 없을 정도로 흥분해 있었다. 아까보다 정신도 말짱해졌다. 젠틀맨에게 해서는 안 될 속내 이야기까지 했던 것이 기억난 토마 부키는 더욱 흥분했다. 서로 떨어진 두 사람은 마치 싸우다 만 사람처럼 마주 본 채 강물 옆에서 무릎을 꿇고 있었다. 부키는 순간 주변을 두리번거렸다.

아무도 없었다.

부키는 젠틀맨을 얼른 강물 쪽으로 밀었다. 부키는 자신도 모르게 갑자기 저지른 행동에 놀라 잠시 멍하게 있었다.

왜 이런 행동을 하게 된 걸까? 젠틀맨의 돈을 훔치려고? 아니면 5000프랑을 주기로 한 의뢰인과 만나지 못하게 하려고?

부키가 저만치 바라보니 젠틀맨은 물속에서 허우적거렸고 잠시 후 모습이 완전히 사라졌다.

부키는 몸을 털고 일어나 집으로 갔다.

한편, 젠틀맨은 1분 정도 물속에 들어가 물살이 흐르는 방향으로 헤엄을 쳤다. 부키가 더 이상 현장에 없다고 확신한 그는 물 위로 올라와 능숙하게 제방을 따라 수영했다. 젠틀맨은 그르넬 다리 조금 못 미친 곳에 도착했다.

근처에는 운전기사가 기다리고 있었다. 젠틀맨은 차에 올라 옷을 갈아입고 곧바로 베지네로 향했다.

새벽 3시에 라울은 **클레르 로지**의 침대에 누웠다.

8

토마 부키

예심은 전혀 진전되지 않았다. 다음 날 라울은 매우 기분이 좋아 보이는 예심판사와 우연히 마주쳤다. 루슬랭은 미결로 남을 사건은 미결 상태 그대로 정리해야 한다는 주의였고, 그런 생각이 들 때마다 기분이 가벼워졌다.

루슬랭이 말했다.

"어림도 없는 일입니다. 어림도 없다고요. 아직 머리를 쥐어짜서 생각해야 할 것들도 그대로이고 확인해야 할 증거도 많습니다. 구소는 자신 있다지만, 솔직히 나는 탑 꼭대기의 자매 안느(〈푸른 수염〉의 여주인공은 무서운 남편, 푸른 수염으로부터 형제들이 자기 목숨을 구해 주기를 고대하며 이렇게 세 번 물어본다. "안느, 나의 자매 안느야. 너는 누가 오는 것이 보이지 않니?"-옮긴이)가 된 기분입니다. 아무것도 오질 않는군요."

"바르텔르미에 대해서 밝혀진 것은요?"

"전혀 없습니다. 바르텔르미의 시신을 찍은 사진을 신문에 공개했지만 그자의 행적은 여전히 알 수 없는 상황입니다. 더구나 바르텔르미가 자주 가던 수상한 곳들은 경찰들에게 비협

조적으로 나오죠… 설령 그의 얼굴을 알아봤다고 해도 괜히 얽혀 들어가기 싫어서 입을 다물고요."

"바르텔르미와 시몽 로리앙의 관계도 밝혀진 것이 없습니까?"

"전혀요. 시몽 로리앙이라는 이름 자체가 가명입니다. 어디 출신인지도 전혀 알 수 없습니다."

"하지만 조사 결과 시몽 로리앙이 자주 만나던 그룹이라든가 어떤 카페에서 자주 목격되는 일이 많았다고 하지 않았나요? 시몽 로리앙이 아주 아름다운 여성과 함께 있었다는 목격담을 담은 신문 기사도 있었고…."

"그냥 애매한 단서일 뿐입니다. 같이 있었다던 여자에 대해서도 밝혀진 것이 없습니다. 시몽 로리앙 같은 사람들이야 잘 숨어 있거나 신분을 바꾸며 다니는 경우가 많지 않습니까."

"우리 젊은 건축가요?"

"펠리시앵 샤를이요? 알려진 것이 없기는 마찬가지입니다. 신분증명서도, 호적도 없어요. 군 제대 수첩을 보면 서명 하나만 정확히 있더군요. 대신 출생 날짜와 출생지에 대한 질문은 '공란'으로 남겨져 있고요."

"지금이라도 대답을 끌어낼 수 없나요?"

"입을 다물고 있어요. 자신의 과거에 대해서는 그 어떤 말도 하고 있지 않습니다."

"자신의 현재 행적에 대해서는요?"

"마찬가지죠. '난 안 죽였습니다. 난 훔치지 않았어요'라는 말뿐입니다. 내가 이것저것 물으면 자신이 설명할 수 없는 일이라고만 합니다. 그냥 무조건 아니라고만 하죠. 또한 다베르니 씨 집에 살 때도 펠리시앵에게 편지 하나 온 적이 없다고 하더 군요."

"전혀 없었습니다. 나 역시 펠리시앵이 어떻게 살아왔고 과 거의 행적이 어땠는지 아는 것이 하나도 없습니다. 건축가 겸 실내 장식가가 필요했는데 마침, 더 이상 연락은 안 하는 친구 이긴 하지만 여하간, 어느 친구 한 명이 펠리시앵의 이름과 주 소를 주었습니다. 주소는 어느 민박이었습니다. 그 민박도 펠 리시앵이 그저 잠시 머물다 가는 곳이었습니다. 일단 그곳으로 편지를 보냈더니 펠리시앵이 찾아온 겁니다."

"다베르니 씨도 펠리시앵이 수상하다는 생각은 한 것 같군요."

루슬랭이 그렇게 이야기를 마무리했다.

다음 날 라울은 **클레마티트** 별장 문을 두드렸다. 하인이 나오 더니 롤랑드가 정원에 있다고 말해주었다.

정말로 롤랑드는 집 앞 정원에서 조용히 바느질을 하고 있었 다. 거기에서 멀지 않은 곳에 제롬 엘마가 긴 의자에 편히 누워 책을 읽고 있었다. 제롬은 아직 병원에서 치료는 받고 있지만 외출은 가능한 상태였다. 제롬은 매우 야윈 모습이었고 눈가에 는 기미가 끼어 있었으며 양 볼도 홀쭉했다. 몸 상태가 썩 좋아 보이지는 않았다.

라울은 오래 있지 않았다. 롤랑드는 표정뿐만 아니라 분위기 도 달라져 있었다. 뭔가에 집중하는 것 같았고 속마음을 잘 이 야기하지 않으려는 듯했다. 질문을 해도 거의 대답이 없었다. 제롬도 말이 없기는 마찬가지였다. 제롬은 의사들이 늦은 여름은 산속에서 보내라고 조언했다며 곧 떠날 예정이라고 했다.
무엇보다 고통스러운 기억이 있는 여기 베지네에서 더 이상 머
물고 싶지 않다고 했다.

아무리 주변을 둘러봐도 장애물뿐이었다. 예심 과정도 진전
이 없고 사람들도 경계 태세를 보이며 말을 아꼈다. 펠리시앵
샤를, 포스틴, 롤랑드 가브렐, 제롬 엘마 모두 뭔가 비밀을 감추
고 있는 느낌이라 진실을 알기는 힘들 것 같았다.

그러나 어쨌든 이번 목요일 오전에 펼쳐질 승부가 기대되었
다. 토마 부키가 과연 나타날 것인가. **클레르 로지**로 유인하기
위해 펼친 계획을 혹시 눈치채고 의심해서 오지 않는 것은 아
닐까? 이틀 동안 생각이 명료해져서 혹시 함정은 아닐까 하고
의심하는 것은 아닐까?

그런 일은 없기를 바랐다. 라울은 약속 시간에 맞춰 운전기
사를 보냈다. 토마 부키는 젠틀맨이 취중에 한 소리도 뭔가 의
미가 있을 것이라 생각할 테니 분명 약속 장소에 나타날 것 같
았다. 뿐만 아니라 부키가 약속 장소로 꼭 오지 않으면 안 되는
상황이기도 했다. 부키는 젠틀맨을 죽인 걸로 알고 있을 것이
다. 그러니 젠틀맨의 호주머니에서 훔친 돈 말고도 더 많은 돈
을 받아낼 수 있는 방법이 있다는 생각을 하지 않을까?

예상대로 얼마 후 자동차 엔진 소리가 들렸다. 차는 정원 안
으로 들어오고 있었다. 라울은 얼른 서재에 앉아 필요한 지시
를 내렸고 조용히 손님을 기다렸다. 그렇게 바랐고 겨우 성사
시킨 만남이 드디어 이루어지는 것이다. 아르센 뤼팽을 향한
여러 음모에 대한 단서를 가진 유일한 인물, 토마 부키. 바르텔

르미와 시몽이 꾸몄던 계획을 실행했던 토마 부키, 그 토마 부키가 이제 모습을 보일 것이다!

라울은 바지 주머니에서 권총을 꺼내 손에서 가까운 윗도리 주머니에 넣었다. 위험한 인물을 상대해야 하니 조심할 필요가 있었다.

하인이 노크하자 라울은 외쳤다.

"들어오십시오!"

문이 열렸다. 부키가 들어왔지만 완전히 다른 모습이었다. 멋진 모자를 쓰고 주름을 세운 바지를 입은 깔끔한 차림이었다. 전보다 높은 계층에 속한 듯한 모습이었다. 부키는 꼿꼿이 몸을 세웠다. 체격이 단단해 보였다.

두 사람은 잠시 아무 말 없이 서로를 바라봤다. 부키는 라울이 장지 바르의 젠틀맨이라는 걸 알아보지 못하는 것 같았다. 직접 물에 빠뜨린 한량 젠틀맨과 **클레르 로지**의 소유자 라울 다베르니를 동일 인물로 생각하지 못하는 것 같았다.

라울 다베르니가 말했다.

"제가 흥신소에게 의뢰한, 펠리시앵 샤를의 행적을 추적해 줄 분인가요?"

"아닙니다."

"그런가요? 그럼 누구십니까?"

"그 사람을 대신해서 왔습니다."

"그게 무슨 말이죠?"

토마는 주저하지 않고 말했다.

"먼저 확인할 것이 있습니다. 여기에 우리 두 사람뿐입니까?

방해될 사람은 없는 거죠?"

"방해받을까 봐 걱정이 되나 보죠?"

"그렇습니다."

"이유는요?"

"오직 한 사람만 들어야 하는 이야기를 하려고요."

"한 사람이라면?"

"아르센 뤼팽입니다."

부키는 상대방이 놀랄 것을 미리 노린 것처럼 목소리를 일부러 높였다. 처음부터 위협적으로 먼저 공격을 시작하겠다는 투였다. 말투와 목소리만 봐도 그 의도를 짐작할 수 있었다. 하지만 뤼팽은 꿈쩍도 하지 않았다. 바로 이 장소에서 아르센 뤼팽이라는 이름으로 자신을 지목한 포스틴이 시몽 로리앙과 관계가 있는 것처럼, 토마 부키가 이렇게 나오는 것 역시 시몽 로리앙과 관계가 있어서이지 않을까?

뤼팽은 간단히 대답했다.

"아르센 뤼팽을 만나러 왔다면 제대로 찾아온 겁니다. 내가 아르센 뤼팽이니까요. 댁은 누구입니까?"

"내 이름은 중요하지 않습니다."

토마 부키는 뤼팽이 오히려 담담하게 나오자 놀란 듯했다. 그는 공격에 나설 다른 방법을 생각했다.

라울은 호출 벨을 울렸다. 운전사가 들어왔다. 라울은 운전사에게 지시했다.

"신사분이 계속 쓰고 있는 저 모자 좀 받아주게."

부키는 말뜻을 눈치채고 얼른 모자를 벗었다. 그리고 자극을 받은 듯 빈정거리며 말했다.

"역시 지체 높은 분이시라 그런지 다르군요. 뭐, 아르센 뤼팽이니까. 유서 깊은 귀족 가문! 호주머니에 작위를 넣고 다니시는, 나와는 다른 세계의 분이시니…. 나야 높은 신분도, 작위도 없습니다만. 괜찮으시다면 눈높이를 아래로 맞춰주셨으면 합니다. 그래야 편히 이야기하죠."

부키는 담뱃불을 붙이고 또 빈정거렸다.

"내 태도에 놀라셨습니까? 후작이나 공작 같은 높으신 분들만 상대하다가 예의라고는 없는 나 같은 사람을 만났으니 말입니다."

라울은 여전히 침착했다.

"후작이나 공작을 대할 때는 예의를 지키고, 교양 없는 천박한 사람을 만날 때는 따로 방법이 있죠."

"예를 들어?"

"아르센 뤼팽식이지."

그렇게 말하면서 뤼팽은 재빨리 부키의 담배를 빼앗곤 이렇게 말했다.

"정도껏 하라고. 난 바쁜 몸이야. 원하는 게 뭔가?"

"돈."

"얼마나?"

"10만 프랑."

라울은 순간 놀라는 표정을 지었다.

"10만 프랑! 그 정도 돈을 받으면 대단한 것이라도 줄 건가?"

"줄 건 없어."

"그렇다면 그냥 협박인가?"

"그렇다고 할 수 있지."

"아예 협박을 하는 것이군."

"바로 맞혔어."

"돈을 주지 않는다면 내게 뭔가 해를 끼칠 건가?"

"그렇다."

"어떻게 할 건데?"

"댁을 고발할 거야."

라울은 상대를 진정시키려는 듯 고개를 흔들었다.

"사람 잘못 봤어. 내게는 안 통하는 방법이야."

"아니, 통할걸."

"아니라면 어떻게 할 건가?"

"그렇다면 파리 시 경찰청에 직접 편지를 보낼 거야. 베지네 살인·절도 사건은 라울 다베르니가 아니라 아르센 뤼팽이 관계되어 있다고 신고하는 거지."

"그러고는?"

"뤼팽은 감옥에 가는 거지."

"그러고 나면, 자네는 10만 프랑을 차지하고?"

여기까지 말한 라울은 어깨를 으쓱하고는 이렇게 덧붙였다.

"멍청하긴! 내가 움직임이 자유롭고, 자네의 협박을 두려워해야 날 압도할 수 있는 거지. 다른 협박거리나 찾아보시지."

"이미 다 찾았어."

"그게 뭐지?"

"펠리시앵."

"펠리시앵에 대한 불리한 증거라도 있나? 펠리시앵이 절도와 살인의 공범이기라도 한가? 그래서 펠리시앵이 징역형이나 사형을 받는다는 거야? 그런 걸로 내게 겁을 줄 수 있다고 보는 건가?"

"펠리시앵에 대해 신경을 쓰지 않는다면 왜 그에 대한 정보를 얻는 대가로 5000프랑이나 쓴 거지?"

"그건 다른 문제야. 펠리시앵이 감옥에 가든 어떤 일을 당하든 나와는 조금도 상관없거든. 펠리시앵이 잡혀가게 손을 쓴 게 누군지 알아? 바로 나야."

잠시 침묵이 흘렀다. 라울은 부키의 입술 사이로 매우 작게 터져 나오는 웃음을 들을 수 있었다. 왠지 불안했다.

"왜 웃지?"

"아무것도 아냐… 그냥 뭐가 생각나서…."

"뭐지?"

라울은 아까보다는 불안감이 가라앉았다. 마침내 뭔가 내막을 알 수 있을 것 같고, 미스터리한 사건에 왜 자신이 얽히게 되었는지 알 수 있을 것 같다는 생각이 들어서였다.

"뭐가 생각나는 건지 말해."

상대가 입을 열었다.

"들라트르 박사 알지?"

"알아."

"예전에 당신 부하들이 들라트르 박사를 납치해서 당신이 사경을 헤매고 있던 시골 여인숙으로 데려갔었지. 박사는 당신을 정성껏 치료해 목숨을 구해주었고. 그렇지?"

"이런… 그 옛날 일을 알고 있다니….'

라울은 놀라워했다.

"그 외에도 많이 알고 있지. 펠리시앵을 추천한 사람이 바로 들라트르 박사 맞지?"

"맞아."

"그런데 들라트르 박사는 펠리시앵에 대해 아는 것이 없어. 펠리시앵을 추천한 것도 박사의 하인인 바르텔르미였고. 바르텔르미는 **오랑주리**에서 사망한 노인이지."

"그건 이미 알고 있어."

"이야기는 별로 길지 않으니 조금만 기다려보라고… 이제부터라도 사건의 과정을 정확히 알아야 하니까. 그러니까 당신에게 펠리시앵을 보낸 사람이 바로 바르텔르미였지."

"펠리시앵도 이미 동의한 일 아닌가?"

"맞아."

"그런 계획을 꾸민 특별한 이유라도 있었던 건가?"

"당신 돈을 노린 거지."

"그런데 바르텔르미가 죽고 펠리시앵이 감옥에 가는 바람에 계획이 수포로 돌아간 거군."

"그렇긴 하지만 내가 맡게 되었으니 상관없어. 내가 여기에 온 이유기도 하고."

"그런데 거기서부터 모르겠단 말이야. 어서 말해봐."

"급하군… 그럼 과거 이야기부터 해보지. 약 15년 전부터 바르텔르미는 펠리시앵이 사는 모습을 멀리서 지켜보며 몰래 따라다녔어. 당시 펠리시앵은 건축사 자격증을 따기 위해 열심히 공부하고 있었어. 그 전에는 식료품 가게 점원으로 있었지. 행정관청의 사환, 시골의 차고 심부름꾼으로 일한 적도 있어. 시간을 더 뒤로 거슬러 올라가다 보면 바르텔르미가 푸아투의 농장에서 펠리시앵과 처음으로 마주친 시기로 가게 되지. 아직 어린 펠리시앵은 다른 아이들과 어울리며 크고 있었어."

라울은 이야기에 점점 흥미를 느꼈다. 그러면서 조금 초조한 기분도 들었고 이야기의 핵심을 이해하기 위해 신경을 곤두세웠다. 라울이 물었다.

"펠리시앵도 그 과거 이야기를 모두 알고 있겠지? 예심 과정에서는 말하고 싶어 하지 않았지만⋯."

"그럴 거야."

"바르텔르미는 펠리시앵을 어떻게 알게 된 거야?"

"남편을 잃은 농장 여주인과 사귀면서 비밀 이야기를 듣게 된 거야. 즉, 예전에 어느 여자가 아이 한 명을 데려와서 길러달라고 부탁하고는 많은 돈을 맡기고 갔다더군."

라울 다베르니는 알 수 없는 초조함을 느꼈다.

"그때가 몇 년쯤인가?"

"그건 나도 몰라."

"여자는 알지 않을까?"

"여자는 죽었어."

"그럼 바르텔르미는 알고 있었겠지."

"역시 이 세상 사람이 아니지."

"하지만 자네가 이런 이야기를 모두 알고 있는 것을 보면 바르텔르미에게 들은 것 아닌가?"

"딱 한 번 들은 적 있어."

"어서 말해봐. 그 여자, 펠리시앵의 엄마는 누구야?"

"아이 엄마는 아니었어."

"엄마가 아니라고?"

"그래. 어린 펠리시앵은 유괴를 당한 거니까."

"왜지?"

"복수 때문이라더군."

"그 여자는… 어떤 사람이었나?"

"아주 미인이었다는군."

"부자였다고 하던가?"

"돈은 많은 것 같다고 들었어. 자동차를 타고 다닐 정도였으
니까. 떠날 때 다시 오겠다고 했는데 그 후로 다시는 볼 수 없었
다더군."

라울은 초조함을 넘어 흥분을 느꼈다. 목소리부터 높아졌다.

"어쨌든 그 여자가 어린 펠리시앵에 대한 정보는 남기고 가
지 않았을까? 펠리시앵이 본명인가?"

"펠리시앵은 농장 여주인이 지어준 이름이야. 펠리시앵과
샤를이라는 두 가지 이름으로 불렸다고 하는군. 두 이름이 때
에 따라 번갈아 사용된 거지."

"진짜 이름은?"

"농장 여주인도 모른다고 들었어."

"하지만 농장 여주인은 뭐 다른 걸 알고 있을 것 아닌가!"

라울이 큰 소리로 물었다.

"그럴 가능성도 있지만… 따로 남긴 말이 없어서 말이야."

"거짓말 마! 지금 거짓말하고 있는 거야! 분명 농장 여주인은 뭔가를 알고 말했을 거야."

"농장 여주인은 아무것도 몰랐어. 하지만 바르텔르미가 농장 여주인과 사귀면서 따로 알아본 사실이 있긴 해. 여자는 아이를 농장 여주인에게 맡기고 차를 몰아 떠났는데 마을을 10킬로미터 정도 벗어난 곳에서 차가 고장이 난 거야. 여자는 이웃 마을에 차를 세웠고 예비 부품이 마련될 때까지 기다려야 했어. 그리고 정비소에 있던 정비공이 자동차 쿠션 아래에서 편지 한 장을 발견했지. 그 과정에서 그 여자의 이름이 칼리오스트로 백작부인이라고 알려졌고…."

라울 다베르니는 갑자기 펄쩍 뛰었다.

"칼리오스트로 백작부인!"

"그래."

"편지는 어떻게 된 건가?"

"바르텔르미가 정비공에게서 슬쩍했다고 들었어."

"그 편지, 직접 읽은 적 있나?"

"아니, 하지만 바르텔르미가 읽어줬지."

"그렇다면 내용은 알고 있겠군."

"내용보다는…."

"뭔가?"

"이름 하나는 똑똑히 기억이 나지."

"무슨 이름?"

"펠리시앵의 아버지 이름."

라울이 바로 다그쳤다.

"어서 말해."

"라울…."

갑자기 라울은 부키에게 달려들어 어깨를 꽉 잡고 소리를 질렀다.

"거짓말 마!"

"진실만을 말하고 있는 거야."

"거짓말이야! 설령 라울이라 해도 의미가 없어. 프랑스에는 라울이란 이름을 가진 사람이 한두 명이 아니니까. 성은 뭐라고 하던가?"

"라울 드 리메지(《초록 눈동자의 아가씨 외》에서 사용한 뤼팽의 가명으로 프랑스어 원문의 오류로 보인다.《칼리오스트로 백작부인》에서는 '라울 당드레지'라는 이름을 사용했다 – 옮긴이). 자네의 현재 이름 라울 다베르니와 마찬가지로 뤼팽의 가명 중 하나지."

라울은 비틀거렸다. 실제로 예전에 라울 드 리메지란 이름을 사용한 적이 있었다. 아! 괴로운 과거, 그 씁쓸했던 기억이 다시 어둠 속에서 솟아나는 기분이었다. 그런데 펠리시앵이 어떻게….

라울은 생각하고 싶지 않은 가능성들을 떠올리며 몸을 움츠렸다. 그는 목소리를 낮추며 말했다.

"말도 안 되는 소리 그만하라고! 제멋대로 상상하는군!"

"내가 설마 리메지라는 성까지 상상할 수 있었겠어?"

"그나저나 그 이야기는 전부 누구에게 들은 거지?"

"바르텔르미에게서."

"바르텔르미, 완전 사기꾼이군. 난 바르텔르미를 알지 못하고 바르텔르미도 날 모르는데 말이야."

"아니, 바르텔르미는 당신을 알고 있었어."

"그게 무슨 소리지?"

"당신 밑에서 일한 적이 있다고 했으니까."

"그건 또 무슨 말도 안 되는 소리야?"

"자네 옛 부하 중 한 명이라고 했어."

"바르텔르미가?"

"그땐 그 이름이 아니었지."

"이름이 뭐였지?"

"오귀스트 델르롱! 뤼팽이 치안국장으로 있을 때 총리실 수석 경비원으로 앉혔던 부하지."

9
두목

라울은 고개를 숙였다. 문득 옛 기억이 떠오르고 있었다. 모험가로 활동하던 초창기 시절에 오귀스트 델르롱은 가장 적극적으로 활동하던 부하 중 한 명이었다. 뤼팽은 그러한 오귀스트 델르롱을 의심 없이 여러 비밀 작전에 투입했다. 그러나 총리실 사건(《813》참조 - 옮긴이) 이후 그의 소식을 더 이상 들을 수 없었다(《호랑이 이빨》을 보면 뤼팽과 오귀스트는 아프리카에서 재회한 적이 있다. 저자의 착각으로 보인다 - 옮긴이).

그런 오귀스트가 갑자기 바르텔르미로 변신해 옛날의 두목을 대상으로 한 모든 음모를 꾸몄다는 말인가?

라울의 태도에 토마 부키는 더욱 대담하고 뻔뻔해졌다.

"20만 프랑 정도를 받아야겠는데, 한 푼도 깎으면 안 돼!"

그리고 더욱 격의가 없는 태도로 이런 설명을 했다.

"이제 이해가 되지 않나? 당신은 자신을 위해서는 돈을 토해내고 싶어 하지 않아. 하지만 아들이라면… 그건 다른 문제가 되지. 그러니 내게 30만 프랑을 주지 않는다면(그래, 분명 30만이라고 했고 그 정도 가격은 받아야겠지) 내가 예심판사에게 당신의 과거를 낱낱이 밝히게 될 거야. 펠리시앵이 라울 다베르니의 아들, 그러니까 결국 아르센 뤼팽의 아들이라는 것을 밝히는 일은 매우 쉽지. 안 그런가? 그야말로 일석이조야. 다베르니하나만 잡으면 아르센 뤼팽과 그 아들 펠리시앵까지 한꺼번에잡을 수 있는 거지. 그리고 펠리시앵의 어머니는 누구였지? 뤼팽이 리메지 남작으로 꾸미고 유혹해서 결혼한….”

그때 라울이 벌떡 일어나 공격적으로 말했다.

“입 다물어! 그 이름을 함부로 입에 올리지 마!”

그러면서 라울은 마음속으로는 남몰래 그 이름을 불러보고있었다. 비극적인 과거가 다시 떠올랐다. 클라리스 데티그와의 달콤하고 순수한 사랑, 그와 함께 잔인하면서 야성적인 여자 칼리오스트로 백작부인, 즉 조제핀 발사모를 향해 품었던열정…. 몇 번이고 어려운 장애물을 거쳐 결국에 클라리스 데티그와 결혼을 할 수 있었다. 5년 후에 아이가 태어났고 아이의이름은 장 드 리메지라는 이름으로 호적에 오르게 되었다. 아내가 출산 다음 날 분만 후유증으로 세상을 떠나자 아이도 사라져버렸다. 칼리오스트로 백작부인이 보낸 하수인들이 데려간 것이었다.

증오와 복수의 화신인 칼리오스트로 백작부인이 어느 날 푸아투의 농장 여주인에게 아기를 맡겼는데 그 아기가 바로 장드 리메지? 다정한 클라리스 데티그를 생각하며 그동안 찾아헤맸던 장이 펠리시앵이라고? 갑자기 라울을 찾아와 음험한계략을 실행에 옮긴 바로 그 펠리시앵? 라울 자신이 감옥에 보내버린 것이 바로 아들, 친아들이라고?

라울은 은근슬쩍 이렇게 말해봤다.

"칼리오스트로 백작부인은 죽었다는 것 같은데…."

"그래서 뭐? 아이만 살아 있으면 그것으로 되지! 펠리시앵을 보면 알잖아?"

"펠리시앵이 그 아이라는 증거는?"

"그건 사법 당국이 밝혀주겠지."

부키가 비아냥거렸다.

라울이 다시 말했다.

"증거가 있냐고 물었어."

"바르텔르미가 열심히 모은 증거들이 있지. 눈치 못 챘나? 바르텔르미에게는 이건 일생일대의 공격이라 할 수 있어. 펠리시앵을 자네 집에 들여보낸 것부터가 자네를 발톱으로 꼼짝 못하게 붙잡은 것이나 다름없어. 오늘 내가 찾아온 건 돈을 얻기 위해서지만, 바르텔르미는 아마 통쾌한 마음으로 계획을 세웠을 거야. 만일 바르텔르미가 살았다면 여기에 나타나 자네에게 '나를 비참한 상황에서 구해내. 아니면 댁을 사법 당국에 고발하고 아들 펠리시앵마저 감옥에 보낼 거다'라고 하고 싶었을 거야… 자네와 아들 둘 다…."

라울이 세 번째로 물었다.

"증거가 있나?"

"바르텔르미가 수년 동안 조사해서 모은 증거들이 있다면서 작은 주머니를 보여준 적이 있지."

"그 주머니는 어디에 있지?"

"시몽의 정부였던 여자에게 맡긴 것 같았어. 코르시카 출신의 여자로 바르텔르미와 잘 통했거든."

"그 여자를 좀 볼 수 있을까?"

"힘들 거야. 바르텔르미가 죽은 후로는 나도 본 적이 없으니까. 경찰도 그 여자를 찾고 있는 것 같은데….."

라울은 한참 동안 아무 말도 하지 않았다. 그리고 이어서 호출 벨을 눌러 하인을 불렀다.

"점심 식사는 준비되었나?"

"예."

"1인분 더 준비해주게."

라울은 부키를 떠밀듯이 앞으로 몰아 식당으로 갔다.

"앉으라고."

부키는 당황해하며 머뭇거렸지만 라울의 말대로 했다. 부키는 거래가 성공적으로 이루어진 것으로 생각했고, 지금은 40만 프랑이라는 욕심나는 액수를 제시할지 말지 고민하고 있었다. 라울 다베르니는 갑작스러운 비밀 이야기에 이미 마음이 흔들려 액수 따위는 그리 중요하게 여길 것 같지 않았다.

라울은 식사를 거의 하지 않았다. 부키가 예상한 것보다 라울의 태도는 담담했다. 하지만 사실 속으로는 깊은 고민을 하고 있었다. 매우 복잡한 문제라 이것저것 생각하며 해결책을 마련하기 위해 노력했다. 풀어야 할 문제가 두 가지니 해결책도 두 가지가 되어야 할 터. 펠리시앵 문제의 해결책을 찾는 것도 중요하지만 토마 부키의 협박에 어떻게 반응해야 할지 방법을 찾는 것이 더 급했다. 식사가 끝나고 두 사람은 다시 서재로 갔다.

30분 동안 다시 한 번 침묵이 흘렀다. 부키는 안락의자에 편히 앉아 아바나산 시가 상자에서 커다란 시가를 골라 맛있게 피우고 있었다. 라울은 뒷짐을 지고 뭔가를 골똘히 생각하며 서재를 왔다 갔다 했다.

마침내 부키가 입을 열었다.

"여러모로 생각해봤는데 50만 프랑 아래는 받아들이기 힘들 것 같아. 50만 프랑 정도가 적당하다고 봐. 난 준비를 단단히 하고 있는 상태니 만만하게 보지 말라고. 날 속일 생각이라면 그만두는 게 좋아. 미리 써놓은 고발 편지를 내 친구가 우체국으로 가져가게 되어 있으니까. 그러니 괜한 수작은 부리지 않는 것이 좋을 거야. 지금 당신에겐 빠져나갈 구멍이 없어. 내가 제시한 금액 이하로는 안 돼. 50만 프랑이야. 한 푼도 깎을 생각은 말라고."

하지만 라울은 아무 대답도 하지 않았다. 뭔가 마음이 안정되어 보이는 것이 마치 이미 결심을 해서 더는 고민하지 않을 사람 같았다.

10여 분의 시간이 흘렀다. 라울은 탁자 위의 추시계를 보더니 전화기 앞에 앉아 수화기를 들고 다이얼을 돌렸다.

통화가 연결되자 라울은 말했다.

"파리 시 경찰청입니까? 루슬랭 예심판사님 사무실 부탁합니다."

이어서 이렇게 덧붙였다.

"라울 다베르니입니다… 예심판사님이시죠? 아, 감사합니다. 잘 지냅니다… 새로운 소식이 하나 있습니다. 베지네 사건에 적극 가담한 용의자 한 명을 우리 집에 잡아놓고 있습니다. 아직 자백을 받아낸 것은 아니지만 곧 받아낼 겁니다… 여보세요? 예, 그렇습니다. 용의자를 잡는 것이 제일 좋겠죠? 구소 형사반장을 보내신다고요? 그거 좋은 생각입니다. 걱정 마십시오. 도망가지는 않을 테니까. 이미 묶여서 바닥에 있습니다… 감사합니다, 예심판사님."

라울이 수화기를 내려놓았다.

통화 내용을 듣던 부키는 깜짝 놀랐다. 얼굴은 새파랗게 질려 있었다.

"제정신이 아니군! 도대체 뭐하는 거야? 나를 경찰에 넘기겠다고? 당신도 무사하지 못할 텐데. 펠리시앵도…."

라울은 더듬거리는 부키의 말에는 거의 귀를 기울이지 않았다. 토마 부키를 투명인간 취급했고 자기 할 일만 하고 있었다. 모두 라울 다베르니의 문제이지 토마 부키가 끼어들 틈은 없어 보였다.

부키는 흥분하며 권총을 빼서 장전을 하고 라울을 향해 겨누었다.

"제정신이 아닌 인간에게는 이 총으로 한 방 먹여야지."

그러나 말만 이렇게 할 뿐 방아쇠를 당기지는 않았다. 라울을 총으로 쏴서 쓰러뜨린다 해도 목적이 이루어지는 것도 아니고 현금을 받을 수 있는 것도 아니어서였다. 더구나 라울 다베르니가 토마 부키 같은 사람을 놀리는 즐거움 때문에 자신의 목숨마저 걸까? 그건 아닌 듯했다. 라울은 지금 허세를 부리고 있거나 뭔가 잘못 생각하고 있는 것이 틀림없었다. 지금 상황이 어떻게 돌아가는 것인지 이해하려면 아직 30분의 시간적 여유는 있었다.

토마 부키는 다시 시가를 꺼내 물며 이렇게 농담했다.

"대단한 연극이군, 뤼팽! 괜히 유명한 것이 아니었어… 바르텔르미가 해준 이야기가 맞았어. 엄청난 반격이군그래. 하지만 나에게는 통하지 않을 거야. 잘 생각해봐, 뤼팽. 날 경찰에 넘긴다 해도 그저 공갈이나 치는 사람 하나 넘기는 거라고. 그래 봐야 자네만 웃음거리가 되는 거지. 나라는 사람에 대해 잘 모르는 것 같군. 내가 경찰을 겁낼 이유가 있을 것 같아? 내가 이래 봬도 하얀 눈처럼 결백하거든. 비난받을 만한 죄를 저지른 적이 없으니까."

라울이 물었다.

"그런데 왜 퍼렇게 질린 거지? 추시계는 왜 흘끔거리며 보는 건가?"

"당신이 더 그러고 있잖아. 난 결백한 사람이라니까."

"정직하다면 뒤 좀 돌아봐. 그 열쇠로 저기 개폐식 책상 좀 열어보라고. 그래, 선반 위에 파일이 하나 있지? 그것 좀 줘. 고맙군. 내게는 거의 정확한 색인 카드가 많아. 자네 색인 카드는 이 파일 안에 있어."

라울은 P, Q, R, S, T 등으로 표시된 이니셜들을 죽 읽다가 큰 소리로 이렇게 말했다.

"여기 있군! 자네의 색인 카드는 T 쪽에 분류되어 있어."

"T라고?"

"그래… 자네 이름이 토마Thomas니까 T로 분류되어 있는 거지."

라울은 색인 카드를 한 장 뽑아 큰 소리로 읽었다.

　토마 부키, 본명 토마 북메이커.
　신장 : 1미터 75센티미터
　가슴둘레 : 95센티미터
　짙은 색 콧수염, 앞이마가 약간 대머리, 인상이 투박하고 야수
같은 표정이 될 때가 있음.
　주소 : 그르넬 구역, 아르드부 거리 24번지
　돼지고기 푸줏간 여자와 내연 관계이며 그 가게 위층에 세 들
어 살고 있음.
　좋아하는 향기 : 흰색 라일락꽃 향기
　옷장에는 하늘색 비단 바지 두 벌과 같은 색의 양말 네 켤레가
있음.

"맞는 정보지, 토마 부키?"
토마 부키는 놀라서 눈을 크게 뜨고 라울을 바라봤다.
라울은 계속 읽었다.

　토마 부키는 가짜 화가 시몽 로리앙과 형제 사이임.
　두 사람은 **오랑주리** 별장 도난 사건의 범인인 바르텔르미 영감
의 두 아들임.

토마 부키가 벌떡 일어났다.

"지금 뭐하는 거야? 다 거짓말이라고!"

"아니, 분명한 사실이야. 앞으로 가택수사가 이루어지면 밝혀질 사실이지. 자네가 사는 곳이든 푸줏간 주인 여자의 집이든 자네가 자주 가는 장지 바르든 어디를 조사해도 같은 사실이 확인될 뿐이야."

"그래서?"

부키는 당황했으나 애써 허세를 부리는 것처럼 소리쳤다.

"그래서 어쩌겠다는 건가? 그것으로 날 어떻게 할 건데? 그까짓 정보만으로 날 어떻게 할 수 있단 거야?"

"적어도 자네를 감옥에 보낼 수는 있지."

"당신도 마찬가지로 감옥에 가는 거고."

"아니. 내가 사법 당국에게 남기려고 그동안 자네의 범죄 경력을 조사했는데, 지금 내가 읽은 자료는 그 일부에 지나지 않아. 조금 있다가 구소 형사반장이 도착하면 더 자세한 자료를 보여줄 거야. 그 자료는 이 탁자 위에 있지. 그게 다는 아니지만."

"또 뭐가 있다는 거지?"

부키가 더욱 불안해하며 물었다.

"자네의 비밀스런 생활이 있지… 몇 가지 세세한 사항도 있고… 자네가 한 몇 가지 행동… 내가 경찰을 부르는 건 일도 아닐 거야. 증거를 전부 가지고 있으니까."

토마 부키는 긴장한 손으로 다시 권총을 잡았다. 그러곤 차고 쪽 정원으로 통하는 유리문으로 천천히 뒷걸음질을 치면서 더듬더듬 이렇게 말했다.

"다 거짓말이야! 뤼팽식의 속임수라고! 절대 사실이 아니
지… 증거도 없으니까."

라울은 토마 부키에게 천천히 다가가 부드러운 목소리로 말
했다.

"어서 그 권총이나 내려놓으라고… 싸울 필요 없어. 그냥 이
야기나 하자고. 아직 15분이나 남았으니까. 내 말부터 잘 들
어… 솔직히 시간이 부족해서 증거를 아직 충분히 모으진 못했
어. 그러나 그건 구소와 형사들이 할 일이지. 또 새로운 몇 가지
일도 있어… 내 말 무슨 뜻인지 알지? 사흘 전 일인데… 대수로
운 일이라고는 말 못할 거야."

순간 토마 부키의 얼굴이 백지장처럼 새하얗게 되었다. 최근
에 저지른 범죄라 아직도 그 기억이 생생했다. 라울이 더 자세
하게 말했다.

"젠틀맨이라 불리던 마음씨 좋은 청년, 기억하지? 흥신소를
통해 내가 조사를 맡긴 청년이지. 그 청년 대신 여기에 온 것이
라 했는데 그에게 무슨 짓을 한 건가?"

"그건… 그 친구가 부탁을 해서…."

"그건 아니지. 흥신소에 전화해보니 며칠 동안 그 청년을 본
사람이 없다고 하더군. 지난주 일요일부터…. 그래서 내가 직
접 그 친구를 찾아보러 나섰고 자네가 자주 가는 장지 바르까
지 이르게 되었어. 그날, 일요일 밤늦게 자네와 젠틀맨이 술에
잔뜩 취해 장지 바르에서 나왔어. 그 후로 젠틀맨의 소식이 끊
겼고."

"그게 증거가 될 수는 없어."

"아니, 자네와 젠틀맨이 함께 있는 것을 본 사람이 두 명이나 있어."

"그래서?"

"그래서라니? 자네 둘이 싸우는 소리가 센 강을 따라 또렷하게 들렸다는 증언도 있지. 젠틀맨이 큰 소리로 도움을 요청했고… 증인들 이름을 하나하나 대볼까?"

부키는 더 이상 부인하지 못했다. 당시에는 아무도 보이지 않았는데 증인들이 있었다면 왜 젠틀맨을 도우러 오지 않은 건지, 왜 인기척도 느껴지지 않았는지 묻고 싶었지만 더 이상 아무 생각도 하지 못했다. 부키는 두려움만 느낄 뿐이었다.

라울은 쉬지 않고 계속했다.

"경찰들이 오면 자네가 젠틀맨을 어떻게 했고 그가 어떻게 물에 빠졌는지 설명해야 하잖아! 익사한 젠틀맨의 시신이 어제 저녁에 발견되었다는군. 사건 현장에서 좀 더 먼 곳에서… 길게 죽 이어진 백조섬 기슭에서 말이야."

부키는 땀이 흐르는 이마를 소매로 닦았다. 끔찍했던 살인 현장, 강으로 떨어진 젠틀맨의 모습, 물속에서 허우적거리던 모습, 이어서 물속으로 모습을 감추는 모습이 떠올랐던 것이다. 하지만 부키는 한 번 더 버티려고 애썼다.

"아무것도 몰라… 아무것도 보지 못했다고…."

"그럴 수도 있지만 곧 밝혀지겠지. 젠틀맨이 흥신소 동료들과 사장한테 미리 전한 메시지가 있다더군. 사건 당일 아침에 '만일 내게 무슨 일이 일어나면 토마 부키라는 사람을 찾아가 물어보세요. 경계는 하고 있는 대상이지만… 그르넬 구역의 장지 바르라는 술집에 가면 만날 수 있을 겁니다'라고 했다더군. 정말로 거기서 자네를 찾을 수 있었지…."

라울은 부키가 무너지는 것을 느꼈다. 저항은 더 이상 없었다. 토마 부키는 라울이 쏘아붙이는 말에 완전히 압도되어 그저 멍한 상태였다. 그는 라울을 상대할 수 없을 정도로 무기력해져 있었다. 라울의 지시에는 절대 따를 것 같은 분위기였다. 이러한 토마 부키의 모습은 그저 죄를 저지른 것 때문에 불안해할 뿐만 아니라, 자신보다 훨씬 강한 상대 앞에서 저항하지 못하는 사람의 모습이었다. 라울은 토마 부키의 어깨를 손으로 잡아 천천히 내리눌러 의자에 앉혔고 부드러운 목소리로 말했다.

"그냥 도망치려는 건 아니겠지? 내 하인들이 저기서 자네를 감시하고 있어. 뤼팽과 있을 때는 도망칠 생각을 하지 않는 것이 좋아. 대신 내 말만 잘 들으면 어려움을 잘 풀어갈 수 있지. 그것도 아주 좋은 조건에서. 단, 내 말에 절대 복종해야 해. 싫다는 표정을 지어서는 안 돼… 그보다는 솔직하게 나오는 게 좋지… 경찰의 범죄 기록에 올라간 적 있나?"

"없어."

"절도나 사기 혐의는?"

"알려진 적 없어."

"누군가에게 의심을 산 적이 있거나 앞으로 그럴 가능성은?"

"없어."

"경찰청 감식과의 인체 측정 카드에 오른 적은?"

"없어."

"맹세할 수 있어?"

"맹세해."

"좋아! 이제 자넨 내 사람이야. 몇 분 후면 구소와 부하들이 올 거야. 그럼, 자네가 순순히 붙잡혀줘야 해."

부키는 놀라 눈을 크게 뜨며 펄쩍 뛰었다.

"미쳤군!"

"이미 내 손아귀에 잡혔는데 경찰에게 한 번 더 잡히는 게 큰 일은 아니잖아? 나보다는 경찰들이 더 점잖지. 자네는 그냥 이 손에서 저 손으로 옮겨지는 것뿐이야. 그래야 날 도와줄 수 있고."

"당신을 돕는다고!"

부키가 눈을 빛내며 외쳤다.

"그래. 날 도와준다면 대가는 섭섭하지 않게 주지. 펠리시앵이 내 아들이 맞는지 알아보려면 펠리시앵에게 직접 물어볼 수밖에 없어. 만일 내 아들이라면 아들을 감옥에 그대로 놔두는 내 마음이 어떨지 생각해봐."

"하지만 어쩔 수 없지…."

"아니, 경찰은 펠리시앵에 대해 심증만 있어. 확실한 물증은 아직 없으니까. 하지만 자네가 경찰에 체포되어서 자백을 하면 경찰들이 펠리시앵을 의심하지 않게 되지."

"자백이라고? 무슨 자백?"

"바르텔르미가 도둑질을 한 낮과 형제인 시몽 로리앙이 부상을 당해 쓰러져 있던 밤에 자네가 했던 일을 자백하라는 거지."

"미리 약속한 대로 소형 화물차를 대기시켰고, 샤투교 근처에서 기다리고 있었어. 그게 다야. 자정에서 30분 정도 지났을 때 다들 다른 길로 돌아갔다고 생각해서 나도 현장을 떠났지."

"좋아. 그럼, 자네가 집에 돌아간 시간이 언제쯤인지 설명할 수 있나?"

"물론이지. 화물차를 차고에 돌려주러 갔을 때 밤 산책 나온 사람들과 이야기를 나누었어. 새벽 1시가 좀 넘었을 거야."

"좋았어! 그 이야기를 예심판사에게 하면 돼. 샤투교 근처에서 기다렸다고 말이야. 자정 조금 전이라고. 다시 말해서 자정 전에 어슬렁거리다가 베지네까지 들어왔다고 말하라고. **오랑주리** 별장 앞쪽에서 말이야. 그리고 연못이 있는 곳까지 막다른 길목을 따라 걷다가 보트를 타고 있었다고 얘기해. 그 시간에 **오랑주리** 앞으로 지나는 사람이 있었다면 아마 자네를 봤을 수도 있다고 말하라고. 하지만 바르텔르미와 시몽이 보이지 않았고 길가에서도 마주치지 않아서 곧장 화물차가 있는 곳까지 돌아갔다고 하는 거야. 거기까지만 말하고 더 이상 아무 말도 하지 않아도 돼."

토마 부키는 긴장하며 귀를 기울이고 있었다. 하지만 고개를 절레절레 흔들었다.

"너무 위험해! 나까지 공범으로 몰릴 거라고! **오랑주리** 별장, 보트 이야기를 하면 내가 이 사건을 잘 알고 있다는 인상을 줄 거 아닌가?"

"공범이지만 수동적인 공범이라고만 생각하겠지. 그 정도로는 6개월만 감옥에 살다 나올 거야. 시몽 로리앙과 제롬 엘마가 공격을 당한 시각에 자네는 파리로 들어가는 중이었다는 사실을 증명할 수 있게 되지."

"그렇긴 하지만 그 사건에서 내가 공범이 아니라는 것을 밝히려면 2~3년은 걸릴 거라고. 그동안 펠리시앵은 감옥에서 풀려나는 거지."

"그래. 예심 단계에서 펠리시앵이 보트에 있던 사람이라고 확신할 수 없고 은행권 지폐 다발을 찾기 위해 **오랑주리** 별장 근처를 어슬렁거린 것도 자네라는 확신이 생기게 되면 펠리시앵의 혐의는 벗겨지는 거야."

부키는 마지막으로 한참 망설이고는 마침내 입을 뗐다.

"그렇게 하지, 다만⋯."

"다만?"

"액수가 문제야. 내가 치를 위험 부담이 당신 생각보다 크니까."

"당연히 자네가 받아야 할 금액보다 더 많은 금액을 받게 될 거야."

"얼마인데?"

"펠리시앵이 감옥에서 풀려나는 날 10만 프랑, 자네가 감옥에서 풀려나오는 날 또 10만 프랑. 이번 건으로 엄청난 액수의 돈다발 두 개를 만지는 거지."

부키는 계속 눈을 껌뻑인 채 더듬거리며 말했다.

"20만 프랑⋯ 괜찮은 금액이긴 한데⋯."

"앞으로 진짜 정직하게 살아갈 돈으로는 충분하지. 그 정도 금액이라면 시골이나 해외에서 근사한 돼지고기 푸줏간을 차릴 수 있을 거야. 뤼팽이 약속을 잘 지킨다는 것은 알고 있지? 프랑스 은행의 공식 서명을 받은 것과 다름없어."

"믿을 수는 있어. 다만 일이 잘못될 경우도 있어서 말이야."

"예를 들면?"

"내 과거 일이 전부 발각되어… 도형수 선고를 받게 되면?"

"내가 구해주지."

"말도 안 돼!"

"멍청하긴! 자네 아버지가 총리실 수석 경비원으로 일할 때 내가 신고해서 잡혀가게 했지. 그리고 약속한 날짜에, 파리 시내 한복판에서 빼내준 일이 있어. 그 일을 모르나?"

"알아. 하지만 비용이 꽤 들 텐데…."

"어린애 같은 소리!"

"탈옥은 비용이 많이 든다고."

"그건 자네가 신경 쓸 일이 아냐."

"돈이 엄청 들 거라고… 탈출에 사용될 비용에 내게 주기로 한 대가까지 합하면… 정말 큰돈이라고. 자신 있는 거야?"

"다시 한 번 뒤를 돌아… 책상 깊숙이 손을 넣어봐… 파일이 놓여 있던 그 선반… 찾은 건가?"

토마 부키는 시키는 대로 손을 넣어 더듬거렸고 회색 자루를 빼냈다.

"그게 뭐라고 보나?"

"회색 헝겊 자루…."

부키가 더듬거리며 대답했다.

"잘 봐… 헝겊 한쪽을 내가 약간 찢어놨지… 지폐 다발이 보이지? 가브렐의 돈이지. 바르텔르미 영감이 **오랑주리** 별장에서 훔친 바로 그 돈다발."

부키는 비틀거리며 의자에 털썩 앉았다.

"이… 이런… 도대체… 당신은… 어떤 사람인 거지?"

라울이 웃으며 대답했다.

"나도 살아가야 하니까. 그리고 자네처럼 어려움에 처한 친구도 돕고…."

"하지만… 어떻게… 이럴 수가…."

"어렵지 않은 일이었지! 사건 다음 날 아침, 나는 현장에 도착했고 시몽 로리앙이 회색 자루를 정원이나 다른 곳에서 찾아냈을 것이라 생각했어. 경찰은 시몽에게서만 회색 자루를 찾으려 했을 테니, 별 소득이 없을 거라고 예상한 거야. 난 시몽이 부상당해 쓰러져 있던 곳으로 달려갔고 예상대로 회색 자루는 거기서 한참 떨어진 풀밭에 아무렇게나 뒹굴고 있더군. 아무도 눈치채지 못했던 거지… 그러니 일단 회색 자루가 없어지지 않게 조취를 취해야겠다고 생각한 거지."

마침내 토마 부키가 반말 투를 완전히 버리고 멍하니 이렇게 말했다.

"진정한 두목이군요."

그러더니 스스로 두 주먹을 앞으로 내밀었다.

"경찰차가 곧 올 겁니다. 얼른 절 묶으십시오, 두목! 두목 말이 맞습니다. 이제 전 두목의 사람입니다. 아버지가 걸었던 길을 아들인 제가 걸어가는 거죠. 하지만 아버지와 아들이 두목을 협박하려 했다니 바보 같은 짓이었습니다."

"사실… 자네 아버지는 원래는 착한 사람이었어… 정직하고 죄를 짓지 않는 삶을 살기 위해 노력을 했다고 알고 있어….

"그렇습니다. 하지만 펠리시앵의 일을 알게 되면서 유혹에 흔들렸죠. 옆에서 부추긴 것도 시몽이고 **오랑주리** 작전을 짜보자고 충동질한 것도 시몽이었습니다. 아버지는 '도둑질? 좋아, 해보자! 협박도 재미있겠어. 돈을 많이 벌 수 있을 테니까. 대신 살인은 안 돼'라고 말했습니다."

"하지만 사람을 죽였지. 엘리자벳 가브렐을 목 졸라 죽였으니까."

"두목, 제 생각을 말해도 되겠습니까? 아버지가 우발적으로 사람을 죽이긴 한 것 같은데 처음에는 여자를 구하려고 달려간 것 같습니다. 여자가 물에 빠진 것을 본 것이죠. 아버지가 그런 것을 보면 그냥 지나치지 못해서…. 그런데 여자를 물에서 건져주고 나서 그 목에 걸린 진주 목걸이를 보고 이성을 잃은 거죠."

"그랬을 거라 생각해."

라울은 그렇게 대답했다.

밖에서 자동차 소리가 들렸다. 라울이 급하게 말했다.

"자네 아버지의 진짜 이름을 절대 말해서는 안 돼! 옛날 총리실 사건과 이번 사건이 관계가 있다는 것이 알려지면 뤼팽이 관심을 받게 될 거야. 그건 싫다고. 이 사건만으로도 벅차거든. 아까 우리가 선택한 시나리오 그대로 해야 해. 단 한 마디도 빗나가선 안 돼. 자신이 없는 부분은 그냥 입을 다무는 게 맞고. 나머지는 나만 믿으라고."

그리고 라울은 토마 부키에게 다가가 다정하게 말을 걸었다.

"한마디만 더 하지. 자네가 죽인 젠틀맨에 대해서는 괴로워할 것 없어."

"왜죠?"

"젠틀맨은 나였으니까."

토마 부키는 편안한 표정으로 구소 형사에게 넘겨졌다. 회색 자루를 훔쳤고 젠틀맨으로 완벽하게 변장한 뤼팽에 대한 감탄과 믿음, 자신이 살인을 하지 않았다는 안도감이 합쳐져 마음이 날아갈 듯이 가벼웠던 것이다. 뤼팽 같은 존재가 뒤에 있는데 두려워할 것이 무엇인가? 토마 부키는 원래 모든 것을 뒤흔들기 위해 **클레르 로지**에 왔으나 감옥을 향해 가는 지금은 마치 최고의 승리를 거머쥔 사람 같은 마음이 되었다. 무엇보다 사법 당국을 속이고 두목에게 충성을 해 승리의 가치를 더 높이고 싶었다.

구소 형사는 공범을 잡은 기쁨에 밝은 표정이 되었다. 구소가 라울에게 말했다.

"고생하셨군요. 이 친구가 이번 사건과 관계되었다는 거죠?"

"그렇습니다! 시몽 로리앙과는 형제 사이입니다."

"이런, 형제입니까? 어떻게 그런 정보를…"

라울은 겸손한 목소리로 답했다.

"내가 한 건 별로 없습니다. 멍청한 그 친구가 제 발로 찾아온 거니까요."

"무엇 때문이죠?"

"날 협박하려고요."

"무슨 협박이요?"

"펠리시앵 샤를에 관해서요… 펠리시앵이 회색 자루를 빼앗으려고 공범인 시몽 로리앙을 살해했다는 증거를 갖고 있다고 했습니다. 비밀로 하고 싶다면 많은 액수의 돈을 내놓으라 하더군요. 그에 대한 대답으로 난 루슬랭 예심판사님께 전화를 건 겁니다. 어쨌든 그 친구를 열심히 취조해보십시오. 자백을 통해 꽤 귀한 정보를 줄 수 있을지도 모르니까요."

경찰에 끌려 문지방까지 간 토마 부키는 라울 쪽을 바라보며 분노와 앙심이 쌓인 듯한 연기를 했다.

"어디 두고 보자고, 잘난 신사 양반!"

"그러지. 나도 기대하겠어!"

부키는 휘파람을 부르며 밖으로 끌려나갔다.

라울은 부키와 경찰들의 발소리가 멀어지는 것을 조용히 듣고 있었다. 자동차가 출발하는 소리가 들렸다.

평소와는 달리 승리의 기쁨을 표현하는 특유의 몸짓이 나오지 않았다. 토마 부키를 얌전히 보낸 것은 큰 성과였다. 하지만 라울은 조용히 뭔가를 열심히 생각하고 있었다. 감옥에 있는 펠리시앵 생각을 하고 있는 것이었다. 정말로 진짜 아들일까? 펠리시앵을 감옥에서 성공적으로 빼낼 수 있을까? 설령 빼낸다 해도 바르텔르미와 시몽 로리앙의 공범이던 부키가 과연 어떻게 나올 것인가?

10
"나, 칼리오스트로 백작부인이 명령한다…"

무더운 일요일. 라울은 베지네에 인접한 도시 샤투의 어느 거리에서 발길을 멈췄다. 그 거리와 센 강을 따라가면 나오는 공원 겸 텃밭 사이에는 건물이 하나 있었다. 3층짜리 건물로 가구 딸린 방들을 임대하는 곳이었다. 라울은 관리인이 운영하는 카페를 지나쳐 3층으로 바로 올라갔다. 그리고 어두운 복도를 지나 5호실이라는 팻말이 붙은 방 앞까지 걸어갔다. 열쇠가 문에 꽂혀 있었다. 노크를 했지만 안에서는 아무 대답이 없었다. 결국 라울은 문을 조용히 밀고 들어갔다.

옷장 하나와 탁자, 의자 두 개가 있었고 그와 함께 허름한 지붕 밑 가구 일체를 이루는, 약해 보이는 철제 침대에 포스틴이 기대앉아 잠들어 있었다.

포스틴은 베지네를 떠나지 않았다. 복수에 대한 의지에 사로잡혀 시몽이 죽은 지역에서 떠날 수가 없었다. 병원에서 보조 간호사 일을 하며 머물고 있지만 공간이 넓지 않아 밖에다 방을 잡은 것 같았다. 매일 저녁 일이 끝나면 여기로 돌아와 잠을 잤고 일요일에는 집에서 나오지 않았다.

이날도 포스틴은 다 떨어진 블라우스를 꿰매다가 잠이 든 것 같았다. 어깨가 드러나 있었고 블라우스는 무릎에 얹어놓은 상태였다. 골무와 실이 꿰인 바늘은 여전히 손에 쥐고 있었다. 창 너머 보이는 공원의 나무 위로 은은한 강변의 풍경이 나타났다.

침대건 탁자건 갖가지 신문이 펼쳐져 있었다. 라울은 여자가 사건의 근황에 얼마나 관심을 갖고 있는지 알 수 있었다. 조금 멀리 떨어져 있는 신문에 라울의 시선을 끄는 제목이 있었다.

시몽 로리앙의 형제 긴급 체포!
첫 번째 법정 심문 진행.

이런 제목도 있었다.

형제는 바르텔르미의 두 아들로 추정.

라울은 다시 포스틴을 바라봤다. 살고자 하는 의지가 있는 지금도 아름답지만 순수한 윤곽만 따로 떼어놓는다면 더욱 아름다울 것 같았다. 라울의 머릿속에 문득 조각가 알바르의 멋진 프리네상이 떠올랐다.

햇살이 두 개의 구름 사이를 지나 창문을 통해 들어왔다. 라울은 포스틴을 계속 바라보며 천천히 다가갔다. 햇살을 받은 포스틴의 눈꺼풀이 짙은 색의 긴 속눈썹을 떨며 천천히 올라갔다.

포스틴이 잠에서 완전히 깨어나기도 전에 라울은 하얀 어깨를 잡아 침대 위에 눕혔다. 라울은 포스틴의 팔다리를 편하게 뻗게 한 후 부드럽게 이불을 덮어주었다.

"소리도 지르지 말고, 아무 말도 하지 말아요."

라울이 중얼거리듯 말했다.

"이거 놔요, 놓으라고요!"

포스틴이 흥분하며 빠져나가려 애썼다.

라울이 포스틴의 입을 막았다.

"조용히! 적으로서 여기에 온 게 아냐. 내 말을 들으면 아무 일 없을 거라고."

포스틴은 라울의 단단한 손에 입이 막혔지만 거친 소리를 내며 거세게 몸부림쳤다. 하지만 차츰 힘이 빠지는지 저항이 약해졌다. 라울은 포스틴 쪽으로 몸을 숙여 속삭였다.

"적으로 온 게 아니야. 해를 끼치려는 게 아니라고. 다만 내 말을 잘 듣고 대답을 해주었으면 해서 온 거야. 이래 봐야 당신만 손해라고."

라울은 다시 포스틴의 어깨를 잡고 뒤로 눕혀 위에서 내려다보며 나지막한 목소리로 말했다.

"시몽과 형제 관계인 토마 부키를 만났지. 긴 시간 동안 대화를 나눴고, 그는 펠리시앵에 관해 알고 있는 사실을 전부 말해주었어. 이제 나머지는 당신이 이야기 좀 해줘야겠어. 포스틴 코르티나, 난 쉽게 포기하는 사람이 아냐. 그러니 어서 털어놓든가… 아니면….."

포스틴은 겁먹은 표정을 지었고 그런 여자 쪽으로 라울은 점점 얼굴을 가까이 댔다. 포스틴의 입술이 파르르 떨렸다. 그녀의 입술은 서서히 다가오는 라울의 입술에 무방비 상태였다.

"말해, 포스틴… 말하라고…."

라울의 목소리도 약간 떨렸다.

포스틴은 라울의 강렬한 눈을 올려다봤고 순간 겁이 났다.

"이만 놔줘요."

포스틴은 저항할 힘이 없는 듯 약한 목소리로 중얼거렸다.

"놔주면 말해줄 건가?"

"그래요."

"당장? 말 돌리거나 숨기지 않고 말이지?"

"그래요."

"시몽 로리앙의 머리에 손을 얹고 맹세할 수 있는 거지?"

"맹세해요."

라울은 곧장 포스틴을 놓아주었고 창가 쪽으로 가 등을 보이며 돌아섰다.

포스틴이 몸을 일으켜 매무새를 가다듬자 라울이 다시 침대 옆으로 다가왔다. 라울은 마치 놓쳐버린 근사한 먹잇감을 바라보듯 아쉬운 눈빛으로 포스틴을 바라보더니 곧바로 대화하는 자세를 취했다.

"토마 부키는 펠리시앵이 내 아들이라고 했어."

"토마 부키는 모르는 사람이에요."

"하지만 시몽 로리앙을 통해 그 아버지인 바르텔르미에 대해서는 알고 있겠지."

"그래요."

"바르텔르미가 당신을 믿었다고 하던데?"

"그래요."

"바르텔르미의 사적인 일에 대해 어느 정도까지 알고 있나?"

"전혀 몰라요."

"시몽 로리앙에 대해서는? 그의 계획에 대해서는?"

"전혀 몰라요."

"두 사람에게 펠리시앵이 내 아들이라는 소리는 들어본 적이 있을 텐데."

"그런 말을 듣긴 했어요."

"증거는 없던가?"

"내가 증거를 보여달라고 하지 않았으니까요. 나와는 상관없는 일이잖아요."

라울이 심각한 표정으로 말했다.

"하지만 나에게는 중요한 문제야. 펠리시앵이 내 아들인지 반드시 알아야 해. 혹시 몇 가지 우연히 들은 정보를 이용해 이야기를 꾸민 것은 아닐까? 아니면 날 협박해 이익을 챙기려고 몰래 간직해온 비밀인 걸까? 어쨌든 이렇게 찜찜한 기분으로는 살 수가 없어."

포스틴은 라울의 말투로 그의 감정이 어떤지 짐작하고 놀랍다는 표정을 지었다. 하지만 목소리를 차분하게 가다듬고 대답했다.

"아무것도 몰라요."

"그럴지도 모르지… 하지만 이제라도 알아낼 수는 있을 거야… 적어도 내가 알 수 있게 도움을 줄 수 있겠지."

"어떻게요?"

"토마 부키 말로는 바르텔르미가 당신에게 그 문제에 관한 서류들이 들어 있는 작은 주머니를 맡겼다더군….”

“하지만….”

“하지만 뭐지?”

“바르텔르미가 어느 날 주머니 속 서류들을 훑어보더니 아무 설명 없이 갑자기 불에 태웠어요. 서류 딱 하나만 남겨 봉투에 넣더군요. 그 봉투를 봉해서 내게 맡겼죠.”

“봉투를 맡기면서 뭐라고 했지?”

“그냥 ‘이건 따로 놔둬요. 나중에 봅시다’라고만 했어요.”

“그 봉투를 내게 줄 수는 없나?”

포스틴은 잠시 주저하는 것 같았다.

라울이 다시 부탁했다.

“망설일 필요가 있을까? 바르텔르미도, 시몽도 죽었고 토마 부키가 어느 정도의 정보는 이미 말해줬어.”

포스틴은 눈을 약간 찌푸리고 멍한 눈빛으로 꽤 오랫동안 생각에 잠겼다. 그러더니 옷장 속의 서랍을 뒤져 편지들이 끼워져 있는 압지를 찾아냈다. 그 편지들 가운데 봉투를 하나 꺼내 곧바로 열어본 후, 반으로 접은 종이 한 장을 꺼냈다.

먼저 자신이 읽어본 후 라울에게 전해줘도 되는 것인지 판단하려는 것 같았다.

포스틴은 잠시 편지를 읽더니 갑자기 깜짝 놀랐다. 그러더니 아무 말 없이 라울에게 종이를 건넸다.

종이에는 마치 어느 집단의 두목이나 폭군이 부하들에게 내리는 것 같은 명령조의 글자가 한 줄, 아니 두 줄 적혀 있었다. 꾹 눌러 쓴 것 같은 필체는 굵고 위엄이 있는 느낌이었다. 종이를 처음 읽은 라울은 깜짝 놀라 아무 말도 하지 않았다. 예전에 악마 같은 존재로 불렸던 여자의 필체! 곧바로 알아봤다. 가공할 지시를 아랫사람들에게 내릴 때면 늘 사용하던 거만하고 냉정한 어투가 느껴지는 글!

리울은 아래의 끔찍한 내용을 세 번이나 읽었다.

아이를 도둑으로, 가능하면 살인자로 만들어라.
그렇게 해서 자기 아버지와 맞서게 하라.

검을 휘두른 것처럼 두 겹의 선으로 끝에 멋을 부린 서명도 그대로였다.

라울의 얼굴이 하얗게 질리자 포스틴은 오히려 깜짝 놀랐다. 가장 끔찍한 과거의 불안감, 공포, 고통을 떠올릴 때만 나올 수 있는 얼굴빛이었다. 포스틴은 속으로는 괴롭지만 겉으로는 이를 제어하려 안간힘을 쓰는 라울의 얼굴에 관심이 갔고 동시에 동정 어린 눈길을 보냈다.

라울이 더듬거렸다.

"아, 증오… 복수…. 당신, 그런 마음을 알지… 포스틴… 하지만 이 여자는… 단순한 증오와 복수심이 아냐… 욕망에 가깝지… 악을 향한 욕망… 정말로 사악하고 끔찍한 여자야… 그 여자가 실현시킨 결과를 봐… 나와 대적할 범죄자를 만들기 위해 키워낸 아이… 지금까지 난 무엇도 겁내지 않았지만 이 여자는 생각할 때마다 두려워. 그 지긋지긋한 결투를 또 해야 하다니…."

포스틴은 천천히 다가와 잠시 머뭇거렸지만 나지막한 목소리로 이렇게 말했다.

"과거가 재현되는 일은 없을 거예요… 칼리오스트로 백작부인은 죽었어요."

라울은 포스틴에게 얼른 다가가 가쁜 숨을 들이마셨다.

"뭐라고? 지금 뭐라고 했지? 그녀가 죽었다고… 그걸 어떻게 알아?"

"칼리오스트로 백작부인은 죽었어요."

"그 말을 듣는 것만으로는 믿을 수 없어. 직접 본 거야? 그 여자를 아는 건가?"

"그래요."

라울의 입에서 놀라움의 비명이 터져 나왔다.

"알고 있다니… 그럴 리가 없어. 그런데 이상하게도 당신이 혹시 그녀가 보낸 스파이는 아닐까라는 생각을 두세 번 한 적이 있지… 나를 파괴하려는 그녀의 뒤를 잇는 사람은 아닐까 하고 말이야."

하지만 포스틴은 고개를 저었다.

"아뇨, 백작부인에게선 아무 말도 들은 것이 없어요."

"계속 말해봐."

"그때 난 아주 어렸어요. 15년 전이니까요… 사람들이 백작부인을 코르시카의 우리 마을로 데려와서는 작은 집에 묵게 했어요. 백작부인은 거의 제정신이 아니었지만 겉으로 보면 아주 조용하고 우아했어요. 언젠가 한번은 날 자신이 있는 곳으로 친절하게 이끌었죠. 아무 말도 하지 않더라고요… 그냥 눈물만

흘렸는데, 닦을 생각은 하지 않더군요. 여전히 아름다웠어요. 다만 병이 깊어서 몸과 마음을 상하게 하고 있었어요. 그러다 6년 전 어느 날에 세상을 떠나는 모습을 지켜봤어요."

라울은 흥분하면서 계속 물었다.

"정말인가? 그 여자 이름을 말해준 건 누구였지?"

"마을 전체가 이름을 알고 있었어요… 그리고…."

"그리고?"

"난 이미 바르텔르미와 시몽 로리앙을 통해서 백작부인을 알고 있었어요. 두 사람은 백작부인을 찾아 전국을 다녔는데, 백작부인이 죽기 직전에 우리 마을에서 찾아냈죠. 그 무렵, 몇 주 만에 시몽과 나는 사랑하는 사이가 되어 그이를 따라 파리로 오게 되었죠…."

"두 사람이 왜 그 여자를 찾아다닌 거지?"

포스틴은 잠시 머뭇거리더니 이렇게 말했다.

"다시 한 번 말하지만 시몽과 바르텔르미가 어떤 삶을 살았는지는 잘 몰라요… 두 사람이 나쁜 짓을 저질렀다는 것도 최근에서야 알게 되었죠. 그 전까지 두 사람이 과거를 숨겨 왔기에 알 수 없었죠. 다만 펠리시앵에 대한 이야기는 조금씩 알게 되었어요. 물론 자세히는 아니고요. 두 사람도 아주 자세한 것까지는 몰랐으니까."

라울이 다시 물었다.

"바르텔르미가 푸아투의 농장에서 아이를 찾아낸 건 맞아?"

"그래요."

"칼리오스트로 백작부인이 맡긴 아이?"

"그건 확실하지 않아요… 시몽은 정비공이 발견한 편지를 자신의 아버지가 조작했을 수도 있다고 생각했어요."

"하지만 종이에 적힌 명령 같은 어투는… 칼리오스트로 가문의 여자가 적은 이 명령은 어디서 나온 거지?"

"그건 시몽도 잘 몰랐어요."

"하지만 농장 여주인의 손에서 자란 아이, 즉, 펠리시앵 샤를에 관한 명령인 것 같은데?"

"그것도 조금 이상하긴 해요. 바르텔르미가 그 부분에 대해 정확하게 얘기해준 게 없으니까요. 그저 시몽과 바르텔르미가 칼리오스트로 백작부인을 찾아다니면서 코르시카까지 온 거죠. 그것도 별 소용은 없었지만…."

"두 사람의 목표는?"

"이제 와서 알게 된 거지만, 바르텔르미의 목표는 펠리시앵이 당신의 아들이라는 사실을 증명하는 서류를 당신에게 내밀겠다는 것이었어요."

"그렇게 해서 내게 돈을 뜯어내려고 했겠지… 그런데 펠리시앵도 같이 일을 꾸몄던 걸까? 토마 부키가 주장하는 것처럼 펠리시앵이 계획에 따라 우리 집에 들어온 건지가 궁금하단 말이지. 칼리오스트로 가문의 여자가 바랐던 사람이 된 걸까? 사기꾼이나 범죄자가 되었느냔 말이지…."

포스틴이 진지하게 말했다.

"그건 나도 몰라요. 그들의 은밀하고도 비밀스런 삶에 속할 테니까요. 더구나 펠리시앵 샤를과는 이야기를 나눠본 적이 없어서요."

"결국 펠리시앵 본인만이 알려줄 수 있겠군. 사건을 이해하기 위해서는 내가 직접 만나 물어봐야겠어…."

라울은 잠시 머뭇거리다가 말을 이었다.

"토마 부키는 내가 경찰에 넘겼어. 사실, 토마 부키와 미리 짜고 한 것이지만. 토마 부키가 예심의 판단을 흔들어 펠리시앵에 대한 혐의점이 벗겨지는 거지. 내가 바라는 대로 펠리시앵이 풀려난다면 당신의 복수를 걱정하지 않아도 될까?"

"시몽을 죽인 사람이 펠리시앵이 아니라면… 걱정할 필요는 없죠. 나한테는 그게 제일 중요한 사실이에요. 복수를 하겠다는 생각을 포기하면 살아갈 수 없어요. 시몽을 죽인 살인자가 벌을 받기 전에는 그이도 하늘나라에서 편하게 있지는 못할 겁니다."

두 사람의 이야기는 그렇게 끝났다. 라울은 포스틴에게 악수를 청했지만 포스틴은 차갑게 외면했다.

"좋아. 날 믿지도 않고 친구로 생각하지도 않다는 거 잘 알아. 하지만 그래도 서로 적은 되지 말자고. 당신이 알고 있는 사실을 이야기해준 것만으로도 고맙게 생각하니까…."

라울은 **클레르 로지**로 돌아왔다. 그리고 베지네와 근처를 가볍게 산책하는 일이 아니면 외출을 하지 않았다. 한편, 라울은 제롬 엘마의 모습을 여러 번 목격했다. 산속을 여행하는 것은 포기한 듯 **클레마티트** 쪽으로 갔다가 돌아 나오는 모습을 여러 번 본 것이다. 제롬이 롤랑드 가브렐과 같이 있는 것도 여러 번 봤다. 두 사람은 아무 말 없이 길가를 걷고 있었다.

라울이 두 사람에게 멀리서 인사를 보냈지만 롤랑드는 이야 기하고 싶은 마음이 없는 것 같았다.

어느 날 급한 연락을 받은 라울은 예심판사를 찾아갔다. 예 심판사는 매우 당황해하고 있었다. 토마 부키가 철저하게 방어 자세를 취하고 있다는 것이다. 토마 부키는 라울이 지시한 것 을 그대로 따르고 있었다. 실수 하나 없이 수행하고 있는 셈이 었다. 토마 부키가 계속 일관된 진술을 했기 때문에 루슬랭이 아무리 수를 써도 소용이 없는 것 같았다. 항상 "내가 이랬고, 저랬는데, 나머지는 모르겠습니다"라는 식이었다.

루슬랭이 난감해하며 라울에게 말했다.

"펠리시앵 샤를과 부키, 두 사람의 진술이 들어맞습니다. 한 사람은 미리 시나리오라도 준비한 듯 일관되게 같은 진술을 하 고 있고 또 한 명은 입을 꾹 다물고 있고요. 틈새가 전혀 보이지 않습니다. 미리 연습이라도 하고 온 것 같다니까요. 심지어 요 즘에는 뒤에서 어떤 강력한 존재가 조종해서 펠리시앵 샤를과 토마 부키를 바꿔치기 하려는 것 같다는 생각도 든다니까요."

라울은 루슬랭의 시선을 느끼며 생각했다.

'이 친구 바보는 아니군.'

루슬랭이 말을 이었다.

"이상하지 않습니까? 펠리시앵이 무죄라는 생각이 들기도 하고요. 하지만 부키가 아무리 혐의 사실을 인정한다 해도 그 날 밤에 연못을 산책하고 있었다는 이야기는 왠지 믿기지가 않 습니다. 보트의 주인을 불러 펠리시앵, 부키와 대질심문도 했 습니다. 그런데 보트의 주인도 처음보다는 자신이 없어 했습니다. 이를 어쩌면 좋단 말입니까?"

루슬랭은 계속 라울을 바라봤다. 라울은 동의한다는 것처럼 고개만 끄덕였다. 갑자기 예심판사가 대화 주제를 바꿨다.

"그런데 다베르니 씨, 이 분야 고위층은 다베르니 씨에 대해 매우 긍정적으로 평가하더군요. 알고 있습니까?"

이 질문에 라울은 이렇게 대답했다.

"그 사람들을 우연히 도울 기회가 있었던 것뿐입니다."

"그런 이야기를 얼핏 들은 적은 있습니다. 자세히는 아니지만…."

"판사님, 언제 시간 내주시면 자세한 이야기를 해 드리겠습니다. 제 인생이 좀 파란만장해서요."

상황은 괜찮은 방향으로 흘러가고 있었다. 몇 가지 부분도 분명히 밝혀졌다. 수수께끼 같던 포스틴의 역할도 분명해졌다. 포스틴은 예전에 칼리오스트로 백작부인과 조금 알고 지내다가 우연히 시몽 로리앙과 사랑에 빠져 프랑스로 오게 되었고, 자신도 모르게 이번 사건에 개입한 것이었다. 바르텔르미와 시몽이 꾸민 음모와는 그리 큰 관련이 없었다. 포스틴은 사랑에 빠진 보통 여자였고 사랑했던 남자의 원수를 갚겠다는 생각밖에는 없었다.

더구나 칼리오스트로 백작부인이 죽었다는 소식에 라울은 마음이 가벼워졌다. 백작부인이 서명한 명령이 펠리시앵에 관한 이야기라는 증거는 아직 없었다. 라울을 상대하려면 칼리오스트로 백작부인의 직접적인 지시 없이는 어려웠다. 그런 어려운 것을 바르텔르미와 그저 그런 두 아들이 성공적으로 해냈을 것 같지는 않았다. 설령 세 사람이 시도했다 해도 결과는 뻔했을 것이다. 라울 다베르니는 자신의 아들일지도 모를 펠리시앵을 앞에 두고 있지만 바르텔르미와 시몽 로리앙의 죽음으로 진실을 확인할 수 있는 방법이 없어졌다. 현재 진실을 확실히 알 만한 사람이 없긴 했다.

3주의 시간이 흘렀다. 어느 날 아침 라울은 펠리시앵이 면소 판결을 받았다는 소식을 들었다.

오전 11시쯤, 펠리시앵이 라울에게 전화를 걸어와 이날 별장에 들러 소지품을 챙겨 가도 되겠냐고 물었다. 점심 식사가 끝나고 라울은 큰 호수 주변을 왔다 갔다 했다. 그런데 저 멀리 호수 한가운데 섬에 있는 벤치에 롤랑드와 제롬이 함께 앉아 있는 것이 보였다. 8월의 화창한 날씨로, 나무의 가지조차 움직이지 못하는 약하디 약한 북풍만 불고 있었다.

라울은 롤랑드와 제롬이 서로 이야기를 나누는 모습을 보았다. 제롬은 신나게 이야기하고 있었고 롤랑드는 가만히 듣고 있다가 짧게 대답하고 또 듣다가 손에 든 꽃송이를 바라봤다.

두 사람은 잠시 아무 말도 하지 않았다. 1분 후, 제롬이 롤랑드 쪽을 바라보더니 다시 뭔가 이야기했고 롤랑드는 고개를 끄덕이고 미소를 지으며 제롬을 바라봤다.

라울은 여유 있게 **클레르 로지**로 돌아왔다. 자신의 인생에 갑자기 들어온 펠리시앵을 다시 본다는 생각에 꽤 흥분이 되었다. 하지만 그렇다 해도 펠리시앵에게 마음이 확 끌리는 것은 아니었다. 솔직히 지금까지 펠리시앵에게 남다른 호감을 느낀 적이 없었다. 뿐만 아니라 펠리시앵이 이제부터는 당연한 권리처럼 애정을 보이라고 요구할까 봐 뭔가 불편한 마음이 들었다.

어쨌든 라울은 펠리시앵이 짐을 챙기고 어색하게 악수를 하게 한 후 그냥 그렇게 보낼 생각은 아니었다. 하나하나 설명해 달라고 할 생각이었다. 그리고 다시 함께 살면서 그를 관찰해야겠다는 생각을 했다. 펠리시앵이 아들이냐 아니냐보다는 그가 라울 앞에 아들로 나설 생각이 있는지 없는지가 먼저였다. 그러니까 펠리시앵이 마음속으로 바르텔르미와 시몽 로리앙과 같은 편인지를 알아내는 것이 중요했다. 펠리시앵도 음모에 참여한 것일까? 이제까지의 증거로 봐서는 펠리시앵도 음모에 참여했을 수 있다는 쪽이지만, 가장 확실한 증거는 그의 말과 행동으로 파악해야 할 것 같았다.

"펠리시앵 씨는 도착했나?"

라울이 정원사에게 물었다.

"도착한 지 15분 되었습니다."

"건강해 보이던가?"

"매우 흥분한 것 같았습니다. 바로 별채로 들어가더군요."

"이상하군…."

라울 다베르니가 별채 쪽으로 달려갔다.

문은 안에서 빗장이 채워져 있었다.

라울은 약간 불안한 마음에 집을 한 바퀴 돌아 침실 창문을 흔들었다. 하지만 반응이 없었다. 라울은 조용히 귀를 기울였다.

안에서 수상한 신음 소리 같은 것이 들렸다.

라울은 얼른 창문을 깨고 안으로 손을 넣어 손잡이를 돌렸다. 그리고 바로 창틀을 넘어 커튼을 젖혔다.

펠리시앵은 의자 앞에서 무릎을 꿇고 고개를 푹 숙이고 있었다. 라울이 살펴보니 목 부위가 피에 젖은 손수건으로 덮여 있었다. 옆에는 권총이 떨어져 있었다.

"이게 무슨 일이야?"

라울이 소리쳤다. 펠리시앵은 뭔가 말을 하려 하다가 그대로 푹 쓰러졌다.

라울은 얼른 무릎을 꿇어 펠리시앵의 가슴에 귀를 대보고, 그 몸에 난 상처를 살폈다. 권총을 만져본 후 라울은 속으로 이렇게 중얼거렸다.

'자살을 하려고 한 거야… 그러나 손이 떨려 빗나가는 바람에 치명상은 면했군.'

라울은 상처에 간단한 응급처치를 하며 펠리시앵의 창백한 얼굴을 바라보았다. 그의 머릿속에는 여러 가지 의문점들이 떠올랐다.

'네가 내 아들인 거냐? 바로 클라리스 데티그의 아들이냐고… 도둑에 살인범인 거냐? 죽은 두 악당과 공범인 거냐? 자살을 하려고 한 이유는 뭐냐고….'

5분 정도의 시간이 흐르자 집안 하인들이 몰려와 부상당한 펠리시앵을 둘러쌌다.

"이 일에 대해서는 입을 다물도록."

라울이 지시했다.

그러고는 편지지에 몇 줄의 글을 썼다.

포스틴,

펠리시앵이 자살을 시도했습니다. 아무에게도 알리지 말고 이
곳으로 와서 좀 도와주십시오. 의사를 부르고 싶지는 않습니다.
병원에는 간병인을 필요로 하는 곳에 간다고만 전하십시오.

— 다베르니

라울은 얼른 편지를 봉한 후 운전기사에게 전해 병원으로 가
게 했다.

잠시 후, 자동차가 포스틴을 태우고 돌아왔다. 라울은 별채
문 앞에서 기다리고 있었다.

"펠리시앵과 직접 마주한 적은 한 번도 없었죠?"

"그래요."

"시몽 로리앙이 당신에 대한 이야기를 펠리시앵에게 한 적
이 있습니까?"

"없었어요."

"시몽이 사경을 헤매는 동안 펠리시앵이 병원을 찾아간 적
도 없나요?"

"오긴 왔지만 나와 다른 간호사들에게 전혀 신경을 쓰는 것
같지 않았어요."

"좋습니다. 펠리시앵에게 포스틴 씨가 누구인지, 또 내가 누
구인지도 절대 말하지 말아요."

포스틴은 별채 안으로 들어갔다.

제2부

첫 번째 사건

Arsène Lupin

1
약혼

  결국 6주 만에 상황은 조금씩 달라지더니 완전히 새로운 방향으로 전개가 되었다. 처음부터 라울 다베르니가 예상한 대로 서로 다른 두 개의 사건이 우연히 어느 한 지점에서 만나 뒤엉키게 된 것이었다. 그러니까 어느 날 라울 다베르니는 은행권 지폐 다발을 가진 누군가의 뒤를 따라왔다가 베지네까지 오게 되었고 사유지 일부를 구입하게 되었다. 구입 비용과 이사 비용은 문제의 돈다발을 슬쩍해 지불할 생각이었다. 그런데 이 같은 라울의 계획이 바르텔르미와 두 아들을 끌어들이는 결과를 낳게 되었다. 원래는 라울을 협박하기 위해 계획을 짜던 바르텔르미와 두 아들은 **오랑주리** 별장에 숨겨진 돈다발도 훔치게 된 것이다.

  돈다발 절도 사건이 있던 그날, 또 다른 사건이 일어나고 있었다. 두 사건이 어느 교차점에서 우연히 만나 뒤엉키게 된 것이다. 그 교차점은 이랬다. 온전히 독립적인, 어떤 비극적 음모가 이미 진행되고 있었고 이에 따라 엘리자벳은 **오랑주리** 별장으로 향했다. 마침 같은 순간, 바르텔르미가 돈다발을 훔치고

약혼   151

오랑주리 별장 앞으로 가게 되었다. 이 지점에서 모든 것이 엉키며 사건을 미스터리하게 만들었다. 사법 당국은 컴컴한 밀림 한가운데에서 오도 가도 못하는 것처럼 사건을 풀어가지 못했다.

라울 다베르니는 생각했다.

'오늘 드디어 모든 것이 단순하고 분명해졌어. 두 개의 사건은 완전히 별개의 사건이야. 그러니까 두 번째 사건, 즉 바르텔르미의 협박 건은 바르텔르미와 시몽이 죽고 토마 부키가 체포되고 포스틴이 자백하는 걸로 깨끗하게 해결된 것이지. 다만 첫 번째 사건, 가브렐 자매 관련 일 말이야. 나야 이에 대해서는 그리 직접적인 흥미는 없지만 이 건은 해결의 실마리를 찾지 못했어. 남은 문제는 펠리시앵인데… 아직 정체가 모호해. 이 모호한 정체가 두 사건에 걸쳐 있는 것 같아.'

라울은 계속 생각했다.

'음모를 꾸민 바르텔르미와 두 아들은 사라졌지만 협박의 중요한 요소가 되는 펠리시앵 문제는 아직도 속 시원히 밝혀진 것이 없어. 펠리시앵은 다소 차갑고 덤덤해 보이지만 속은 불안하고 마음이 여리지. 바르텔르미 사건이 마무리되면서 펠리시앵의 정체는 미스터리가 되어버린 셈이야. 내가 펠리시앵의 정체를 밝히려면 가브렐 자매 사건도 해결해야 하지. 펠리시앵은 도대체 무슨 일을 한 걸까? 정체가 뭐지? 자살을 시도한 건 이유가 있을 거고… 큰 충격을 준 사건이 있다는 건데… 자살로 몰고 갈 정도로 강한 그 충격이 무엇일까? 펠리시앵은 어떤 사람인 거야? 나는 뭘 바라는 거지?'

라울은 별채의 침실로 갈 때마다 펠리시앵을 날카로운 눈으로 관찰했다. 이야기가 하고 싶었다! 마침내 열도 떨어지고 포스틴의 간병도 끝난 듯했다. 그러나 펠리시앵은 여전히 힘없이 누워 있을 뿐이었다. 자살 충동을 일으킨 마음의 충격에서 아직 벗어나지 못한 듯했다.

어느 날 아침이었다. 작업실에서 잠을 자던 포스틴은 라울을 따로 불러냈다.

"간밤에 누군가가 펠리시앵을 만나러 왔어요."

"누가요?"

"모르겠어요. 소리가 들려 들어가 보려 했더니 빗장이 채워져 있더라고요. 안에서 펠리시앵이 누군가와 한참 동안 이야기를 했고 중간중간 침묵이 길게 이어질 때도 있었어요. 그리고 내가 알아볼 틈도 없이 누군가 펠리시앵의 방에서 얼른 빠져나갔어요."

"누군지 전혀 모른다는 겁니까?"

"전혀요."

"이런!"

그날 이후 달라진 것이 있었다. 누군가 밤에 방문한 후 펠리시앵이 완전히 달라진 것이다. 얼굴에 화색이 돌고 자주 웃으면서 포스틴과 이야기를 하곤 했다. 나아가 포스틴의 초상화를 그려주고 싶어 했고 내부 공사 일도 다시 시작하려는 것 같았다.

라울은 더 이상 주저하지 않았다. 사흘을 더 관찰한 라울은 펠리시앵이 있는 별채로 들어갔다. 라울은 펠리시앵 가까이에 앉아 이야기를 했다.

"다시 건강을 찾은 것 같아 기쁘오, 펠리시앵. 우리 두 사람 사이가 예전처럼 다시 좋아졌으면 하오. 하지만 서로 믿을 수 있는 관계가 되려면 허심탄회하게 이야기해야 할 필요가 있소. 루슬랭은 당신이 여러 사건과 관련해 혐의점이 없다고 예심 과정에서 결정했소. 하지만 우리 사이엔 또 다른 풀어야 할 문제가 남아 있지."

라울은 좀 더 부드러운 목소리로 말을 이었다.

"어느 마음씨 좋은 푸아투 시골 여성의 손에서 자랐다고 하던데 왜 그 이야기를 진작 하지 않았소?"

펠리시앵은 곧바로 얼굴이 빨개지며 중얼거리듯 대답했다.

"주워 온 아이라는 이야기를 쉽게 할 수 있는 사람이 어디 있겠습니까?"

"하지만⋯ 그 전에는 달랐지 않소?"

"그에 대한 기억은 없습니다. 절 키워준 어머니는 진짜 어머니와 다름없는 분이었죠. 하지만 돌아가실 때 아무 말도 없으셨습니다. 대신 어느 귀부인이 맡긴 것이라면서 제게 큰 액수의 돈을 물려주셨죠⋯ 그런데 그 귀부인이란 분도 제 친어머니는 아니었던 것 같습니다."

"최근 몇 년 사이에 그 농장에 살았던 남자는 없었소?"

"있습니다⋯ 친구나 친척 정도 된다고⋯."

"그 남자 이름을 압니까?"

"그 당시에도 정확히는 몰랐습니다. 지금은 전혀 기억도 나지 않지만요."

"그 남자의 이름은 바르텔르미였소."

라울이 확실하게 말해주었다.

펠리시앵이 깜짝 놀랐다.

"바르텔르미? 도둑… 말입니까? 그 살인자요?"

"그렇소. 시몽 로리앙의 아버지이지. 그 후로 바르텔르미는 당신을 늘 관찰해왔소. 당신이 파리에서 뭘 하며 살고 어디에서 살고 있는지 항상 알고 있었지. 결국 내 친구 한 명을 통해 바르텔르미가 당신을 자연스럽게 내게 추천한 것이고."

펠리시앵은 뭐가 뭔지 몰라 하는 표정이었다. 라울은 펠리시앵의 모든 움직임과 반응을 살펴보면서 진짜인지 가식인지 파악하기 위해 애썼다.

펠리시앵이 물었다.

"이유가 뭐였을까요? 목적이 있었나요?"

"그건 나도 잘 모르겠소. 다만 바르텔르미는 어떤 의도를 갖고 당신을 내 곁에 두려고 했으며, 그 아들인 시몽 로리앙도 나를 대상으로 뭔가 계획을 짰고 그 계획에서 당신의 도움을 얻으려는 생각으로 여기에 왔소. 이유와 목적이 뭐였을까? 도저히 감이 잡히지 않는군. 혹시 시몽 로리앙으로부터 무슨 말 들은 적 없소?"

"없습니다… 저도 뭐가 뭔지 모르겠습니다."

"그러니까 이 집에서 맡은 일만 하겠다는 생각만 있었다는 거군요?"

"다른 생각을 할 것이 있겠습니까?"

펠리시앵이 되물었다.

라울은 속으로 기뻤다. 펠리시앵이 진실을 말하고 있는 것이 확실한 것 같아서였다. 펠리시앵은 협박 계획의 공범이 아니었고 뭔가를 알았다 해도 욕심이 없는 사람 같았다.

"이건 다른 이야기인데 토마 부키가 자백을 했소. 살인 · 절도 사건이 일어난 날 저녁에 보트에 탄 사람이 자신이라고 했지. 그 자백 내용을 듣고 놀라지는 않았소?"

"왜 제가 놀라야 합니까? 보트에 타고 있던 사람은 제가 아닌 것이 맞는데요. 그 시각에 전 잠을 자고 있었습니다."

그런데 이번에 펠리시앵의 말투가 조금 달라졌다. 시선도 은근히 피하는 것으로 봐서는 뭔가 숨기는 것 같았다. 또한 광대뼈 쪽으로 붉게 얼굴이 달아오르고 있었다.

라울은 생각했다.

'거짓말을 하고 있군. 이 부분에서 거짓말하기 시작한다면 나머지도 전부 거짓말로 일관할 거야.'

라울은 일부러 발소리를 내며 왔다 갔다 했다. 펠리시앵은 흔들림 없는 태도를 보이고 있었다. 펠리시앵은 응큼한 사기꾼임이 분명했다. 아들이라며 권리를 내세울지도 몰랐다. 다른 공범들과 마찬가지로 협박을 해올 것이 분명했다. 라울은 더 이상 흥분을 참지 못하고 문 쪽으로 걸어갔다. 그러자 펠리시앵이 앞을 가로막으며 걱정스러운 목소리로 말했다.

"절 믿지 않으시는군요. 그래요… 안 믿으시는 거죠… 그날 밤에 제가 훔친 돈 자루를 찾으러 돌아다니다가 동료인 시몽 로리앙을 칼로 살해했을지도 모른다고 생각하시는군. 이렇게 절 믿지 못하시니 여길 떠나는 것이 나을 듯합니다."

라울이 거칠게 대답했다.

"안 돼! 완전히 진실이 밝혀질 때까지 여기에 계속 머물렀으면 하오."

"진실은 이미 예심판사가 내린 결론으로 드러났습니다."

펠리시앵의 말에 순간 라울이 소리쳤다.

"루슬랭의 결정은 아무 의미가 없소! 그건 나한테 매수당한 토마 부키의 거짓 증언에 불과하거든. 그런데 당신이 이 사건에서 어떤 역할을 한 건지 전혀 알 수가 없어. 당신은 그동안 단 한 번도 솔직하게 나오지도, 그렇다고 단호하게 부인하지도 않았소. 당신의 진심이 무엇인지 모르겠소. 이번 자살 시도도 그렇고. 이곳에 돌아온 이유가 내게 작별 인사도 하고 자신에 대해 내게 설명하려고 한 것 아니었소? 그런데 권총을 쥐고 자살이나 시도하다니… 이유가 뭐요?"

펠리시앵은 아무 대답도 하지 않았다. 이에 라울은 짜증이 났다.

"또 입을 다무는군… 또… 아니, 어쩌면 예심판사 앞에서 쓴 전략일 수도 있지… 어서 대답을 해보시오! 우리 사이가 어색한 건 당신이 늘 뒤로 물러나 입을 다물기 때문이오. 내게 믿음을 얻고 싶다면 그 태도부터 버려요. 그렇지 않으면 계속 당신을 의심하고 내 마음대로 엉뚱한 상상을 할 수밖에 없다고. 괜한 오해를 해서 당신을 잘못 고발할 수도 있소. 그걸 바라는 거요?"

라울은 펠리시앵의 팔을 세게 잡았다.

"그 나이에는 사랑 때문에 자살을 할 수도 있지… 당신이 자살을 시도한 그날을 어떻게 보냈는지 나름 조사를 해봤소. 롤랑드 가브렐과 제롬 엘마가 별장에서 나와 호수 쪽으로 가는 것을 멀리서 지켜보고 있더군. 롤랑드와 제롬이 섬의 벤치에 앉는 모습도 지켜보고 있었고. 당신은 두 남녀가 생각보다 매우 가까운 것 같은 느낌이 들었소. 그래서 정원사에게 물었고 롤랑드와 제롬이 매일 만나고 있다는 것을 알게 되었소. 그로 부터 한 시간 뒤에 권총을 꺼낸 거요. 그렇지 않소?"

펠리시앵은 얼굴을 찌푸리며 그저 가만히 듣고 있었다.

라울이 말을 이었다.

"계속 말하지. 어떻게 된 건지는 모르지만 롤랑드 가브렐은 당신이 자살을 시도했다는 것을 알게 되었소. 너무 놀란 롤랑드는 사흘 전 밤에 얼른 당신에게 달려와 괜한 오해이며 제발 죽지 말아달라고 애원했지. 롤랑드의 설명을 듣고 당신은 마음의 상처를 치유해 자리에서 일어나게 되었지. 맞소?"

펠리시앵은 계속 들어오는 질문을 피할 수도 없었고 그러고 싶지도 않은 것 같았다. 다만 어떻게 대답해야 할지 몰라 잠시 주춤하더니 마침내 입을 열었다.

"사건이 일어난 후부터 롤랑드 가브렐을 다시 만난 적 없습니다. 밤에 날 찾아온 사람도 롤랑드 가브렐이 아니었습니다. 롤랑드가 저와 우정으로 엮여 있다고 해서 밤에 절 찾아오는 그런 대범한 행동은 하지 않죠. 대신 하인을 시켜 내게 이런 편지를 보내 자신의 결정을 알렸을 뿐입니다."

펠리시앵은 편지를 내밀었다. 라울은 편지를 읽어가며 점점 놀라워했다.

펠리시앵

불행이 오히려 제롬 엘마와 나를 하나로 묶어주었습니다. 가없은 언니를 위해 함께 슬퍼하다 보니 우리의 슬픔을 달랠 수있는 유일한 길은 서로 가까이 있으면서 언제나 언니를 떠올리는 것이라는 생각이 들었습니다. 우리 두 사람을 가깝게 해준 사람도 언니였죠. 언니가 행복해했고 미래의 행복을 꿈꾸었던 그 장소에서 제롬과 내가 화목한 가정을 꾸리기를 언니도 바라고 있을지 모른다는 생각이 듭니다.

우리가 언제 결혼을 할지는 모르겠어요. 풀어야 할 부분도 많고 혹시 내가 실수하는 건 아닌지, 마지막 순간에 이런 걱정으로 망설이게 되는 건 아닌지 겁이 납니다. 이런 이야기를 당신에게 해야 할지 모르겠습니다. 어떻게 살아가야 할지… 더 이상 혼자 살아갈 힘이 없답니다.

펠리시앵도 언니를 알았던 사람이니 내일 클레마티트로 와서내게 결혼을 인정한다고 말해주세요… 부탁드립니다.

— 롤랑드

라울은 목소리를 낮춰 편지를 다시 읽었다.

그리고 이렇게 빈정거렸다.

"희한한 일이군. 언니를 늘 기억하기 위해 선택한 방법이 참희한해. 어서 롤랑드 양을 만나러 가야 하지 않겠소? 조금이라도 힘이 되어야지. 여기 일은 급하지 않고 당신에게도 어느 정도 휴식이 필요하니까…."

라울은 잠시 생각을 하고는 펠리시앵을 내려다보며 말했다.

"종종 내 머릿속을 스치던 생각을 말해야겠소… 롤랑드와 제롬은 서로 마음이 통했다는 건데…."

펠리시앵이 멍한 표정으로 대꾸했다.

"당연하죠! 서로 마음이 통했으니 결혼하기로 한 것 아닙니까."

"그렇긴 하지. 그런데 오래전부터 마음이 통하지 않았나 하는 거요…."

"오래전부터라니, 언제요?"

라울은 한 마디 한 마디를 또박또박 말했다.

"엘리자벳 가브렐이 살아 있었을 때부터."

"그렇다면…."

"결혼을 두 달 정도 앞두고 엘리자벳 가브렐을 살해할 음모가 꾸며진 거지."

펠리시앵이 발끈했다.

"말도 안 되는 소리군요! 전 두 자매를 잘 알고 있습니다. 롤랑드는 언니를 보통 사랑하는 것이 아니었습니다… 그런 롤랑드가… 그럴 리가 없습니다… 롤랑드에게 그런 파렴치한 누명을 씌워선 안 됩니다."

"누명을 씌우는 게 아니오. 제기할 수밖에 없는 문제를 꺼내는 거요."

"왜 제기할 수밖에 없는 문제죠?"

"그 편지를 보니 그렇군… 너무 담담해."

"롤랑드는 고상하고 진실한 여자입니다."

"롤랑드도 그냥 여자요… 쉽게 잊어버리는 여자."

"롤랑드는 쉽게 잊는 여자가 아닙니다!"

"그럴 수도 있겠지만… 슬픔을 애도하는 마음으로 결혼을 하겠다는 것은 아닌 것 같군."

라울이 농담하듯 말했다.

펠리시앵이 벌떡 일어나 진지하게 요청했다.

"더 이상 그 이야기는 하지 말아주십시오, 부탁입니다. 롤랑드에게는 그 어떤 혐의도 없습니다."

라울은 편지를 돌려주고 잔디밭으로 나갔다. 이대로 계속 밀고 가면 펠리시앵의 어두운 성격을 파고들어 흥분시키거나 화를 내게 할 수도 있으리라는 생각이 들었다. 그때, 철책 문이 삐걱이는 소리가 들렸다.

라울이 중얼거렸다.

"이런! 구소 형사군. 저 인간이 또 뭘 물고 온 거지?"

구소 형사반장은 라울과 펠리시앵이 서 있는 관목 숲으로 다가왔다. 라울은 웃으면서 말했다.

"이런! 우리 사이의 일은 다 끝난 것 아닙니까?"

그런 라울의 손을 형사반장이 덥석 잡았다.

"끝나기는 했죠. 다만… 우리 사이의 용건은 정리되었어도 사법 당국으로서 해야 할 일을 해야 해서요."

구소가 평소와 달리 장난기 어린 말투로 말했다.

"감시를 계속하겠다는 겁니까?"

"감시라니요! 정성껏 살피는 거죠. 그래서 수사도 계속 진행하면서 펠리시앵 씨의 상태도 좀 보려고 겸사겸사 들른 겁니다."

"건강을 회복하는 중입니다. 그렇지 않소, 펠리시앵?"

구소가 호들갑스럽게 맞받아쳤다.

"아, 그럼 다행이고요! 그런데 이 지역에서 총소리가 들리고 자살 소동이 있었다며 흉흉한 소문이 돌아서… 이런 내용을 타자기로 쳐서 알린 익명의 제보 편지까지 받은 상태라서요. 소문일 뿐이지만… 결백이 증명된 사람이 자살 시도를 할 리는 없지 않습니까?"

"그렇죠."

"자살 시도를 한 거라면 결백하지 못하다는 의미도 되죠."

구소가 은근히 돌려 말했다.

"그건 전혀 문제가 되지 않는 일입니다."

"과연 그럴까요?"

"하실 말씀이 있으시면 해보시죠."

"좋습니다. 경찰이 관행대로 진행했던 수사 방식에 미리 양해를 구하겠습니다… 펠리시앵 씨가 감옥을 나오자마자 어딘가로 전화 통화를 했다는 것을 알았습니다."

"그랬을 겁니다. 내게도 전화를 했으니까요."

"그다음에는 롤랑드 양에게 전화를 해서 그날 찾아가도 되겠냐고 물었죠."

"그런데요?"

"아가씨가 차갑게 거절을 한 것 같습니다."

"무슨 뜻인가요?"

"그 아가씨는 펠리시앵 씨가 결백하다고 생각하지 않는 거죠… 안 그렇습니까?"

라울이 빈정대며 답했다.

"열심히 수사한 결과가 그겁니까?"

"유감이지만 그렇습니다."

"그렇다면…."

라울이 철책 문 쪽 길을 손으로 가리켜 그만 가보라는 몸짓을 했다. 구소는 그 자리에서 구두 뒤축으로 빙 돌아섰다. 그리고 가기 전에 라울을 한 번 돌아보며 이렇게 말했다.

"아, 잊은 게 있습니다. 파리 기차역 한 곳의 수하물 보관함에서 시몽 로리앙의 것으로 추정되는 가방이 발견되었습니다. 가방 속에 든 옷의 호주머니에서 이런 명함이 나오더군요. 뒷면 보이죠? 건물 한 층의 도면이 연필로 그려져 있고 붉은색 잉크로 십자가 표시가 되어 있습니다. 시몽 로리앙의 아버지가 필립 가브렐의 은행권 지폐 다발을 훔쳐낸 층의 도면이죠."

"명함 이름은?"

"펠리시앵 샤를로 되어 있습니다."

구소는 라울과 펠리시앵에게 예의를 차려 인사한 후 비아냥거리는 듯한 말투로 한마디 더 하며 물러갔다.

"간접적인 증거라 기념으로 참고하시라고요. 또 다른 것이 나올 수도 있지 않습니까?"

구소 형사가 철책 문을 나가려 할 때 라울이 얼른 붙들었다.

"형사반장님!"

"무엇을 도와드릴까요?"

"도움은 필요 없습니다. 형사반장님에게 이 말을 드리고 싶어서요. 철책 문의 말뚝 두 개가 보이죠?"

"당연하죠."

"이 두 말뚝을 연결하는 선을 넘지 말라는 조언을 드리려고요."

"하지만 영장만 있으면…."

"당신의 다른 동료들처럼 깔끔하고 품위 있는 경찰관으로 올 때 영장도 효과가 있는 거죠. 아까처럼 빈정대며 아무 말이나 던지며 감시하려는 태도를 보일 경우는 영장이고 뭐고 효력이 없습니다. 내 말 이해하셨을 테니 안녕히 가십시오."

라울은 펠리시앵에게로 갔다. 청년은 한마디도 하지 않고 있었다. 라울이 펠리시앵에게 말을 걸었다.

"롤랑드를 다시 만난 적이 없다고 했잖소?"

"날 만나고 싶지 않다고 했으니까요."

"그럼, 롤랑드 때문에 자살을 하려던 것은 맞는 거요?"

펠리시앵은 아무 대답도 하지 않았다.

라울이 말을 이었다.

"또 하나… 아까 그 명함은 어떻게 된 거요?"

"라울 씨가 돌아오시기 전에 시몽 로리앙이 이곳에 왔다가 슬쩍 챙겨 간 것 같습니다."

"**오랑주리** 별장의 도면은?"

"시몽 로리앙이 직접 그렸겠죠. 저와는 상관없습니다."

"경찰이 당신을 주목하고 있소. 걱정되지 않소?"

"아뇨, 모두 내게 불리한 증거를 찾아내려고 애썼지만 아무것도 발견하지 못했죠. 죄가 없으니까 걱정도 없습니다."

2
수상한 방문

라울은 단념했다. 펠리시앵에게는 어떤 설명도 통할 것 같지 않았다. 어떤 위협적인 경고도 그를 불안하게 하지는 못할 것 같았다. 이렇게 펠리시앵이 버티고 있는 이유도 밝혀낼 수 없을 것 같았다. 말로는 그의 비밀을 끌어내지 못할 게 분명했다.

행동으로 나설 수밖에 없었다.

하지만 상황이 처음부터 만만하지 않았다. 먼저, 포스틴이 병원으로 복귀했다. 지금까지 펠리시앵은 포스틴과 같은 시각에 별채에서 점심을 먹었지만 여자가 병원으로 돌아간 후에는 **클레마티트**로 가서 오후 동안 그곳에서만 시간을 보냈다.

닷새째가 되던 날, 라울은 상황을 알아보기 위해 그곳에 들렀다.

요리사가 문을 열어주며 말했다.

"아가씨는 잔디밭에 있을 겁니다. 식당에 가셔서 기다리시죠."

라울은 현관을 지나 들어갔다. 문이 두 개 보였다. 식당으로 들어서자, 응접실 유리문에 드리워진 얇은 커튼 너머로 생각지도 못한 광경이 보였다.

포스틴이 방의 왼쪽에서 환한 조명을 받으며 포즈를 취하고 있었다. 맞은편에는 그림 도구를 앞에 두고 펠리시앵이 앉아 있었다. 포스틴은 맨팔과 맨어깨를 드러내고 있었다.

라울은 갑자기 화가 났고 숨길 필요도 없는 감정, 즉 심술 맞은 질투가 뒤섞여 입술을 깨물었다.

'창녀 같은 여자! 저 여자는 저기서 뭘 하는 거야? 저 녀석은 또 뭐하는 거고?'

펠리시앵은 포스틴을 정면에서 바라보고 있었지만 포스틴은 잔디밭과 연못을 향해 열린 창문으로 시선의 초점을 맞추고 있었다. 포스틴의 맨어깨에는 빛이 물결치듯이 춤추고 있어, 황금빛 감도는 흰색의 기운이 가득한, 조화로운 균형미를 보이고 있었다. 라울의 머릿속에 종종 떠오르던, 바로 조각가의 눈부신 프리네 조각상이었다.

라울은 두 사람이 무슨 이야기를 나누는지 궁금한 나머지 소리 나지 않게 조심스럽게 문을 열었다. 그러다가 뜻밖에 보게 된 장면이 있었다. 창틀에 나란히 앉아 바깥쪽으로 발을 내놓고 있는 롤랑드와 제롬 엘마의 뒷모습이었다.

롤랑드와 제롬은 조그만 목소리로 이야기를 나누고 있었다. 펠리시앵 샤를은 간혹 두 사람 쪽으로 고개를 돌려 그들을 바라봤다.

라울은 **클레마티트**와 **오랑주리** 별장에 얽힌 미스터리한 사건, 즉 두 개의 사건 중 하나는 여기 응접실에 있는 네 명의 남녀 사이에서 벌어진 게 분명하다는 생각이 들었다. 네 남녀 안에서 수수께끼의 실마리를 찾으면 되는 것이었다! 애정이든 증오든 야심이든 질투든 어떤 것이 원인이 되었든 간에 이 네 사람 사이에서 사건 하나가 벌어진 것은 분명했다. 네 명은 눈앞에 보이는 것에만 집중한 채 조용히 있었다. 하지만 그 이면에 숨은 과거와 미래, 범죄와 벌, 죽음과 삶이 얽혀 있다는 생각에 라울은 갑자기 섬뜩해졌다.

이 치열한 상황 속에서 네 사람이 맡은 지분은 어느 정도일까? 펠리시앵은 분명 롤랑드를 사랑하고 있었다. 그런 펠리시앵이 결혼을 앞둔 롤랑드와 제롬 사이에 어떤 역할을 하게 될까?

간호사인 포스틴은 어떻게 해서 저들 사이에 끼어들게 된 것일까? 신분이 다른 포스틴을 무슨 이유로 롤랑드가 받아준 것일까? 온통 알 수 없는 수수께끼뿐이었다.

롤랑드와 제롬이 정원으로 가자 라울은 조용히 문을 밀고 들어왔다. 바깥을 보다가 그림 도구 쪽으로 시선을 돌리던 포스틴은 그림 도구 앞에 앉은 펠리시앵 너머로 갑자기 나타난 라울을 발견했다.

당황한 포스틴은 얼굴을 붉히며 숄로 어깨를 감쌌다.

"신경 쓰지 마시오, 펠리시앵! 모델 한번 멋지군!"

라울이 말했다.

"감탄할 만하죠. 제게 과분할 만큼 너무나 아름답기에…."

펠리시앵이 말을 받았다.

"겸손하군."

"그럴 수밖에요. 보통 아름다움이 아니라…."

"포스틴 씨는 어떻습니까? 병원에서 환자를 돌보는 것보다는 그렇게 포즈를 취하는 게 더 즐겁지 않습니까?"

라울이 계속 빈정거리자 포스틴이 담담하게 대답했다.

"요즘은 환자가 거의 없어요. 그리고 오후 근무는 자유고요."

"저녁도, 밤도 마찬가지겠죠. 자유로운 시간을 충분히 이용하길 바랍니다. 젊음을 즐기라고요!"

그렇게 말한 후 라울은 정원으로 나가 롤랑드를 관찰하면서 그들의 결혼 소식에 축하 인사를 전했다. 롤랑드는 포스틴에 비해 화려하지는 않은 미모였지만 포스틴만큼 사람의 마음을 움직이는 힘은 있었다. 미모 자체보다도 상대의 마음을 어지럽히는 관능적인 매력은 포스틴보다는 롤랑드에게 더 있었다. 롤랑드를 바라보는 제롬 엘마의 표정에도 감탄이 어려 있었다.

제롬은 파리에서 마무리해야 할 일이 있다고 했다. 롤랑드와 라울은 **오랑주리** 별장의 텃밭과 통하는 바깥문으로 제롬을 배웅했다. 엘리자벳을 죽음으로 몰아간 문제의 불길한 계단을 지나게 되어 있었으나 롤랑드와 제롬은 전혀 신경 쓰지 않는 것 같았다. 두 사람은 그 후에도 그쪽으로 계속 산책을 했다. 심지어 제롬은 걸음을 멈추고 그저 무심히 산보하던 사람처럼 맞은편 기슭의 길목 어귀에서 세 남자를 태우고 기우뚱대는 보트를 바라보고 있었다. 구소와 형사 두 명이 보트에 타고 있었고 형사 한 명이 강바닥을 열심히 긁어대고 있었다.

제롬이 담담하게 말했다.

"예심이 계속되고 있는 것 같아. 시몽 로리앙과 날 공격한 무기를 찾고 있는 거지."

롤랑드가 몸을 부르르 떨었다.

"아직 끝나지 않은 건가요, 그 악몽은?"

롤랑드와 라울은 제롬과 작별 인사를 하고 방향을 돌려 **클레마티트**로 천천히 걸어갔다. 잠시 후, 라울은 속에 담고 있던 생각을 꺼냈다.

"결혼한 후에도 이 별장에 사실 생각입니까?"

여자가 대답했다.

"아마도요… 필요한 곳은 손을 봐야겠죠."

"신혼여행을 다녀온 후겠죠? 신혼여행은 오래 다녀올 생각입니까?"

"아직 정해진 것은 없어요."

라울은 계속 질문을 했고 롤랑드는 단답형으로 모호하게 대답했다. 그러다 갑자기 롤랑드가 말을 끊었다.

"아까 누가 우리 집 초인종을 눌렀어요. 찾아올 사람이 없는데….."

유리문 앞 계단까지 이르자 안에서 다투는 소리가 들렸다. 이어서 싸우는 소리가 더 커졌다. 하인 에두아르의 목소리였다. 에두아르는 이렇게 소리치고 있었다.

"들어올 수 없습니다! 내가 살아 있는 한 이 집에 발을 들여놓게 할 수는 없습니다!"

롤랑드는 얼른 식당을 지나 달려갔다. 펠리시앵과 포스틴은 이미 현관으로 나가 있었다. 입구에서 에두아르가 어느 나이 많은 신사를 들어오지 못하게 하고 있었다. 신사는 부드러운 태도로 계속 부탁했다.

"부탁입니다. 진정하십시오. 롤랑드 양과 이야기를 하고 싶어서 그럽니다… 그러니 내가 왔다는 이야기 좀 전해주십시오."

롤랑드는 현관 문턱에 서서 낯선 신사를 바라보더니 이렇게 말했다.

"처음 뵙는 분인 것 같은데…."

노신사는 아무 말 없이 명함을 내밀었다. 롤랑드는 명함을 보더니 몸을 떨었다.

노신사는 매정하게 거절당하는 것이 두려운지 좀처럼 물러서지 않았다.

"이야기 좀 꼭 나누고 싶습니다. 롤랑드… 이렇게 얼굴을 보고 이야기를 해야 합니다… 절대 거절해서는 안 됩니다… 당신을 위한 일입니다…."

노신사는 허리가 조금 굽었고 백발이었다. 섬세하고 품위 있는 인상이었지만 창백한 안색은 그가 오랫동안 지병을 앓아 몸에 힘이 없음을 말해주고 있는 것 같았다.

롤랑드가 잠시 망설이더니 에두아르에게 지시했다.

"그냥 놔두세요, 에두아르… 그만 가봐요…."

에두아르는 어쩔 수 없이 씩씩대며 자리를 떴다. 롤랑드가 노신사에게 말했다.

"제 약혼자가 여기에 없어 유감이네요. 있었으면 소개해드렸을 텐데…."

"약혼 소식은 들었습니다, 롤랑드…."

"예, 제롬 엘마와 약혼합니다."

"알고 있습니다. 원래는 언니와 결혼할 사람이었죠?"

"예."

"예전에 제롬 엘마의 어머니를 잘 알고 지냈습니다. 당시 제롬은 어린애였죠."

롤랑드는 사람들 앞에서 더는 이야기하고 싶지 않은지 말을 끊었다.

"살롱으로 가시죠. 거기서 이야기를 나누는 게 더 좋을 것 같습니다. 안내해드리죠."

롤랑드가 앞장서자 노신사는 힘겨워하며 천천히 계단을 올라갔다.

라울은 딱 봐도 펠리시앵과 포스틴 역시 자신만큼 당황해하고 있으며, 두 사람은 자신들이 이곳에 온 것을 설명할 구실이 없다는 확신이 들었다.

세 사람은 자기 나름대로 상황을 상상하며 조용히 기다릴 수밖에 없었다.

두 시간이 흘렀다. 노신사가 롤랑드의 부축을 받으며 계단을 내려왔다. 롤랑드는 두 눈이 충혈된 채 우울한 표정을 하고 있었다.

"그나저나… 결혼식은 언제입니까?"

롤랑드는 갑자기 마음이 정해진 듯 간단히 대답했다.

"열이틀 후에요. 청첩장을 만들 시간이 필요하니까요."

"행복해야 합니다…."

노신사는 훌쩍거리는 롤랑드의 이마에 가볍게 입을 맞췄다. 롤랑드가 얌전히 물러나 노신사를 문 앞까지 바래다주었다.

"데려다드릴까요?"

롤랑드가 묻자, 노신사가 대답했다.

"아뇨. 역도 별로 안 머니까 혼자 가도 됩니다. 또 봅시다. 언제 한번 우리 집에 놀러 와요. 약속한 겁니다! 조만간 와줘요."

노신사는 뒤도 돌아보지 않고 별장을 나갔다. 롤랑드는 그 뒷모습을 조용히 바라봤다. 그리고 현관문을 닫고는 뭔가를 생각하며 응접실로 들어갔다. 라울은 즉시 식당을 통해 밖으로 나와 **클레마티트** 별장을 벗어났다. 낯선 노신사를 따라잡아 정보를 얻어내려는 것이었다. 길가에서 노신사는 운전기사 복장을 한 하인의 팔에 몸을 기대고 있었다. 운전기사는 노신사를 태우고 곧장 출발했다. 라울이 보기에, 자동차는 이미 여기에 오기 전에 오랫동안 여기저기를 다닌 것처럼 먼지투성이였다.

저녁 7시쯤에 라울은 병원에서 막 나오는 포스틴 옆을 따라 걸었다.

"그 노신사에 대해서는 아무것도 모릅니까? 롤랑드가 한마디도 안 하던가요?"

"안 했어요."

"아무렴! 나한테는 한마디도 하지 말라고 지시했나 보군! 좋아요, 나 혼자 알아보죠. 이번 건은 알아보기 힘들지는 않거든요. 이미 밝혀진 사실에 진실을 더 추가하는 것에 불과하니까. 천천히 다가가고 있습니다, 포스틴."

라울은 좀 더 빈정거리는 말투로 이렇게 덧붙였다.

"참, **클레마티트**에서 무엇을 하고 있는 겁니까? 그 집에 자주 드나드는 친구처럼 행동하더군요. 무슨 자격으로 그러는 겁니까? 포스틴 씨와 나머지 세 사람과는 어떤 점이 통하는 겁니까? 펠리시앵의 판단을 흐리게 하려고 유혹하는 겁니까? 그 정도만 해줘요. 그러지 않으면 내가 나서서 펠리시앵을 다른 곳으로 보낼 테니까. 당신은 허탕만 치겠지."

하지만 포스틴은 별 반응이 없었고 오히려 미소를 지으며 말했다.

"내가 당신을 유혹하기 위해 애쓴 적이 있나요?"

"아니!"

"하지만 날 마음에 들어 하죠."

라울이 웃으며 말했다.

"매우 그런 편이지. 그래서 내가 제정신이 좀 아닌 것 같긴 하군…."

그날 저녁과 다음 날 아침에 라울은 하루 종일 조사를 했고 자동차로 20분 정도 떨어져 있는 가르슈 근처의 어느 양로원까지 가게 되었다. 라울의 요청으로 면회실로 온 스타니슬라스 영감은 허리가 완전히 굽어 있는 데다 몸까지 떠는, 말 그대로 노인이었다. 라울은 찾아온 목적을 밝혔다.

"베지네 출신이고, 그곳에서 하인으로 40여 년간 일을 한 기간 중 30년간 현재 **오랑주리** 별장의 주인인 필립 가브렐의 형을 모셨죠. 그렇죠? 이번에 베지네 면사무소의 생활 보조금 수혜자로 선정되었습니다. 그 결정을 이행하기 위해 현금 100프랑을 전달하러 여기에 오게 되었습니다."

약 5분 동안 스타니슬라스 영감은 소감을 밝혔고 나머지 한 시간은 베지네와 주민들, **오랑주리**에 자주 오던 사람들, 그 이웃 별장에 사는 사람들에 대해 이야기를 나누는 시간을 가졌다. 그 덕에 라울은 궁금했던 정보를 쉽게 얻을 수 있었다.

특히 새롭게 알게 된 사실은, 엘리자벳과 롤랑드의 아버지이자 필립의 형 알렉상드르 가브렐이 아내와 사이가 매우 안 좋았다는 것이었다. 알렉상드르가 밖으로 도는 일이 많아 아내가 불행했던 것 같았다. 또한 알렉상드르는 질투심까지 많았다고 한다. 부부 곁에 부인의 먼 친척이 되는 어느 남자가 끈질기게 맴돌았다고 하니 알렉상드르가 질투할 만했다.

스타니슬라스가 말했다.

"**오랑주리** 별장의 정원에까지 들릴 정도로 싸움이 일어날 때가 종종 있었습니다. 엘리자벳 아가씨가 막 세 살을 넘겼던 해의 어느 날, 알렉상드르 씨가 마님의 친척을 밖으로 내쫓았습니다. 현관에서 몸싸움이 벌어졌고 그 과정에서 내 동료인 하인 에두아르는 주인어른을 거들어야 했습니다. 어찌나 소리를 질러대던지! 주방에서 우리까지 숙덕이던 이야기가 있었습니다. 엘리자벳의 진짜 아버지가 사실은 마님의 먼 친척인 조르주 뒤그리발일지도 모른다는 거죠."

"하지만 가브렐 부부는 화해하지 않았습니까?"

라울이 물었다.

"그럭저럭 살긴 했습니다. 3~4년 후에는 둘째인 롤랑드 아가씨도 태어났고요. 하지만 주인님이 또다시 방탕한 생활을 했죠… 나중에는 파리에서 친구들과 코가 비뚤어지도록 마시다가 뇌출혈로 세상을 떠나고 말았습니다."

"그 후로 마님의 친척이라는 사람은 나타난 적이 없습니까?"

"전혀요. 그 후 마님은 두 딸을 데리고 매년 여름 카부르 바닷가에 가곤 했습니다. 그런데 사실, 카부르 해변에서 20킬로미터밖에 떨어지지 않은 곳에 친척인 조르주 뒤그리발이 현재 살고 있는 캉 지방이 있습니다. 좀 이상하지만 주방에서는 우리들끼리 마님과 친척이 카부르 해변에서 몇 번 만났을 것이라고 숙덕거렸습니다. 두 어린 아가씨들은 이 일을 몰랐고요. 어느 날 **오랑주리**의 여자 요리사가 '두고 보라고요. 그 친척이 전 재산을 엘리자벳 아가씨에게 남길 테니까… 이미 그 친척과 마님은 이에 대해 합의를 한 것 같아요. 엘리자벳 아가씨는 미리 두둑한 지참금을 갖게 되는 거죠!'라고 말한 적이 있습니다."

라울은 직접 나서서 얻은 이 정보에 기분이 좋아졌다. 생각할수록 중요한 정보 같았다. 집안의 분쟁이 중심축이고 그 안에서 일어난 여러 가지 요소가 지금의 사건을 해결하는 실마리가 될 것 같았다.

라울은 그날 오후와 그다음 날에 **클레마티트**에서 시간을 보냈다. 따뜻한 환대를 받았지만 처음 여기에 왔을 때 느꼈던 고립감, 무거운 분위기가 여전히 느껴졌다. 다들 자신만의 생각속에만 살고 자신의 목표에만 관심을 가진 것 같았다. 이들 모두 무슨 속셈일까? 롤랑드와 제롬은 서로 다정한 눈길로 바라보곤 했고, 가끔 펠리시앵의 시선도 포스틴이나 작업 중인 초상화를 지나 롤랑드와 제롬 쪽으로 향하고 있었다.

조용한 분위기 속에서 롤랑드가 제롬에게 말했다.

"서류는 다 준비되었죠, 제롬?"

"물론."

"나도요. 오늘은 7일 화요일이에요. 우리 결혼 날짜는 18일

토요일로 해요. 괜찮죠?"

제롬은 롤랑드의 손을 잡고는 열심히 손등에 입을 맞추며 자신이 품고 있는 열정적인 사랑을 표현했다. 롤랑드는 살짝 미소를 지으며 눈을 감았다.

펠리시앵은 열심히 그림을 그렸다.

한편, 라울은 이런저런 생각을 하고 있었다.

'9월 18일… 앞으로 열하루 뒤로군. 그때까지 모든 것이 잘 풀려야 하는데… 아직은 멀고 복잡한 진실이 저 두 사람의 열정에 힘입어 불꽃을 피워야 하는데 말이야…'

롤랑드가 맞이했던 낯선 노신사가 누구인지는 중요한 문제가 아니었다. 중요한 것은 노신사가 방문한 목적이었다. 처음에는 적대적이던 롤랑드가 무슨 이유로 노신사가 갈 때쯤에 부드러워진 것일까? 제롬 엘마는 이와 관련해 얼마나 알고 있는 거지?

9월 11일 토요일. 라울은 **클레마티트**로 와달라는 롤랑드의 전갈을 받았다. 구소 형사가 중요하게 전달할 내용이 있다며 오후 3시에 들르기로 했는데 라울 다베르니와 펠리시앵 샤를이 그 자리에 함께 있어주면 좋겠다는 내용이었다.

라울은 약속 시간에 맞춰 갔고 펠리시앵도 마찬가지였다. 하지만 포스틴의 모습이 보이지 않았다.

구소 형사가 전달하는 내용은 간단한 편이었다. 구소는 라울과 펠리시앵에게는 관심이 없다는 듯 롤랑드와 제롬을 향해서만 말했다.

"지금까지 저희에게 온 익명의 편지가 여러 장입니다. 모두 서툰 타자 솜씨로 작성된 편지이며 밤에 베지네 우체국을 통해 발송이 되었습니다. 제가 타자기를 갖고 있는 사람들을 대상으로 수사를 벌이고 있다는 소문이 돌았는지 오늘 아침 여기에서 3킬로미터 떨어진 폐허 더미 속에 오래되어 보이는 타자기가 버려져 있었습니다. 어제 마지막으로 타자기를 사용한 듯 저녁 쯤에 파리 시 경찰청에 이 편지가 도착했습니다. 읽어드리죠."

그날 밤, 시몽 로리앙이 칼을 맞은 길가를 따라가다 보면 몇 달 전부터 아무도 살지 않는 사유지가 늘어서 있습니다. 담벽은 낮지만 그 위로 철책이 있습니다. 철책 너머를 잘 보면 관목 숲 나뭇잎 아래 손수건이 하나 떨어져 있습니다. 그 손수건의 출처를 확인해보는 것이 좋을 겁니다.

형사가 말을 이었다.
"전 편지가 지시한 대로 했습니다. 이 손수건입니다. 비와 이슬을 맞아 지저분하고 축축한 상태입니다. 그렇기는 해도 피가 묻은 칼을 옷감으로 닦을 때 나타나는 기다란 검붉은 자국은 그런대로 잘 보입니다. 평범한 가게에서 구입한 여느 손수건처럼 이 손수건에도 이니셜은 딱 하나만 새겨져 있습니다. F라는 이니셜입니다. 마침 펠리시앵 샤를 씨도 있으니 실례지만 손수건 좀 보여주시겠습니까?"
펠리시앵은 군말 없이 손수건을 내밀었다. 구소는 손수건 두 개를 비교한 후 말했다.

"펠리시앵 씨의 손수건에는 이니셜이 없군요. 하지만 손수건 두 개는 섬세한 천으로 만들어진 것도 똑같고 크기도 똑같습니다. 어쨌든 협조해주셔서 감사합니다… 이 손수건들은 예심에서 증거로 채택될 겁니다. 검붉은 자국이 혈흔인지 아닌지 연구소가 확인해줄 겁니다. 혈흔이라고 결과가 나오면 제롬 엘마 씨를 칼로 찌르고 이어서 시몽 로리앙까지 칼로 찌른 범인에 대한 중요한 증거 하나가 포착되는 셈이죠."

구소는 아무 말 없이 롤랑드와 제롬에게 인사를 하고 서둘러 밖으로 나갔다.

라울이 자리에서 일어나며 말했다.

"펠리시앵, 상황이 급하게 돌아가고 있소. 경찰은 당신을 의심하는 것 같소. 며칠 후에는 루슬랭이 집무실로 와달라고 당신에게 전갈을 보내올 것 같군."

펠리시앵은 아무 말도 하지 않았다. 다른 일을 생각하는 듯한 표정이었다. 라울은 이런 펠리시앵의 태도가 정말 마음에 들지 않았다.

저녁 식사가 끝나고 라울은 어두컴컴한 정원을 거닐다가 길가에서 나는 가벼운 휘파람 소리를 들었다. 이어서 호수를 죽 따라가다 왼쪽으로 방향을 틀어 **클레마티트** 별장의 반대 방향으로 사라지는 여자의 모습이 어렴풋이 보였다.

라울은 휘파람 소리가 신호라고 생각했다. 정말로 펠리시앵이 서둘러 별장에서 나오고 있었다. 펠리시앵은 조심스럽게 철책 문을 열고는 역시 왼쪽으로 향했다.

라울은 **클레르 로지**의 내부와 차고의 출구를 통해 조심스럽게 지나갔다.

두 사람의 그림자가 저 멀리 호숫가를 둘러싼 오솔길로 멀어져 가는 것이 보였다. 아직은 밤이 완전히 저물지는 않았기에 펠리시앵과 포스틴이 뭔가 열심히 이야기하고 있는 모습은 알아볼 수 있었다.

라울은 어느 정도 거리를 유지하며 몰래 뒤를 밟았다.

두 사람은 다리를 건넜고 롤랑드와 제롬 엘마가 앉았던 그 벤치에 앉았다.

등을 돌린 자세라 라울은 뒤에서 들키지 않고 25~30미터 정도는 가까이 다가갈 수 있었다.

펠리시앵이 포스틴의 품에 안겨 젊은 여자의 어깨 위에 머리를 기대고 있는 모습이 분명히 보였다.

3
납치

　본능대로 했다면 아마도 라울은 그들에게 달려들어 펠리시앵을 물속에 던지고 포스틴의 목을 졸랐을 것이다. 하지만 라울이 다리 쪽으로 두세 걸음 걷다가 그대로 서 있었던 것은 나중에야 제대로 이해한 어떤 이유들 때문이었다.

　라울은 조용히 서 있었다. 감정대로 흥분해서 움직일 때가 아니었다. 사실 지금까지 포스틴에 대해 느끼는 마음은 진정한 사랑이 아닌 욕정에 불과했고, 사건이 점점 결말을 향해 가는 이 중요한 시기에 괜히 기분대로 행동해 일을 망칠 수는 없었다. 몇몇 사실들이 머릿속으로 정리가 되어 가는데 즉흥적으로 움직였다가는 모든 것이 복잡하게 엉켜버릴지도 모를 일이었다.

　특히 칼리오스트로 백작부인의 모습이 갑자기 떠올랐다. 만일 아버지와 아들이 한 여자를 놓고 싸움을 한다면 백작부인은 통쾌한 복수를 한 셈이 아닌가! 백작부인이 꾸며온 복수의 계획이 완성되는 것과 같았다.

　라울은 즉시 집으로 돌아왔다. 철책 문을 닫고 한 번도 사용해본 적이 없는 장치를 문에 붙였다. 철책 문이 열리면 벨이 울리게 되어 있는 장치였다.

30분 후, 벨이 울렸다. 펠리시앵이 돌아온 것 같았다. 라울은 그대로 잠이 들었다.

다음 날 아침, 라울은 펠리시앵에 대해 이런저런 말을 중얼거렸다. 왠지 그가 점점 보기 싫어졌다. 이제는 롤랑드와 제롬이 함께 뭔가 계획을 세워왔다는 확신이 점점 들었다. 아직 확실히 밝혀진 것은 아니지만, 뒤그리발의 유산상속이 두 남녀의 결혼과 관계가 있는 것 같았다. 라울은 간단히 산책을 하고 점심 식사를 한 뒤, 캉까지 가보기로 했다. 조르주 뒤그리발에 대해 조사하기로 한 것이다. 운이 좋다면 캉에서 마주칠 수도 있을 것이다. 아니라면 다음 날 밤쯤에 조르주 뒤그리발의 집이라도 찾아갈 생각을 했다.

라울이 차에 오르려 할 때 **클레르 로지** 안의 전화가 울렸다. 제롬 엘마의 전화였는데, 일분일초도 지체하지 말고 지금 당장 와달라는 내용이었다. 제롬은 절망한 듯한 목소리였다.

2분 후, 라울이 도착했다. 하인과 함께 현관에서 기다리고 있던 제롬은 라울을 보자마자 숨넘어가는 목소리로 외쳤다.

"납치당했습니다!"

"누가요?"

"롤랑드요! 그 자식에게 납치당했습니다!"

"그게 누군데요?"

"펠리시앵 샤를!"

"이봐요!"

라울이 발끈했다. 어제 포스틴의 품에 안긴 펠리시앵의 모습이 생각나서였다.

"롤랑드가 좋다 해서 함께 간 거겠죠."

그러자 제롬이 소리쳤다.

"아닙니다. 제정신입니까? 납치당한 거라니까요! 자세히 설명해드리죠! 라울 씨만이 이번 일을 해결할 수 있을 것이란 생각이 들었단 말입니다…."

제롬은 서둘러 라울의 차에 올랐다.

"어느 길로 갔습니까?"

라울도 진지하게 물었다.

"생제르맹 쪽으로 갔습니다. 에두아르, 맞죠? 똑똑히 본 거죠?"

"그렇습니다. 생제르맹 방향입니다."

에두아르가 말했다.

라울의 자동차가 출발했다. 자동차는 300미터 정도 가다가 오른쪽 국도로 방향을 틀었고 그대로 센 강을 건넜다. 190번 국도는 노르망디 지방, 루앙으로 통하는 길이었다.

제롬은 제정신이 아닌 듯 으르렁거렸다.

"롤랑드는 눈치채지 못했고 나 역시 마찬가지였습니다… 그 자식은 사고 싶다고 한 자동차를 타고 파리에서 왔습니다. 내가 정원에 있을 때 그 자식이 롤랑드에게 자동차 한번 타보지 않겠냐고 꼬셨죠… 롤랑드는 차에 올라탔다가… 그 자식이 시동을 걸자 내리겠다고 했습니다. 하지만 내리지 못하게 한 것 같더군요. 그때 롤랑드가 비명을 지르는 것을 에두아르와 내가 분명히 들었습니다. 에두아르가 서둘러 가봤지만 자동차는 이미 출발한 뒤였습니다."

"어떤 차였습니까?"

"카브리올레형 자동차였다는군요."

"차의 특징은?"

"차 색깔은 연노란색이었습니다."

"출발한 지는 얼마나 되었습니까?"

"10분 정도밖에 안 되었습니다…."

"금방 따라잡겠군요. 펠리시앵은 운전이 서투르니까…."

라울은 생제르맹 언덕길 방향으로 핸들을 꺾다가 갑자기 베르사유 방향으로 틀었다.

"10킬로미터에서 12킬로미터 직선 도로로 질주하겠습니다!"

"방향은 왜 바꾸는 겁니까?"

"뭔가 떠올라서 그럽니다…! 펠리시앵은 푸아투에서 자랐습니다. 지금 정확한 정보가 없으니 가능한 한 실수는 줄이는 것이 좋죠. 펠리시앵도 잘 아는 장소로 숨을 겁니다. 10번 국도를 택했을 겁니다."

"만일 아니라면요?"

"어쩔 수 없는 거죠."

라울 일행이 탄 자동차는 베르사유의 아름 광장을 빠르게 지나 생 시르와 트라프까지 달렸다.

"노란색 카브리올레라면 이미 눈에 띄었을 텐데, 펠리시앵이 전속력으로 달리고 있나 봅니다."

"확실합니까?"

"확실합니다! 지금까지 시속 110킬로미터로 달렸습니다. 이 정도 속도면 랑부예에 도착하기 전에 따라잡을 겁니다."

라울은 곧 거머쥘 승리의 기쁨에 미리 취해 있었다. 그 약삭빠른 펠리시앵… 이번에는 확실히 버릇을 고쳐주어 제대로 망신을 줄 거라고 라울은 생각했다.

"정말입니까? 확실한 거냐고요. 혹시 길을 잘못 든 건 아닐까요?"

제롬이 계속 의심했다.

"그럴 리 없습니다! 저기 보십시오… 숲 속으로 들어가려 하고 있죠…."

"정말 그렇군요!"

제롬이 소리를 지르더니, 펠리시앵을 욕했다.

"비겁한 자식! 롤랑드에 대해 딴마음을 품는 줄 짐작은 했습니다… 롤랑드에게 여러 번 알려주었지만… 그 자식은 늘 롤랑드에게 마음이 가 있었습니다. 처음부터 롤랑드 주변을 맴돌았으니까요. 가엾은 엘리자벳이 살아 있을 때부터 그랬습니다. 엘리자벳이 롤랑드에 대한 펠리시앵의 마음을 제일 먼저 눈치챘죠. 그 자식은 분명 롤랑드를 좋아하고 있습니다. 가식적인 놈… 겉으로는 아닌 척, 포스틴에게만 관심을 보이는 척하더니! 그러면서 그놈이 날 증오하는 것이 분명히 느껴졌어요… 엄청난 질투심이었던 거죠. 그 자식이 아무리 아닌 척해도 소용없었어요. 분노로 몸을 떠는 것이 느껴졌으니까요. 그 자식은 롤랑드를 좋아하고 있었습니다. 그러니까 납치한 거예요. 달아나버리면 어쩌지…? 만일 놓치기라도 하면 롤랑드는 영원히 그 자식에게서 벗어나지 못할 겁니다… 이런! 속도 좀 높여요! 너무 느리군요…."

솔직히 라울은 속으로는 뿌듯한 기분을 느끼고 있었다. 펠리시앵이 가끔 대담한 모습을 보여왔기 때문이다. 경찰의 집요한 추적을 당하는 불안한 처지인데도 어떻게 행동했는가? 포스틴의 마음을 흔들거나 롤랑드를 납치하지 않았는가! 자신의 몸을 지키거나 위험 앞에서 몸을 사리는 대신 치열한 싸움 현장에서 대범하게 행동하고 있었다. 대담하기 그지없었다!

랑부예에 들어서자 도로가 어지럽고 길게 얽혀 있는 데다가 돌이 깔려 있어 차의 속력을 늦춰야 했다. 뿐만 아니라 길이 샤르트르와 투르, 두 방향으로 나뉘어져 있었다.

"아무 길로나 가야겠어."

라울이 말했다.

제롬은 완전히 흥분하여 제정신이 아니었다.

"비열한 놈! 롤랑드에게 조심하라고 했는데! 위험한 인간이라고… 위선자라고… 나머지도 뻔해… 뻔하다고… **오랑주리** 별장 사건도 내 나름대로 생각하는 바가 있습니다… 이 자식, 잡히기만 해봐!"

제롬은 주먹을 내밀었다. 라울이 보기에도 제롬은 키도 크고 체격도 단단하고 근육과 운동신경이 발달했기 때문에 여리고 야윈 펠리시앵을 쉽게 제압할 수 있을 것 같았다. 하지만 라울 역시 도망치는 펠리시앵을 붙잡아야 하는 입장이었다. 그에게 단단히 앙심을 품고 있었기에 꼭 쓰러뜨리고 싶었다.

모퉁이를 돌아설 때였다. 갑자기 300~400미터쯤 앞에 노란색 자동차가 보였다. 라울의 자동차는 마치 마지막 힘을 다하는 경주마처럼 속도를 높였다. 이제 그 어떤 장애물도, 거리도 납치범을 지켜줄 순 없었다.

두 자동차의 간격은 차차 줄어드는 것이 아니라 갑자기 확 줄어들었다. 마침내 라울의 차가 펠리시앵의 차를 앞질렀다. 라울의 차와 충돌하지 않기 위해 펠리시앵의 노란 자동차는 속도를 줄여야 했다. 50여 미터 정도에서 노란 자동차는 천천히 길가에 멈췄다.

앞에도, 뒤에도 아무도 없었다.

"드디어 만났군!"

제롬 엘마가 자동차에서 뛰어내리며 외쳤다.

펠리시앵도 자동차 문을 열고 나왔다. 롤랑드도 몸을 떨며 도로 한복판으로 달려 나왔다.

제롬은 펠리시앵과 맞서기 위해 달려가다가 어느 정도에서 거리를 두며 발걸음을 늦췄다. 마치 한 방을 먹이기 위해 다가가는 권투 선수 같았다.

펠리시앵은 움직이지 않았다.

롤랑드가 두 사람 사이를 가로막기 위해 뛰어오려고 했으나 라울 다베르니가 먼저 나서서 롤랑드의 어깨를 잡았다.

"그대로 있어요."

하지만 롤랑드가 몸부림쳤다.

"안 돼요! 둘이 싸우려 하잖아요!"

"그러면 안 됩니까?"

"싸우는 게 싫어요… 그이가 저 남자를 죽이려 할 거예요."

"진정해요… 어떻게 되는지 봅시다."

"아, 끔찍해… 이거 놓으세요!"

그러자 라울이 굽히지 않고 단호하게 말했다.

"안 됩니다! 펠리시앵이 과연 겁을 먹는지 직접 봐야만 합니다."

롤랑드는 라울에게 벗어나기 위해 발버둥을 쳤고 라울은 롤랑드를 붙잡은 채 펠리시앵을 뚫어져라 바라봤다.

펠리시앵은 겁을 내고 있는 것 같지 않았다. 심지어 웃고 있는 것처럼 보였다! 도발적이고 빈정거리는 웃음, 당당하면서 상대방을 조롱하는 미소였다. 어쩌면 저럴 수 있지?

제롬과 펠리시앵의 간격이 2미터 정도로 줄어들자 제롬 엘마가 걸음을 멈추며 이렇게 중얼거렸다.

"얼른 꺼져… 꺼지라고… 그러지 않으면…"

하지만 펠리시앵은 어깨를 으쓱하며 미소를 지을 뿐이었다. 방어 자세를 취하지도 않았다.

제롬은 펠리시앵을 향해 한 발 한 발 다가갔다. 그러다 몸을 날려 펠리시앵에게 주먹을 날렸다.

하지만 펠리시앵은 고개를 제껴 주먹을 피했다.

허탕을 친 제롬이 뒤를 바라보며 롤랑드에게 말했다.

"움직이지 마, 롤랑드. 이제 끝장을 볼 거니까."

제롬과 펠리시앵은 긴장된 분위기에서 권투 자세를 취했다. 펠리시앵은 단단하게 버티고 서서 물러서지 않았다. 한 번 공격에 실패한 제롬은 이런 방법으로는 결판이 쉽게 나지 않을 것이라는 생각이 들었다. 제롬은 아예 몸을 날려 펠리시앵을 덮쳤다. 허리를 잡아 힘껏 조여 넘어뜨리려 했다.

펠리시앵은 허리가 꺾일 정도로 몸을 뒤로 젖혀 버티다가 역시 제롬 엘마와 함께 넘어졌다.

롤랑드는 발을 동동 구르며 소리를 질렀다. 라울은 롤랑드의 입을 아예 손으로 막았다.

"조용히 해요… 걱정할 것 없습니다. 두 사람 중 하나가 갑자기 무기를 꺼내면 내가 개입할 겁니다. 내가 책임지겠습니다."

"아… 끔찍해요…."

"아뇨… 결투는 끝장을 봐야만 합니다…."

오래 걸릴 것 같지는 않았다. 제롬과 펠리시앵은 흙바닥과 지저분한 잡초 위에서 뒹굴었다. 펠리시앵 쪽이 제압당하는 것 같았다. 결투가 끝을 볼 듯했다. 그런데 생각지도 못한 반전이 있었다. 펠리시앵이 자리에서 일어나 손바닥으로 옷을 털었고 제롬은 쭉 뻗어 신음을 내고 있었다.

라울이 빈정거렸다.

"솜씨 한번 대단하군!"

라울은 얼른 제롬에게 달려가 몸을 숙여 바라봤다. 팔이 아픈 것 같았다.

라울이 속삭였다.

"2분 후에는 일어날 수 있을 겁니다. 하지만 그대로 그냥 누워 있는 게 나을 것 같군요… 저런 사람은 일단 피하고 보는 게 나으니까요."

펠리시앵은 천천히 자리를 떴다. 흥분도, 승리의 기쁨도 없는 표정이었다. 강해 보이는 연적을 쓰러뜨렸다고는 믿을 수 없을 정도로 담담했다. 펠리시앵이 롤랑드의 곁을 지나갔지만 롤랑드는 펠리시앵을 나무라는 말은커녕, 그 어떤 말도 하지 않았다.

라울에게서 자유로워진 롤랑드는 불안하고 정신이 멍했다. 롤랑드는 제롬과 펠리시앵을 번갈아 바라봤고 이어서 라울을 한참 바라보더니 주변을 두리번거렸다.

조금 떨어진 곳에서 자동차가 천천히 다가오고 있었다. 랑부 예로 돌아오는 빈 택시였다. 여자는 택시 기사를 부르더니 얼른 택시에 올라탔다.

바로 그때 제롬이 몸을 일으켜 손짓으로 택시를 세우고는 롤랑드의 옆자리에 서둘러 탔다. 택시는 먼지바람을 일으키며 출발했다.

펠리시앵은 아까의 결투에 대해 신경조차 쓰지 않는 것 같았고, 그저 자신의 자동차에 올라타려 했다. 그때 라울이 큰 소리로 말했다.

"축하하오! 멋진 유술(무기를 사용하지 않는 일본의 전통 무술-옮긴이) 솜씨더군요. 고전적인 무술이기는 해도 효과는 좋지. 그나저나 팔을 비트는 기술은 어디서 배운 거요? 복싱 기술도 보통이 아니고… 어쨌든 축하하오! 제롬 같은 덩치의 남자를 이겼으니…."

하지만 펠리시앵은 별 반응 없이 자동차 문을 열었다. 라울은 그대로 순순히 가게 놔두지 않을 것처럼 그를 붙잡았다.

"펠리시앵, 늘 놀라움을 안겨주는군. 성격이 왜 그런 거요? 너무 사랑해 납치까지 했으면서 지금은 롤랑드를 연적에게 순순히 보내주다니…."

그러자 펠리시앵이 대답했다.

"두 사람은 약혼했으니까요."

"그건 맞지만 일단 결투해서 승리를 했으니 끝장을 봐야 하는 것 아니오?"

펠리시앵은 라울을 뚫어지게 바라보더니, 예의를 차리며 또렷한 목소리로 말했다.

"라울 씨가 제롬 편을 들어 끼어들지만 않았어도 끝까지 싸워 제롬을 완전히 제압했을 겁니다. 하지만 라울 씨는 두 사람을 약혼한 사이로 생각하고 난 그저 불청객에 도둑으로 보고 있죠…. 그렇다면 일이 자연스럽게 흐르는 대로 놔두어야 하는 거 아니겠습니까? 어떻게든 되겠죠!"

펠리시앵은 여전히 알 수 없는 말을 하고 있었다. 세 젊은이의 행동은 모두 그러했지만, 특히 롤랑드의 태도는 늘 수수께끼 같았다. 펠리시앵이 자동차를 타고 저 멀리 사라지는 동안 라울도 혼자서 오랫동안 생각에 잠겼다. 지금까지 알아낸 사실이 더욱 확실해졌고 여기에 새로운 부분이 추가되고 있었다. 라울은 지금까지와는 다른 가설을 머릿속에서 차근차근 생각하기 시작했다. 진실이 점점 뚜렷하게 모습을 드러내고 있었다. 뿌연 안개가 걷히는 것만큼 통쾌한 일이 있을까?

라울은 오던 길로 돌아가지 않고 북쪽으로 방향을 틀어 계속 차를 몰았다. 마음이 가벼웠고 웃음이 절로 나왔다. 라울은 혼잣말로 떠들었다.

"그 친구 뭐지? 운동선수? 완전 남자더군! 자기 일만 열심히 하는 건축가로만 알았는데 근육, 운동신경, 의지와 용기, 대담함을 갖춘 완벽한 남자였어! 그 친구, 멋진 남자인 것만은 틀림없어. 유술과 복싱, 격투 기술 사바트만 조금 개인적으로 봐주면 아주 근사한 인물이 되겠어! 뤼팽, 이 친구야… 펠리시앵이 자네 아들이라 해도 나쁘지는 않겠지? 뤼팽, 한번 지켜보라고!"

라울은 자동차의 속력을 높였다. 인생이 화창하게 느껴졌다. 펠리시앵의 아까 행동을 떠올리면 저절로 기운이 솟는 것 같았다.

노낭쿠르… 에브뢰… 리지외… 여러 곳을 차로 지나던 라울은 저녁 8시가 되어서야 캉의 대형 호텔 앞에 도착했다. 차 안 트렁크에 있는 여행용 가방을 사람을 시켜 빼낸 후 여유 있게 저녁 식사를 했다.

그날 밤 라울은 가브렐 부인의 옛 친구이자 엘리자벳 가브렐의 생부로 의심되는 조르주 뒤그리발에 대해 조사를 시작했다.

지금은 9월 12일 일요일… 돌아오는 토요일에 롤랑드와 제롬 엘마는 결혼하기로 되어 있었다.

4
파란색 보석함

조르주 뒤그리발은 늘 여유 있게 살아왔다. 노르망디 지방의
광산과 철강 회사들에 대한 지분 덕에 엄청난 부를 갖고 있었
고 소규모 경주마 마사와 종마 사육장을 건설하고 운영하는 일
에 관심이 많았다.

뒤그리발은 고풍스럽고 다채로운 도시 캉에서 종종 보이는
종류인 낡은 저택에서 하인 여러 명을 데리고 독신 생활을 하
고 있었다. 섭정 시대를 연상시키는 조각상들로 장식된 높은
창문들이 당시의 분위기를 보여주고 있는 저택의 전면은, 인적
이 드문 조용한 거리를 내려다보고 있었다.

그날 저녁 라울은 이 저택 앞을 여러 번 지났다. 창문 세 개는
늦은 시간까지 불이 켜져 있었다. 창문 하나에 속한 방은 관리
인 숙소일 것이고, 2층에 있는 다른 창문 두 개에 속한 방들은
커튼이 부분적으로 드리워진 것으로 봐서는 침실이 있는 곳이
었다.

라울은 조르주 뒤그리발을 만나 상황을 설명해야겠다는 생
각을 제일 먼저 했다. 하지만 다음 날 아침, 불치의 병을 앓고 있

는 조르주 뒤그리발이 매우 위독한 상태라 방문객을 맞이할 수 없다는 말을 들었다. 그러니까 밤늦게까지 불이 켜진 침실은 조르주 뒤그리발의 방이었던 것이다. 경비원 두 명이 밤낮으로 그 방을 지킨다고 했다. 관리인도 거의 잠을 자지 않고 위급할 때는 언제든 의사를 부를 준비를 하고 있다고 들었다.

라울이 생각했다.

'밤중에 직접 집으로 찾아가는 수밖에 없군. 어디로 들어가야 하지?'

건물은 안이 깊었고, 뒤쪽 마당은 중간에 높은 담벼락이 있었으며 육중한 문은 거리로 통해 있었다. 담벼락의 높이는 5미터에 가까웠고 그와 이웃한 거리는 이 도시에서 사람들이 가장 많이 다니는 거리에 속했다. 저택 안으로 들어간다는 작전이 불가능하지는 않더라도 꽤 어려울 것 같았다.

라울은 일단 호텔로 돌아왔다. 현관을 지나 식당으로 들어가려던 라울은 발길을 멈췄다. 너무나 놀라운 광경이 보였다! 유리창 너머로 펠리시앵 샤를과 포스틴이 테이블에 앉아 점심을 먹고 있었다! 두 사람은 신나게 이야기를 나누고 있었다.

두 사람이 여기에 와 있다니, 이게 어찌 된 일일까? 둘이서 무슨 계획을 꾸미고 있는 것일까? 우연히 마주친 걸까? 원래 친한 사이여서? 후자의 경우가 가능성이 있어 보였다.

마음 같아서 라울은 같은 테이블에 앉아 점심을 주문하고 싶었으나 그렇게 하게 되면 자신이 두 사람을 비아냥거리며 쏘아붙일 것 같아서 그만두었다. 저 두 사람은 왜 여기까지 와서 조르주 뒤그리발 주변을 서성이는 것일까?

라울은 서둘러 방에서 식사를 했고, 호텔 보이를 통해 은근슬쩍 두 남녀에 대해 알아봤다.

펠리시앵과 포스틴은 야간열차로 이곳에 왔으며 같은 층에 방 두 개를 예약하려 했으나 호텔 방은 이미 예약이 다 차 있어서 포스틴은 3층에, 펠리시앵은 5층에 머물고 있다고 했다.

아침이 되면 펠리시앵은 외출하고 포스틴은 방에 틀어박혀 있다는 것도 알아냈다.

라울은 아래층으로 내려왔다. 펠리시앵과 포스틴은 여전히 머리를 맞대고 마치 사업상 논의를 하며 최선의 방법을 찾는 것처럼 이야기하고 있었다.

두 사람이 이야기를 끝내기 전까지 라울은 호텔에서 그리 멀리 떨어지지 않은 공원으로 가 기다렸다.

20분이 흐르고 펠리시앵이 호텔 밖으로 나왔다. 혼자였다.

라울은 공원 울타리 철책을 통해 펠리시앵의 단호한 표정을 볼 수 있었다. 펠리시앵은 앞으로 해야 할 일을 숙지하고는 차근차근 이행할 준비를 하는 것 같았다. 목표가 세워지고 이를 실행하기 위한 방법을 찾은 것 같은 모습이었다. 상황이 급박하게 돌아가는 것 같았다.

펠리시앵은 조르주 뒤그리발이 살고 있는 쪽으로 향했으나, 그 집으로 곧장 가는 대신 뒷마당과 가까운 거리로 걸어갔다.

라울이 속으로 생각했다.

'뭐지? 설마 지나가는 사람들과 이웃 가게 주인들이 있는 이런 대낮에 저 담을 뛰어넘으려는 것은 아니지? 주머니에 사다리를 숨겨 왔을 리도 없고… 그게 아니면 자물쇠를 뜯고 들어가려는 건가? 하지만 만만치 않은 작업이라 이런 시간에는 보는 사람들의 눈이 있어서 대담하게 하기에는 힘들지. 그런 행동만으로도 들키면 경찰서에 잡혀갈 수 있으니까….'

그러나 펠리시앵은 라울이 우려하는 문제는 전혀 신경 쓰지 않는 것 같았고, 장애물에 대해 고민하거나 어느 길을 선택할지 망설이는 것 같지도 않았다. 펠리시앵은 활달하게 걸었지만 그렇다고 남의 이목을 끌 정도로 요란스럽게 걷지는 않았다. 펠리시앵은 높은 담벼락을 따라 계속 걷다가 육중한 문 앞에서 열쇠를 꺼냈다.

라울은 속으로 감탄했다.

'브라보! 조심성이 넘치는군. 닫힌 문을 여는 가장 평범하고 수월한 방법은 열쇠를 가지고 있는 것이지. 그런데 정말로 열쇠를 갖고 있군그래. 제집처럼 들어가는 척하겠다는 거지! 저 모습을 보고 의심하는 사람이 과연 누가 있겠어?'

정말로 펠리시앵은 열쇠를 집어넣고 두 번 돌렸고, 이어서 빗장을 열기 위해 또 다른 열쇠를 넣고 두 번 돌려 문을 열고는 안으로 들어갔다.

라울은 펠리시앵이 안에서 문을 잠그지만 않는다면 자신이 뒤에서 몰래 문을 열고 들어갈 수 있을지도 모른다는 생각이 들었다. 이중으로 잠그지 않은 문 자물쇠를 곁쇠질로 여는 거야 너무나도 쉬운 일이었다. 적당한 갈고리와 경험만 있으면 충분히 가능한 일이었는데 라울은 이 두 가지를 모두 갖고 있지 않은가! 라울은 펠리시앵처럼 단호한 행동과 걸음걸이로 길을 지나 문 앞에 와서 갈고리로 작업을 시작했다. 잠시 후

'두 번째 신사도' 제집인 것처럼 안으로 들어갈 수 있었다.

마당의 왼쪽 절반 정도는 단층 부설 건물이 차지하고 있었는데 집의 창문에서 아무리 이쪽을 내다봐도 그 안으로 누가 들어가고 나가는지 알 수 없게 되어 있었다.

라울은 소리를 내지 않고 조용히 안으로 들어갔다. 현관에 딸린 좁은 대기실이 먼저 나왔다. 그리고 한쪽에는 망토가 몇 벌 걸려 있는 탈의실, 정면에는 넓은 책상과 정리함, 책꽂이가 있으며 뒤그리발이 머무는 외딴 방이 있었다. 바닥에는 여기저기 양탄자가 깔려 있었다.

구석으로는 문이 살짝 열린 벽장이 있었고 금고가 어설프게 숨겨져 있었다. 펠리시앵은 그 금고 앞에 무릎을 꿇고 앉아 있었다.

펠리시앵은 금고 앞 작업에 집중한 나머지 라울의 인기척을 전혀 느끼지 못했다. 사실, 라울은 문을 조금 연 상태에서 고개만 내밀어 바라보고 있었다.

금고 앞에서 펠리시앵은 평소와 다름없이 신속하고 침착했다. 이미 비밀번호를 알고 있는 것처럼 여유 있게 세 개의 다이얼을 돌렸고, 잠금장치를 해제하는 데 사용되는 열쇠를 마지막으로 사용했다.

금고의 무거운 강철 문짝이 열렸다.

금고 안에는 서류가 가득했는데 펠리시앵은 서류의 제목조차 읽지 않는 것 같았다. 다른 것을 찾고 있는 게 분명했다.

펠리시앵은 맨 위 칸 서류를 헤집더니 중간 서류함에 손을 넣어 안에 있는 종이들을 더듬거렸다. 몇 번 그렇게 더듬거리더니 두꺼운 파란색 보석함을 꺼냈다. 펠리시앵이 찾는 물건이 분명했다.

펠리시앵은 여전히 무릎을 꿇고 앉아 보석함을 자세히 보기 위해 창문 쪽으로 몸을 약간 돌렸다. 그 덕에 라울은 펠리시앵의 일거수일투족을 관찰할 수 있었다.

펠리시앵은 보석함의 뚜껑을 열었고 안에 들어 있는 다이아몬드 대여섯 알을 꼼꼼하게 바라봤다. 그러고는 다이아몬드를 한 알 한 알 침착하게 호주머니 속에 넣었다.

라울도 놀랄 정도로 펠리시앵의 행동은 침착했다. 이미 어느 정도 정보를 모은 후 행동하는 것이 분명했다. 그렇지 않고서야 저렇게 차분하게 작업하기는 힘들기 때문이었다. 심지어 펠리시앵은 건물 안이나 바깥마당에서 소리가 나는지 긴장하며 귀를 기울이는 것 같지도 않았다. 이 시간에는 방해꾼이 나타날 리 없다는 것도 미리 알고 있는 듯했다.

'아이를 도둑으로 만들어라'라고 칼리오스트로 백작부인이 지시한 적이 있었다. 그 아이가 펠리시앵이라면 백작부인의 지시는 완벽히 이루어진 셈이었다. 펠리시앵은 남의 집에 몰래 들어와 그것도 능숙한 솜씨로 물건을 훔치고 있었으니 말이다! 어설픈 모습은 전혀 보이지 않았다. 매우 침착하고 능숙했으며 생각도 치밀했다. 아무리 아르센 뤼팽이라도 지금의 펠리시앵보다 나을 것이라 확신하기 힘들 정도였다.

펠리시앵은 보석함에서 다이아몬드를 다 꺼내 호주머니에 담은 후 숨겨진 비밀 공간이 있는지까지 살펴봤다. 금고 아래 칸도 서류들만 있다는 것을 확인한 후 금고 문을 조심스럽게 닫았다.

라울은 펠리시앵과 마주치면 안 될 것 같다는 생각에 서둘러 대기실 쪽 탈의실로 물러나 매달린 옷자락 사이로 숨었다. 펠리시앵은 감시당하고 있다는 생각은 꿈에도 못 한 채 유유히 현장을 빠져나갔다.

펠리시앵은 곧바로 마당을 지나 밖으로 나간 후 육중한 문짝의 자물쇠와 빗장을 열쇠로 다시 잠갔다.

라울은 금고가 있던 방으로 다시 갔다. 펠리시앵의 침착했던 행동을 생각하면 여전히 흐뭇했다. 라울은 안락의자에 차분히 앉아 천천히 머릿속을 정리했다.

'아이를 도둑으로 만들어라.' 칼리오스트로 백작부인의 지시는 그대로 이루어진 듯했다. 펠리시앵은 아버지가 보는 앞에서 도둑질을 했다. 정말이지 지독한 복수였다!

'그 녀석이 진짜 내 아들이라면 끔찍할 거야. 내 아들이 도둑이라는 사실을 받아들일 수 있을까? 이봐, 뤼팽, 자네 자신에게는 솔직해져. 지금 자네 이야기를 듣고 있는 사람은 없어. 그러니 가식적인 연극은 안 해도 돼. 솔직히 그 도둑질하는 젊은이가 진짜 아들이라고 믿은 적이 단 1초라도 있다면 마음이 아팠을 테지? 안 그래? 하지만 펠리시앵이 도둑질하는 것을 지켜보면서도 전혀 마음이 아프지 않았잖아. 결국 펠리시앵이 자네 아들이라고 믿지 않은 거지. 이건 맑은 물처럼 의심 한 점 없는 사실이야. 이에 반박하는 놈이 있으면 나와보라고! 펠리시앵, 또 허탕만 친 거라고. 도둑질을 하려면 얼마든지 해. 나와는 상관없는 일이니까…'

이제 라울은 소리를 높여 이렇게 덧붙였다.

"자, 이제 다른 의문점으로 넘어가 볼까….""

하지만 라울은 이번에는 그 의문점에 대해 골똘히 생각하지 않았다. 이리저리 생각하기보다는 훨씬 좋은 방법이 있었기 때문이다. 책상 서랍을 전부 뒤져보자!

라울은 자물쇠를 단번에 열었다. 다른 사람이 도둑질하는 모습을 보면 속을 뒤흔드는 혐오감을 느끼면서 막상 자신이 도둑질을 할 때는 그런 기분을 전혀 느끼지 못했다. 아이러니하다고 생각했다.

어쨌건 도둑질을 성공적으로 끝내야 한다는 것이 중요했다! 다행히 라울은 성공했다. 찾아낸 물건이 매우 중요한 것이었기 때문이다.

비밀 서랍 깊숙한 곳에 판지가 있었는데 그 판지 사이에 10여 장 정도의 편지들이 있었다. 여자가 쓴 필체였고 서명은 없었으나 발신자를 추정할 수 있게 해주는 단서들이 있었다. 바로 엘리자벳 롤랑드의 모친이 쓴 편지들이었다. 가브렐 부인은 실제로는 남편과 조르주 사이에서 충돌이 있었던 당시에도 남편에게 충실했던 것 같았다.

편지는 암시와 우회적인 내용으로 되어 있었다. 가브렐 부인이 조르주 뒤그리발의 구애에 넘어간 것 같다는 생각을 하게 해주는 단서는 좀 더 나중에야 찾아볼 수 있었다. 엘리자벳과 롤랑드 중에 한 명이 조르주 뒤그리발의 딸이라면 롤랑드일 가능성이 컸다. 하지만 그 누구도 모르는 비밀인 데다 확실히 장담할 권리는 그 누구에게도 없었다. 롤랑드는 분명 자신의 출생의 비밀을 모르고 있을 테고 알아서도 안 되는 일이 분명했다. 가브렐 부인이 열심히 감추었던 비밀. 이 같은 편지 내용이 그것을 증명하고 있었다.

그 아이가 모르게 해주세요, 부탁입니다.

라울은 자신이 알게 된 비밀에 대해 한참 동안 생각했고, 그러다 보니 들어온 곳으로 다시 빠져나갈 시간을 놓치고 말았다. 밤이 될 때까지 기다리는 수밖에 없었다.

저녁 7시쯤에 라울은 집의 1층으로 통하는 네 개의 계단을 올라갔다. 맨 처음 보게 된 것은 넓은 거실이었다. 커튼이 서로 엇갈려 드리워져 있어서 어두웠고, 피아노와 가구들은 덮개로 덮여 있었다. 넓은 층계가 있는 대기실과 맞은편 관리인 숙소 사이에는 둥그런 창문이 있었다.

저녁 8시, 집 안이 시끄러워지기 시작했다. 남자 두 명이 서둘러 계단을 내려왔다. 의사를 부르러 달려가는 길이었다. 잠시 후 의사가 도착해 남자 두 명과 몇 마디 말을 나누고 나서는 얼른 계단을 뛰어 올라갔다.

허름한 차림의 남자 두 명이 관리인과 뭔가 속삭이고 있었다. 세 사람은 의사를 기다리면서 반쯤 열린 거실 문 가까이에 있는 의자에 앉아 더욱 수군댔다. 거실에 숨어 있던 라울은 내용 일부를 들을 수 있었다. 남자 두 명은 조르주 뒤그리발의 사촌인 듯했다. 환자인 조르주가 1~2주를 버티지 못할 것이라는 내용이었다. 또한 두 남자는 뒷마당의 서재를 잠가두어야 한다고 이야기했다. 이유는 '엄청난 액수의 다이아몬드가 들어 있는 보석 상자가 서재의 금고 속에 있어서'였다.

의사가 내려왔다. 두 사촌은 의사를 배웅하기 위해 옆방에 둔 모자를 가지러 갔다. 그 틈을 타서 라울은 이 집안사람 중 한 명인 것처럼 행세하며 거실에서 나와 의사에게 악수까지 청했다. 그리고 관리인이 의사를 위해 열어둔 문으로 여유 있게 걸어 나갔다.

밤 10시에 라울은 캉을 떠났다. 그러나 가는 중에 폭우를 동반한 폭풍을 만나 어쩔 수 없이 리지외에서 하룻밤을 묵었고, 다음 날 오전 늦게 생제르맹 언덕 근처에 있는 페크 다리를 건널 수 있었다.

다리를 건너자 운전기사가 대기하고 있었다.

"새로운 소식이라도 있는가?"

라울이 물었다. 운전기사가 즉각 옆 좌석에 타며 대답했다.

"예, 두목. 그나저나 다른 길로 오시는 줄 알고 내심 걱정했습니다."

"어서 말해보게."

"오늘 아침에 구소 형사가 가택수사를 했습니다."

"내 집을? **클레르 로지**를? 왜지?"

"그게 아니라 별채를⋯."

"펠리시앵의 숙소 말인가? 그 친구, 숙소에 있었나?"

"예, 어제저녁에 돌아왔습니다. 펠리시앵이 보는 앞에서 가택수사가 샅샅이 이루어졌습니다."

"발견된 것이라도 있나?"

"그건 모릅니다."

"펠리시앵을 경찰이 데려갔나?"

"아뇨. 대신 별장 전체가 포위되었습니다. 펠리시앵은 숙소에서 나올 수 없는 상태입니다. 하인들도 형사의 허락을 받아야 집 안을 출입할 수 있습니다. 다행히 저는 미리 상황을 눈치채고 일찍 빠져나올 수 있었습니다."

"나는 또 어디 갔느냐며 난리를 떨었겠군."

"그렇습니다."

"영장은?"

"모르겠습니다… 어쨌든 두목과 관련해 경찰청이 발부한 서류가 하나 있었습니다. 경찰은 두목이 나타나기를 기다리고 있습니다."

"젠장! 자네가 알려준 덕분에 집으로 바로 돌아가는 실수를 하지 않았군. 함정 속에 그냥 걸어 들어갈 필요는 없지."

라울은 입을 꽉 물고 잇새로 내뱉듯 덧붙였다.

"원하는 게 뭘까? 날 체포하는 거? 아니지… 경찰이 그것까지 노릴 리는 없어. 하지만 원하면 가택수색은 언제든 할 수 있다는 거겠지… 뭘 찾아내려는 걸까?"

잠시 후 라울이 운전기사에게 지시했다.

"집으로 돌아가게. 난 라넬라그 구역의 숙소에 틀어박혀 있다가 내일 아침에만 잠깐 나올 거야. 오후에 따로 전화하겠네."

"구소는 어떡하고요? 그 부하들은요?"

"그때까지도 물러가지 않고 있다면 곤란한 거지. 그렇게 되면 자네들이 요령껏 대처하라고! 한마디만 더, 포스틴은 어떻게 지내나?"

"포스틴에 대해 쑥덕대는 소리를 들었습니다… 여자는 별장에 오기 전에 병원에 먼저 들른 것 같습니다… 왠지 그런 것 같았습니다…."

"점점 심각해지는군. 어쨌든 먼저 집으로 가보게."

운전기사는 자리를 떴다. 라울은 국도國道와 베지네를 피하기 위해 만곡의 하안 지대를 빙 돌았고, 크루아시 쉬르 센을 지나 샤투까지 올라갔다.

라울은 잠시 우체국에 멈추어 병원으로 전화를 걸었다.

"포스틴 양 좀 부탁합니다."

"누구시라고 전할까요?"

라울은 어쩔 수 없이 이름을 밝혀야 했다.

"다베르니라고 합니다."

수화기 너머로 포스틴을 부르는 소리가 들렸다.

"포스틴? 다베르니입니다… 그렇군요… 협박을 당한 거군요. 잘 들어요… 일단 몸을 피해야 할 것 같습니다. 지금 머무는 호텔에서 나와 샤투 외곽으로 와요. 거기서 만납시다. 크루아시 도로입니다. 서두르지 말고 침착하게 움직여요."

포스틴은 아무 대답도 하지 않았다. 하지만 그로부터 30분이 흐른 후, 여자는 여행 가방을 든 채 약속 장소에 나타났다.

두 사람은 아무 말도 하지 않았다. 두 사람이 탄 차는 부지발과 말메종을 지났다. 뇌이에 도착하자 라울이 입을 열었다.

"어디에 내려줄까요?"

"포르트 마이요…."

라울이 빈정거렸다.

"주소 한번 애매하군요. 아직도 날 못 믿는 겁니까?"

"그래요."

"바보 같기는! 당신이 매사 의심을 하니까 일이 복잡해지는 겁니다! 그래 봐야 얻는 게 뭡니까? 아무리 그래도 소용없어요. 어제 당신이 묵은 캉의 호텔에서 나도 묵었죠. 같은 시각에 호텔에서 점심을 먹더군요. 그리고 뒤그리발의 저택에서 펠리시앵이 도둑질하는 것도 봤습니다. 설마 내가 모를 거라고 생각한 건 아니겠죠? 입을 다물고 있으면 내가 원하는 정보를 알아내지 못할 것이라 보는 겁니까? 잘못 생각한 겁니다. 포스틴… 이만 안녕히 가십시오!"

러울은 곧바로 라넬라그 구역에 있는 파리의 아지트 한 곳에 틀어박혔다. 점심 식사를 하고 하루 종일 밤까지 잠에 곯아떨어졌다.

다음 날 라울은 경찰청으로 가 루슬랭 예심판사에게 명함을 전했다.

지금은 9월 15일 수요일.

돌아오는 토요일은 롤랑드와 제롬이 결혼하는 날이었다.

5
결혼?

몇 분이 흘러 라울은 예심판사의 사무실로 안내되었다. 라울이 들어오자 생각지 못한 방문에 루슬랭은 깜짝 놀라는 것 같았다. 위험한 곳까지 라울 다베르니가 제 발로 걸어왔다? 예심판사는 당혹스러워했다.

라울은 예심판사에게 악수를 청했다. 루슬랭은 당황해하면서도 그 손을 잡았다.

라울이 빈정거렸다.

"이런 것을 가리켜서 말입니다. 어쩔 수 없는 일이라고 부르죠."

루슬랭이 미소를 짓자 라울은 이렇게 다시 농담을 했다.

"우리 사이의 일은 항상 그렇습니다. 이번에 예심판사님은 펠리시앵 샤를을 괴롭힐 수밖에 없었고 오늘은 날 잡아들일 수밖에 없을 테니까요."

루슬랭이 또렷하게 이름을 발음하며 물었다.

"라울 다베르니 씨를요?"

"이런! 구소 형사가 저에 대한 영장을 호주머니 속에 넣어두었다는 이야기를 들었습니다."

"기껏해야 소환장이죠."

"그것도 심하죠, 예심판사님. 제게 볼 일이 있으셨으면 전화해서 '안녕하십니까? 라울 씨의 통찰력이 필요한데요'라고만 하셨으면 충분할 텐데 말이죠. 그럼, 제가 달려와서 '무엇을 도와드릴까요?'라고 했을 겁니다."

몇 마디로 자신이 협력자임을 강조하는 라울의 여유 덕분에 루슬랭은 다시 침착해졌다. 루슬랭은 자리에 있던 서기를 수사과로 보내 아까 대기하라고 했던 사람을 이쪽으로 얼른 보내달라는 메시지를 전하라고 했다. 그리고 쾌활하게 말했다.

"뭘 도우면 되느냐고요? 라울 씨가 알고 있는 사실만 이야기해주면 됩니다."

"일부는 오늘 말씀드리고 나머지는 이번 주 토요일이나 일요일에 해드리죠. 그때까지는 제 마음대로 하게 해주십시오."

"라울 다베르니 씨 마음대로 한 지 두 달이나 되었습니다. 여러 사건을 갖고 장난을 쳤죠. 처음에는 펠리시앵을 감옥에 보내더니, 나중에는 펠리시앵을 석방시키고 대신 토마 부키를 체포하도록 했죠… 그 장난만으로는 충분하지 않습니까?"

"그렇다기보다는… 사흘만 시간을 더 달라는 겁니다."

"그건 좀 더 지켜보고 결정할 겁니다… 우선 펠리시앵 샤를에 대해 이야기해보죠. 어제 아침 당신을 소환해 오라는 지시를 내렸고, 구소 형사가 **클레르 로지**에 갔지만 당신은 없었다고 하더군요. 그래서 펠리시앵 샤를의 숙소를 수색해도 괜찮을 것이라 생각한 것 같습니다. 수색 중에 단도와 톱날이 단단히 숨

겨져 있다는 사실을 발견했다고 하더군요. 우리가 밝혀낸 바로
는 그 단도가…."

"잠깐 말 좀 끊겠습니다, 예심판사님. 제가 여기에 온 건 펠
리시앵 샤를을 변호하기 위해서가 아닙니다…."

"그럼 누구를 변호하려는 거죠?"

"바로 접니다. 그래요, 바로 저요. 예심판사님이 제게 불만이
있는 것 같아서요… 그런 불만이 오해를 불러일으킬 수 있으니
까요. 왜 제게 불만을 갖고 계신지 알고 싶어서 온 겁니다. 제게
불만이 있으시죠?"

루슬랭은 상황을 즐기는 것 같았다.

"여전히 엉뚱한 데가 있군요, 다베르니 씨… 우리의 대화를
이끌어 갈 사람은 제가 아니라 다베르니 씨 같습니다. 제가 어
떤 설명을 해드리면 될까요?"

"저에 대한 불만이 무엇인지 말씀해주십시오."

루슬랭이 또렷이 말했다.

"좋습니다. 사실… 사건을 자세히 살펴보고 예심을 진행하
면서 여러 진술을 종합해봤습니다. 그리고 토마 부키가 입조심
하려는 태도도 관찰했고요. 그러니까 이런 느낌, 아니, 확신이
들더군요. 뭐라고 꼬집어 말할 수는 없지만 당신이 이번 사건
과 어느 정도 관련이 있다는 겁니다. 그러니 정식으로 질문을
하고 싶습니다. 제가 잘못 생각하고 있는 겁니까?"

"저도 솔직히 답해드리죠. 아뇨, 잘못 생각하시는 건 아닙니
다. 다만 제가 열심히 행동하는 것은 예심판사님을 돕기 위해
서라는 것은 알아주십시오."

"매번 일을 방해하고 있는데도요?"

"예를 들자면요?"

"토마 부키를 체포하게 하고 또한 토마 부키에게 미리 진술을 정해준 사람은 다베르니 씨 아닙니까?"

"솔직히 그렇습니다."

"왜 그런 거죠?"

"펠리시앵을 자유롭게 풀어주려고요."

"무슨 이유 때문이죠?"

"이번 사건에서 펠리시앵의 진짜 역할이 무엇인지 밝혀내고 싶어서였습니다. 사법 당국이 하지 못할 일이니까요."

"알아내긴 했습니까?"

"이번 토요일이나 일요일 정도에 알아낼 겁니다. 제가 마음대로 행동할 수 있게 해주시면 됩니다."

"다베르니 씨가 저의 결정 사항을 어기고 개입을 하는 한, 약속을 할 수 없습니다."

"제가 또 방해를 한 부분이 있습니까?"

"어제 알아낸 사실이 있죠."

"그게 뭐죠?"

"다베르니 씨가 병원에 간호사로 **취업시킨** 후 시몽 로리앙을 담당하며 보살펴 오던 포스틴이 바로 시몽 로리앙의 정부라고 하던데 사실입니까?"

"맞습니다."

"그런데 그날 구소가 이 사실을 확인해보려고 병원으로 갔으나 포스틴은 이미 달아난 뒤였습니다. 알아보니 정오에 당신에게서 전화가 왔다고 하더군요. 구소는 포스틴이 머물던 숙소로 가봤지만 거기서도 이미 떠난 후였다고 합니다. 알아보니 역시 낮 12시 반 정도에 여자가 어떤 자동차에 탔는데 바로 다베르니 씨의 자동차라고 하더군요. 아닌가요?"

"제 자동차 맞습니다."

바로 그때였다. 루슬랭 예심판사의 사무실 문을 누군가 노크했다.

"들어오십시오."

우락부락한 근육질의 남자가 들어오면서 말했다.

"부르셨습니까, 예심판사님?"

"뭐 좀 물어볼 것이 있어서요… 우선 소개부터 하죠. 몰레옹 수사과장입니다. 몰레옹 과장 아시죠, 다베르니 씨?"

"성함은 들어서 알고 있습니다. 국방부 채권 사건(《사교계단속반 형사 빅토르》참조 - 옮긴이)에서 그 유명한 아르센 뤼팽과 대결했던 몰레옹 과장 아니신가요?"

"몰레옹 과장은 어떻습니까? 다베르니 씨를 알고 있나요?"

루슬랭이 수사과장에게 물었다.

몰레옹은 라울을 뚫어지게 바라보며 다소 주저하더니 아무 말도 하지 않았다. 그러다가 더듬거리며 입을 열었다.

"아… 예… 압니다… 그런데…."

갑자기 루슬랭은 몰레옹의 말을 막으려는 듯 한쪽 팔을 붙잡고 구석으로 데려갔다. 두 사람은 1~2분 정도 얼른 대화를 주고받았고, 루슬랭은 급히 문을 열고 몰레옹을 내보내면서 이렇게 말했다.

"복도에 나가 계십시오, 몰레옹. 그리고 인원 좀 몇 명 더 불러서 함께 대기하십시오. 가능한 한 조용히요! 입단속은 철저히 해야 합니다. 알겠죠?"

루슬랭은 다시 자리로 돌아와 호탕했던 얼굴을 찌푸리며, 짧은 하체 위로 볼록 나온 뱃살을 출렁이며 왔다 갔다 했다.

라울은 그 모습을 바라보면서 속으로 열심히 생각했다.

'그래, 내 정체가 탄로난 거야. 아무리 과시하는 것에 관심 없는 사람도 뤼팽을 잡아들이는 일에는 솔깃하지 않겠어? 뤼팽을 잡는 것만큼 명예로운 일은 없으니까. 그런데 루슬랭이 혼자서 뤼팽을 체포하려고 할까? 그게 문제인데 말야. 루슬랭이 영장에 서명을 하면 이 세상에 막을 사람이 없는데… 그 누구도 말이야!'

루슬랭은 갑자기 털썩 자리에 앉더니, 페이퍼 커터로 책상을 두드리며 흥분한 듯 약간 목소리를 떨면서 무뚝뚝하게 말했다.

"무엇을 교환하겠습니까?"

"무엇을 교환한다는 겁니까?"

"서로 시간 끌지 맙시다. 당신이 어떻게 해야 할지는 잘 알지 않습니까."

물론 라울은 교환이라는 것이 무엇을 의미하고 무엇을 거래하려는 것인지 잘 알고 있었다. 그래서 루슬랭이 다시 한 번 같은 질문을 하자 곧바로 대답했다.

"제가 내걸 수 있는 것 말입니까? 계단을 받치던 말뚝을 톱으로 잘라내 엘리자벳 가브렐을 죽음으로 몬 범인의 이름과 시몽 로리앙을 칼로 찔러 죽인 범인의 이름입니다."

"여기 펜과 종이가 있으니 적으시죠."

"사흘 후에 적겠습니다."

"왜 그때입니까?"

"그때가 되면 이쪽인지 저쪽인지 확실히 방향을 정할 수 있어서입니다."

"두 용의자 사이에서 망설이고 있는 겁니까?"

"그렇습니다."

"그게 누구입니까? 침묵을 지키라고는 하지 않았습니다. 도대체 누구입니까?"

"용의자는 펠리시앵 샤를, 아니면…."

"아니면?"

"제롬과 롤랑드입니다."

루슬랭은 소스라치게 놀랐다.

"그게 무슨 소리입니까? 그리고 사흘 후에 무슨 일이 있는 겁니까?"

"토요일 아침에 결혼식이 있죠."

"그 결혼식과 이번 사건은 아무 상관이 없습…."

"아닙니다. 상관이 있습니다. 펠리시앵이 범인이라면 결혼식은 불가능하게 됩니다."

"왜죠?"

"펠리시앵이 롤랑드를 열렬히 사랑하고 있어서입니다. 두 번이나 살인을 저지르면서까지 남몰래 사랑했죠. 그리고 이미 **납치까지 했던** 롤랑드를 순순히 다른 남자에게 보내준다는 것은 말도 안 되는 일이죠. 그것도 자신이 칼로 찌른 남자에게

요…. 사건이 일어난 밤을 생각해보십시오. 또한 사랑만 이유
가 되는 것이 아닙니다."

"또 무슨 이유가 있습니까?"

"돈이죠. 조만간 롤랑드는 친척으로부터 막대한 유산을 상
속받게 되어 있습니다. 사실, 친척이 아니라 친부이지만요. 펠
리시앵은 그 사실을 알고 있습니다."

"만일 펠리시앵이 둘의 결혼을 받아들인다면 어떻게 되는
겁니까?"

"그럼 제 생각이 잘못된 것이죠. 이 경우에는 살인을 통해 이
익을 보는 다른 일당이 있다는 의미도 됩니다. 그 일당은 바로
롤랑드와 제롬이죠."

"포스틴은요? 포스틴은 어떤 역할입니까?"

라울이 솔직히 고백했다.

"잘 모르겠습니다. 다만 포스틴은 죽은 애인 시몽 로리앙
의 복수만을 꿈꾸고 있다는 것만 알고 있습니다. 그런 포스틴
이 펠리시앵, 롤랑드, 제롬의 주변을 맴도는 이유는 여성이 가
진 본능이 작동해서입니다. 펠리시앵, 롤랑드, 제롬… 일단 여
기까지 하죠! 물론 이 모든 가정이 아직 확실한 것은 아닙니
다. 아직 밝혀지지 않은 것들이 많습니다. 앞으로 일이 돌아가
는 상황을 봐야 하지만 그때 가서야 알 수 있는 일들입니다…
중요한 것은 이러한 것을 완벽히 밝힐 사람이 바로 저뿐이라는
거죠. 사법 당국이 어설프게 끼어들면 일을 망쳐버립니다."

"왜죠? 다베르니 씨가 알려준 흔적만 쫓아가도…."

"그 흔적만으로는 진실에 다가갈 수 없습니다. 오직 제 머릿

속에서 정리가 되어야 진실이 밝혀지는 겁니다. 제가 없다면
예심판사님과 사법 당국은 지난 두 달 동안 그랬던 것처럼 상
당히 헤맬 겁니다."

루슬랭은 주저했다. 라울은 천천히 다가와 다정한 말투로 다
독였다.

"너무 깊이 생각하지 마십시오, 예심판사님. 결정을 내리기
에 앞서 모든 결과를 따져봐야 할 경우도 있으니까요."

루슬랭은 발끈했다.

"예심판사는 자신의 주관으로 결정을 내립니다."

"그렇죠. 하지만 어떤 결정을 내릴지 방향을 미리 알려줘야
할 때도 있는 거죠."

"누구에게 미리 알려준단 말입니까?"

라울은 아무 대답도 하지 않았다. 루슬랭은 초조한 듯 방 안
을 종종거리며 돌아다녔다. 양심이 시키는 대로 혼자 행동할
용기는 없는 것 같았다.

갑자기 루슬랭이 문을 활짝 열었다. 몰레옹 수사과장이 형사
대여섯 명을 대동한 채 안을 기웃거리고 있는 것이 라울의 눈
에 보였다.

루슬랭은 안심했다. 경비가 철저해서였다. 예심판사는 밖으
로 나갔다.

이제 사무실에는 라울 혼자 남았다.

라울은 문을 살짝 열었다. 몰레옹이 기다렸다는 듯이 다가왔
다. 라울은 다정하게 살짝 손짓을 하고는 몰레옹이 보는 앞에
서 문을 닫았다.

10분이 흘렀다. 루슬랭은 평소와 달리 인상을 찌푸린 채 돌아왔다. 경찰청의 선배와 윗선의 지시 사항이 단호한 듯했다. 루슬랭은 말했다.

"결론은…."

"결론은 토요일까지 아무 할 일이 없다, 이상."

라울이 웃으며 먼저 말했다.

"하지만 펠리시앵 샤를은 보통 수상한 게 아닌데요…."

"그건 제가 책임지죠. 펠리시앵이 조금이라도 수상하면 손발을 묶어 데려올 겁니다. 만일 토요일 오전 11시 전까지 제게서 전화가 오지 않으면 결혼식이 무사히 끝난 것으로 아십시오, 그러면…."

"그 경우는?"

"다음 날 아침 9시 반 정도에 **클레르 로지**나 잠깐 둘러보러 오십시오. 일요일이니 근무는 안 하실 거고… 같이 이야기라도 하죠. 점심을 함께 해도 좋고…."

루슬랭이 어깨를 으쓱대며 퉁명스럽게 맞받았다.

"구소와 부하들을 대동하고 가겠습니다."

라울이 웃으며 말했다.

"좋으실 대로 하시죠. 하지만 소용없을 겁니다. 물건은 완전히 꽁꽁 싸서 건넬 테니까요. 참, 깜빡한 것이 있습니다! 구소 형사에게 베지네에서 하는 모든 작전을 잠시 중단하라고 몇 자 적어 주시면 감사하겠습니다. 이번 주말에는 거기가 좀 조용해져야 해서요."

루슬랭이 종이 한 장을 꺼냈다.

"아닙니다. 아예 제가 직접 적을 테니 예심판사님은 서명만 하시죠… 그 종이에 쓰겠습니다."

루슬랭의 언짢은 기분도 날아갔다. 이제 루슬랭은 유쾌하게 웃더니 서명보다는 차라리 구소 형사에게 직접 전화를 거는 편이 나을 것 같다고 했다. 그러고는 멍하니 서 있는 몰레옹과 형사들 앞을 건들거리며 지나가는 라울 다베르니를 직접 복도 끝까지 예의 있게 배웅했다.

목요일과 금요일. **클레르 로지**를 둘러싸고 철책이 쳐진 담벽을 라울과 펠리시앵은 한 발짝도 넘지 않았다. 두 사람은 밖에서 일어나는 일, 다른 사람들의 일에는 전혀 관심이 없고 신경도 쓰지 않은 채 무심하게 흘려보냈다.

그러나 건물 보수와 내부 장식 문제 때문에 라울과 펠리시앵은 자주 보게 되었다. 하지만 두 사람은 과거의 일이나 앞으로의 일에 대해 한마디도 뻥긋하지 않았다. 가택수사, 새로운 혐의점, 경찰의 조여드는 압박, 자유로운 행동, 곧 이루어질 롤랑드와 제롬의 결혼식… 이 모든 것이 더 이상 중요하지 않은 듯했다.

실제로도 라울은 모든 일에 대해 아무 생각도 하지 않고 있었다. 눈앞에 보이든, 비밀스럽든 이런 사실들은 라울에게는 의미가 없어 보였다. 대신 라울은 심리학적인 부분을 곰곰이 생각하고 있었다. 그리고 심리적인 분석을 하려고 할 때마다 사건에 등장하는 세 인물의 특징에 제각각 모호한 부분이 있었다.

라울은 두 달 동안 펠리시앵의 일거수일투족을 관찰했으나 숨겨진 행동은 찾아내기 힘들었다. 펠리시앵이 무슨 생각을 하고 어떤 성격인지 도무지 알 수 없었다. 뿐만 아니라 롤랑드와 제롬도 어떤 성격인지 전혀 알 수 없었다. 롤랑드와 제롬은 마치 유령처럼, 안개 속으로 사라지는 존재와 같이 무척 멀게 느껴졌다.

사실 라울은 지금까지 상황이 애매할 때마다 일부러 그랬듯, 루슬랭에게 그저 자신감을 내보였을 뿐이다. 라울은 늘 여러 사람들을 권위로 눌렀고 루슬랭도 이미 라울의 권위에 눌려 있었다. 하지만 어쨌건, 라울이 확신할 수 있는 사실이 하나 있었다. 이리저리 추리를 해보면 제롬과 롤랑드의 결혼이 펠리시앵, 제롬, 롤랑드와 얽힌 모든 일을 풀어줄 대단원의 막이 될 것이라는 사실이었다.

하지만 펠리시앵은 마지막 순간까지 결혼에 대해 철저히 무관심했다. 여기에 펠리시앵이 롤랑드를 한 번 납치하려 한 이후 그는 **클레마티트** 쪽 출입구로의 접근이 거의 금지되었고 관청이나 성당도 접근 금지였다. 그러나 관청에서 결혼 서약이 이루어질 아침 시간인데도 펠리시앵은 얼굴 하나 찌푸리지 않았고 성당 종소리가 울리는데도 감정의 동요를 보이지 않았다. 이제 모든 것이 끝나고 롤랑드는 자신의 손을 벗어나 다른 남자의 성을 갖게 된다는 것을 인정하는 듯했다. 그 손에 결혼반지를 끼는 것을….

겉으로만 아무렇지도 않은 척을 하는 것일까? 감정을 완전히 절제하고 있는 것일까? 마음속으로는 사랑의 감정이 솟아오르고 있지만 누르고 있는 것일까? 라울은 펠리시앵을 철저히 감시하고 있었지만 어떤 이상한 기미도 느낄 수 없었다. 펠리시앵은 전혀 신경 쓰이는 일이 없기라도 한 것처럼 침착하게 내장 설계도를 그리는 등 여러 작업에 집중하고 있었다.

낙엽들이 힘없이 떨어지며 땅에 조용히 내려앉는 가운데, 오후 시간은 아름답고 평화로운 9월의 분위기 속에서 그렇게 흘러갔다.

라울은 오후 내내, 그리고 저녁 시간까지 계속 중얼거렸다.

"괴롭지 않아? 잠시 후에 일어날 일이 아무렇지도 않은 거야? 어떻게 그럴 수 있지? 사랑하는 여인이 다른 남자 품에 안길 텐데 그것을 그냥 바라본다는 거야? 그럴 거면 왜 여자를 납치한 거야?"

어둠이 내려앉았다. 밤이 짙어졌다. 은밀하고 무거운 분위기가 흐르는 밤이었다. 라울은 차고 쪽 출입구를 통해 **클레르 로지**를 나와 사유지를 한 바퀴 돈 후, 철책 문 가까운 곳의 어둠 속에 섰다. 머릿속에는 여러 생각이 떠올랐다. 캉의 조르주 뒤그리발 저택에 들어가 금고 앞에 무릎을 꿇고 파란색 보석함 속의 보물을 주머니에 담던 펠리시앵의 모습도 떠올랐다. 펠리시앵과 제롬의 결투 장면도 생각났다. 그 장면을 보고 있던 롤랑드는 이렇게 더듬거리며 말했었다. '그이가 저 남자를 죽이려 할 거예요.' 포스틴의 이해할 수 없는 행동도 생각이 났다. 포스틴은 어떻게 된 것일까? 현재 진행되는 상황에 필요한 등장인물 네 명 중 한 명이 빠진 셈이었다. 알 수 없는 사건 속에서 큰 역할 하나를 담당하던 포스틴은 그냥 포기해버린 걸까? 어디선가 시계 소리가 열 번 울렸다. 라울은 롤랑드의 삼촌인 필립 가브렐이 아들 내외와 함께 롤랑드와 제롬의 결혼식에 참가하려고 남프랑스에서 돌아왔다는 것을 하인들의 이야기를 통해 알고 있었다. 펠리시앵도 이 사실을 알고 있을 것이다. 가족과의 만찬은 끝났을 것이고 **클레마티트**에는 신혼부부만이 남아 있을 것이다. 펠리시앵은 이대로 포기하는 것일까? 혹시 뒤늦게 칼을 휘둘러 이제 막 롤랑드의 남편이 된 제롬을 없애 버리지나 않을까?

15분이 흘렀고 30분을 알리는 종소리가 들렸다.

라울은 길가 가로수 뒤에 숨어 있었다. 출입로에서 누군가 자갈을 밟는 소리가 라울의 귀에 들렸다. 누군가 조심스럽게 걷고 있었다. 철책 문이 살짝 열렸다가 닫혔다.

저만치 누군가의 모습이 보였다. 분명히 펠리시앵 샤를이었다.

펠리시앵이 가로수를 지나쳤을 때 라울은 순식간에 튀어나와 그를 덮쳐 쓰러뜨렸다.

몸싸움은 오래 걸리지 않았다. 갑자기 공격을 당한 펠리시앵은 제대로 저항할 수 없었다. 눈 깜짝할 사이에 펠리시앵의 얼굴에는 천 조각이 덮였고 팔다리는 노끈으로 묶였다.

라울은 펠리시앵을 안아 들고 **클레르 로지**로 걸어 들어와 그를 현관의 기둥 하나에 단단히 묶었다. 그리고 온몸을 거적으로 덮어 조금도 움직이지 못하게 했다. 펠리시앵은 축 늘어져 움직이지 않았다.

이제 라울은 완전히 자유롭게 행동할 수 있는 상황이 된 것이다. 라울은 밖으로 나왔다.

"네 명 중 한 명…."

라울이 중얼거렸다.

6
증오

라울은 원할 때마다 이웃집을 밤에 몰래 드나들어야 할지도 모른다는 생각에 오래전부터 준비를 해왔었다. **오랑주리** 별장의 오른쪽 텃밭으로 통하는 문 열쇠를 갖고 있는 것도, **클레마티트** 별장의 측면 벽에 붙은 담쟁이덩굴용 격자 틀을 받치고 있는 갈고리 쇠못들의 위치를 잘 봐둔 것도 그래서였다.

라울은 텃밭으로 들어가 불빛이 모두 꺼진 **오랑주리** 별장 앞쪽 연못 가장자리를 걸었고 마침내 **클레마티트**에 도착했다. 식당과 윗방은 컴컴했다. 응접실은 불이 환하게 켜져 있었지만 사람은 보이지 않았다. 롤랑드와 남편 제롬은 불이 켜진 위쪽 방들 중 어딘가에 있는 것이 분명했다. 롤랑드의 살롱과 침실, 그리고 층계를 지나면 지금은 신혼방으로 꾸며져 있을 큰방, 그다음에 있는 엘리자벳의 옛 방이 위쪽 방들이었다.

라울은 측면 벽을 더듬으며 격자 틀의 갈고리 쇠못을 찾았고 이어서 모서리에 있는 방, 즉 욕실까지 어려움 없이 기어 올라갔다. 그리고 벽면의 돌출부를 발로 디디면서 욕실에서 살롱으로 연결된 발코니까지 갔다. 살롱의 덧문은 닫혀 있었지만 잠

겨져 있지는 않았고 창문들은 반쯤 열려 있었다. 안을 보니 롤
랑드가 등을 돌린 채 안락의자에 앉아 있었다. 웨딩드레스는 벗
고 나이트가운에 모슬린 천으로 만든 삼각 숄을 어깨에 두르고
있었다.

제롬은 세련된 실내복 차림으로 방 안을 왔다 갔다 했다. 두
사람은 한마디도 하지 않았다.

라울이 속으로 생각했다.

'좋아. 드디어 막이 올랐어.'

각종 모험을 한 라울이지만 지금처럼 흥분에 휩싸인 채 어떤
장면을 기다린 적도 드물었다. 신혼부부의 생각, 애정 넘치는
관계와 인생의 비밀을 보여줄 첫 대사와 첫 장면이 곧 시작될
것이다. 아무리 생각해도 알 수 없었던 모든 것이 잠시 후에는
분명하게 풀릴 것이다.

한참 동안 침묵이 흐르고 제롬이 롤랑드 앞에 서서 이렇게
말했다.

"좀 어때?"

"괜찮아졌어요."

"그런데 왜…."

"무슨 말을 하려고요?"

"왜 아까… **우리** 방으로 오지 않은 거야?"

롤랑드가 중얼거렸다.

"조금만 기다려요. 완전히 회복이 되어야죠."

제롬은 잠시 머뭇거리다가 그 자리에 앉아 무릎에 팔꿈치를
괸 채 롤랑드를 바라보며 말했다.

"이해가 안 돼. 우린 이제 결혼했는데 아직도 이해가 안 가."

"뭐가요?"

"우리의 결혼… 어려운 과정을 헤치고 이뤄진 결혼이지. 나도 모르게 우정에서 사랑으로 이동한 느낌이야. 당신에게 고백할 때도 거절당할 거라는 예상을 했기 때문에 정말로 떨렸지. 그 후에도 나는 애정은 바치면서도 사랑은 하지 않으려 했으나 어쩔 수 없이 당신을 사랑해왔어."

그리고 제롬은 목소리를 더욱 낮춰 덧붙였다.

"지금 고백을 하자는 것은 아냐… 다만 내가 이런 말을 하는 것은 꼭 해야 할 것 같아서지… 뭔지 알 수 없으나 편치는 않아."

제롬은 기대했던 반응이 롤랑드에게서 나오지 않자 다시 말을 이으려 했다. 그런데 갑자기 제롬은 몸을 홱 돌리며 귀를 기울였다.

"뭔가 소리가 들린 것 같은데… 당신 방에서…."

"뭐라고요?"

"소리가 들렸어…."

"그럴 리가요. 하인들은 반대편 익랑翼廊채 맨 위층에서 자는데요."

"아냐… 아냐… 잘 들어보라고…."

제롬이 벌떡 일어났다. 하지만 롤랑드가 먼저 방 쪽으로 가, 고개를 내밀어 여기저기 훑어보더니 문을 닫아 열쇠로 잠갔다.

"아무도 없어요. 거기에 누가 있을 리 없잖아요?"

그 말에 제롬은 잠시 생각에 잠겼다가 입을 열었다.

"그러고 보니 당신은 내가 절대 그 방에 못 들어가게 했지."

"그래요. 처녀 때 쓰던 방이니까요."

"하지만 지금은?"

롤랑드는 피곤한지 다시 안락의자에 털썩 앉았다. 제롬은 그 앞에 무릎을 꿇고 오랫동안 롤랑드의 눈을 바라봤다. 그리고 아주 부드럽게 롤랑드의 손을 잡고 맨살이 드러난 팔 위로 점점 고개를 숙였다. 제롬의 입술이 피부에 닿으려고 할 때 롤랑드가 벌떡 일어나 외쳤다.

"아뇨… 아뇨… 이러지 말아요…!"

두 사람은 마주 서서 서로의 눈을 뚫어지게 바라봤다. 특히 제롬은 뭔가 피하는 듯한 롤랑드의 마음속을 알아보기 위해 애썼다. 제롬은 마음을 다잡고 아까와 똑같이 부드러운 태도로 말했다.

"롤랑드… 너무 신경 쓸 것 없어. 오늘 아침 그 사건이 있고 나서 아직까지 불안해하고 있군. 하지만 이 모든 것에 대해 우리 두 사람은 이미 합의했다고. 우리 어머니의 뜻을 당신에게 전했고… 생각해봐. 우리 어머니는 부자가 아니라 내게 당신의 약혼반지만 남겨주었어. 어머니는 그 반지만은 팔 수 없다며 내게 이런 말을 하시곤 했지. '네가 결혼하면 네 아버지가 나에게 하듯이 네 아내에게도 그렇게 하거라. 성당에서 돌아오는 길에 이 반지를 네 아내에게 주거라. 그 전이 아니라 성당에서 돌아올 때. 결혼반지를 낀 손에 이 반지도 함께 끼워 주거라'라고 하셨어. 우리는 이미 이 점에 대해서는 합의를 봤고. 그런데 당신은… 내가 이 반지를 끼워주자 곧바로 기절을 했어…."

롤랑드가 또렷한 목소리로 대꾸했다.

"그냥 우연의 일치였어요… 감정이… 피곤해서….."

"그럼… 편안한 마음으로 반지를 받아들인 거야?"

롤랑드는 손을 내보였다. 손가락 하나에 결혼반지, 그리고 황금색 거미발이 예쁜 다이아몬드를 꽉 물고 있는 금반지가 같이 끼워져 있었다.

제롬이 웃으며 말했다.

"결혼반지와 보석 반지…. 결혼반지는 내가 고른 거고 보석 반지는 우리 어머니가 고른 거지… 그러니까 당신의 그 손은 완전히 내 것이 된 셈이야… 내가 청할 때 당신은 그 손을 내게 준 거지…."

여자가 대답했다.

"아뇨."

"뭐? 아니라니? 당신 손을 내게 준 게 아니라고?"

"그래요. 당신은 그저 '언젠가 당신이 나와 결혼해주리라고 기대해도 될까요?'라고 물었을 뿐이죠."

"당신은 '네'라고 대답했어."

"그러겠다고만 했지, 당신 손에 내 손을 맡긴 건 아니죠."

두 사람은 마주 보며 서 있었다. 제롬이 속삭였다.

"그게 무슨 뜻이야? 당신, 전에도 알 수 없는 사람처럼 굴 때가 몇 번 있었어. 그리고 오늘 밤… 오늘 밤에도… 당신이 더 멀게 느껴져… 도대체 왜 그러는 거야?"

제롬은 안달했다.

"분명히 짚고 넘어가야겠어. 롤랑드… 당신의 그 손… 결혼 반지와 보석 반지가 같이 끼워진 그 손을 내 손에 올려놓아 보라고… 내게는 그 손을 잡을 권리가 있어. 그 손에 입을 맞출 권리가 있다고….”

“아뇨!”

“이런! 말도 안 돼!”

“이 손가락에 입을 맞춰본 일이 있나요? 내가 허락한 적 있나요? 내 입술, 내 볼, 내 이마와 머리카락에 당신의 입술을 허락한 적이 있어요?”

“아니… 그런 적 없었어. 하지만 그때는 당신이 엘리자벳 때문이라고 했지. 엘리자벳에 대한 기억이 너무 생생해서… 그러고 싶지 않다고… 순수한 마음이었으니까… 그래서 당신은 내 애무를 받아들이기 힘들어 했어. 그건 나도 이해해… 나도 그렇게 한다고 했으니까… 하지만 지금은….”

“뭐가 달라졌나요?”

“롤랑드… 지금은 내 아내라고….”

“그래서요?”

제롬은 황당하다는 표정을 지으며 더듬거렸다.

“그럼, 도대체 당신이… 원하는 것은… 예상한 것은…?”

롤랑드가 진지하게 물었다.

“내가 이 집에서… 언니가 살았고… 당신이 언니를 사랑했던 이 집에서 내가 그렇게 하자고 동의할 거라 생각했어요?”

제롬이 갑자기 발끈하며 외쳤다.

“좋아! 그럼 떠나! 당신이 원하는 곳으로 가잔 말이야! 다시 한 번 말하지만 당신은 내 아내야! 여길 나가면 내 아내가 되는 거라고!”

"안 돼요!"

"안 되다니?"

"당신이 바라는 의미로는 안 된다는 거예요."

제롬이 롤랑드의 목을 두 손으로 와락 껴안으며 입술을 들이밀려고 했다. 롤랑드는 엄청나게 강한 힘으로 제롬을 밀쳐내며 소리를 질렀다.

"안 돼! 안 돼! 키스는 안 돼… 절대 안 돼!"

제롬은 롤랑드를 굴복시키려고 했지만 롤랑드의 엄청난 저항, 꺾을 수 없을 것 같은 저항을 느꼈다. 제롬은 어쩔 수 없이 롤랑드에게서 떨어지고는 몸을 떨며 중얼거렸다.

"분명 다른 이유가 있어, 그렇지? 엘리자벳만이 이유라면 이런 식으로 나올 리가 없지. 분명 다른 이유가 있다고….."

"있죠, 아주 많이요… 그중 분명하게 설명해야 하는 이유도 있죠."

"뭐지?"

"난 다른 남자를 사랑하고 있어요. 날 너무나 존중해주기에 그는 아직 내 애인이 되지 못했죠."

롤랑드는 시선을 떨구지 않고 또박또박 이야기했다. 그 대담한 말투에는 혐오감과 증오심이 어려 있었다.

제롬은 얼굴을 찌푸린 채 억지웃음을 지으며 물었다.

"왜 거짓말을 하는 거야? 당신 말을 내가 어떻게 믿을 수 있겠어?"

"제롬, 다시 한 번 말하지만 난 다른 남자를 사랑하고 있어요. 세상 그 무엇보다도 그를 사랑해요."

"입 다물어! 입 다물라고!"

제롬이 갑자기 이성을 잃고 흥분하며 소리쳤다. 그리고 롤랑드를 향해 주먹을 치켜들었다.

"입 다물어… 거짓말이라는 거 다 알아! 왜 그런지는 알 수 없지만 날 자극하려고 그런 소리를 하는 거야… 어쨌든 당신 때문에 지금 난 돌 것 같아! 당신 때문에 말이야!"

그는 바닥을 쿵쿵거리며 미친 사람처럼 왔다 갔다 했다. 그러더니 다시 롤랑드 앞으로 와 이렇게 말했다.

"롤랑드, 당신을 잘 알아. 그게 사실이라면 그 반지는 손에 끼지 않았을 거야…"

갑자기 롤랑드는 반지를 빼서 멀리 던졌다.

제롬이 롤랑드를 세게 잡았다.

"이게 뭐하는 짓이야? 결혼반지마저 던질 거야? 받아들일 때는 언제고… 내가 직접 손에 끼워준 반지도 빼버릴 건가?"

"이 결혼반지는 당신이 아니라 다른 남자가 끼워준 거예요."

"거짓말! 거짓말! 우리의 이름이 거기에 새겨져 있다고. 롤랑드와 제롬이라고 말이야!"

"그런 이름은 새겨져 있지 않아요. 다른 이름이 새겨진 반지니까."

"거짓말!"

"다른 두 사람의 이름이 새겨져 있죠… 롤랑드와 펠리시앵…"

제롬은 롤랑드의 손을 거칠게 잡아 결혼반지를 잡아 빼더니 반지의 안쪽을 열심히 살폈다.

잠시 후 제롬은 입에서 숨소리가 빠져나가듯 이렇게 중얼거렸다.

"'롤랑드'··· '펠리시앵'···."

제롬은 받아들일 수 없는 현실에 흥분했다. 부인할 수 없는 현실을 빠져나오지도 못하면서 받아들이려 하지도 않았다.

제롬이 나지막하게 중얼거렸다.

"말도 안 돼··· 그럼, 왜 나랑 결혼한 거야? 당신 이제는 내 아내라고··· 절대 바꿀 수 없는 사실이야. 당신은 내 아내야··· 난 당신에게 권리가 있어··· 지금은 우리가 신혼을 즐길 밤이라고. 여긴 내 집이고··· 내 집··· 내 아내와 함께 있는···."

그러나 롤랑드는 침착하면서도 고집스럽게 대꾸했다.

"여긴 당신 집이 아니에요··· 지금은 우리의 신혼 밤도 아니고요··· 당신은 그저 이방인이자 침입자일 뿐이죠. 그러니 내가 말만 하면 여기서 나가줘야 해요."

제롬이 소리쳤다.

"내가 나간다고? 당신 제정신이 아니군!"

"**다른 남자**에게 자리를 내줘야 하니까 당신이 여길 나가야죠. 이 집의 진짜 주인을 위해서."

"좋아, 오라고 해! 용기가 있으면 나타나보라고 해, 어디!"

"이미 와 있어요, 제롬. 엘리자벳이 죽던 날 밤에도 날 보러 와주었죠. 그때 그의 품에 안겨 울었어요. 너무 슬펐던 나는 이미 그에게 사랑을 고백했어요. 그 후로 두 번 날 찾아왔죠··· 지금 내 방에 와 있어요. 앞으로 그의 방이 될 거지만···. 당신이 들었던 소리도 그이가 낸 소리였어요. 이제 그이는 더 이상 내 곁을 떠나지 않을 거예요. 오늘 밤은 바로 그이와 내가 신혼을 보내는 밤이죠…."

제롬은 방문 쪽으로 곧바로 갔고 문을 열려고 낑낑대더니 주먹으로 문을 마구 두드리며 소리쳤다.

롤랑드가 놀랄 정도로 조용히 바라보며 말했다.

"그래 봐야 손만 아플 거예요. 열쇠는 여기 있으니 내가 열어 주죠. 뒤로 물러서요. 열 발짝 정도…."

그러나 제롬은 머뭇거리며 말을 듣지 않았다. 그사이에 긴 침묵이 흘렀다. 한편, 라울은 반쯤 닫힌 덧문 뒤에 숨어 발코니를 딛고 서 있었는데, 갑작스럽게 보게 된 놀라운 장면과 롤랑드의 예상치 못한 침착하면서 냉정한 태도에 어리둥절했다. 라울은 속으로 생각했다.

'롤랑드는 어떻게 펠리시앵이 저 방에 있다고 확신하지? 15분 전에 내가 그를 꽁꽁 묶어서 **클레르 로지**에 잡아두었는데….'

그러나 지금처럼 급박한 상황에서 합리적인 추리란 언제나 어긋나는 법이었다. 모든 것은 논리를 벗어나 전개되고 있었다. 라울은 제롬이 겪는 마음의 고통을 두근거리며 지켜보고 있었다. 제롬이 롤랑드에게 달려들어 열쇠를 빼앗은 후 역시 펠리시앵에게 달려들까?

하지만 롤랑드가 먼저 소형 권총을 들이대며 이렇게 말했다.

"물러서요… 열 발짝 물러서라고…."

제롬이 주춤거리며 물러섰다. 롤랑드는 제롬에게 총구를 들이대며 천천히 방문을 열었다.

갑자기 펠리시앵의 모습이 나타났다! 라울이 **클레르 로지**에 잡아둔 그 펠리시앵이 천천히 모습을 드러내고 있었다.

펠리시앵은 방에서 나와 미소를 지으며 이렇게 말했다.

"롤랑드, 그 무기는 필요 없을 것 같아요. 저런 멋진 실내복을 입고 있으면 거친 몸싸움을 할 마음이 안 생기니까… 벌써 그럴 생각이 없어 보이잖아요…."

펠리시앵은 평소보다 더 여유 있어 보였다. 라울의 눈에도 눈을 반짝이는 모습이 이전보다 더 활기차 보였고 그러면서도 롤랑드처럼 차분하고 진지했다.

라울이 생각했다.

'저 친구가 어떻게 여기에 있는 거지? 어떻게 빠져나온 거야?'

펠리시앵은 바닥의 양탄자에서 반지를 주워 화장대 위에 올려놓으며 알 수 없는 말을 했다.

"롤랑드, 이 반지를 더 이상 빼지 말아요. 이걸 끼는 건 당신의 권리니까…."

그리고 펠리시앵은 제롬에게 이렇게 말했다.

"이 모임은 롤랑드가 원했던 거야. 롤랑드의 판단은 늘 옳았기에 나 역시 동의했어. 우리 세 사람이 서로 할 말도 있고."

"네 사람이죠. 언니도 포함해야 하니까요. 언니는 죽은 후에도 언제나 내 곁에 있었어요. 언니에게 늘 의견을 물어보고 행동을 했으니까요. 제롬, 이제 내가 무엇을 원했는지 알 것 같나요?"

롤랑드의 말에 제롬은 얼굴이 창백해지면서 표정이 일그러졌다.

"내게 고통을 주려고 했다면 완전히 성공했어, 롤랑드… 행복을 찾았다고 생각한 이 결혼이… 사실은 끔찍한 덫에 불과한 것 같으니까…."

"그래요, 덫이죠. 진실이 뭔지 감을 잡았던 그 순간부터 당신이 만들어놓은 치명적인 덫에 못지않은 또 다른 덫을 만들 궁리만 했어요… 이제 알겠어요? 알겠느냐고요!"

롤랑드는 침착함을 유지하면서도 속에서 올라오는 증오심에 떠밀리듯 제롬 앞으로 한 발 다가왔다.

제롬이 더듬거렸다.

"아니… 모르겠어…."

롤랑드는 벽난로 위에 있던 엘리자벳의 사진을 집어 들고는 제롬 앞에 내밀며 소리쳤다.

"이걸 봐! 똑똑히 보라고! 이보다 더 다정하고 사랑스러운 여성은 없었어… 언니는 널 사랑했는데 넌 언니를 죽였어! 못된 인간!"

롤랑드와 제롬이 뭔가 어색한 분위기를 보일 때부터 라울 다베르니는 이 같은 폭로를 예상하고 있었다. 다만 놀란 것은, 늘 롤랑드와 제롬을 일당이라 생각했고 몇 가지 요소로 제롬이 범인이라고 생각하면서 롤랑드 역시 한패일 것이라 생각해왔는데 실제는 아니었다는 점이다. 결국 이런 결투 같은 장면을 연출해 상대방의 허를 찌르려는 것이 롤랑드의 계획이었다. 롤랑드에게 빠진 제롬은 그대로 속아 넘어갈 수밖에 없었다.

제롬은 이대로 꺾이지 않겠다는 듯 어깨를 으쓱하며 말했다.

"이제야… 이제야 왜 당신이 이상하게 굴었는지 이해가 되는군. 언니의 죽음이 억울하게 느껴져 어딘가 앙갚음할 곳이 필요했고 내가 그 희생양이 된 거군. 하지만 롤랑드, 이 말은 해두지. 언니가 늙은 살인범 바르텔르미의 손에 붙들려 발버둥치고 있는 것은 당신과 내가 둘이서 분명히 본 것 같은데… 바르텔르미 영감 알지? 엘리자벳의 원수를 갚기 위해 내가 총으로 쏴 죽인 영감 말이야…."

그러자 이번에는 롤랑드가 어깨를 으쓱하며 받아쳤다.

"둘러대거나 피할 생각은 마! 지금까지 네 곁에 있으면서 조금씩 알게 된 사실들, 네 과거를 조사하고 널 관찰하면서 발견한 사실들만 해도 네 자백 따위는 필요 없을 정도로 분명해. 이것 좀 보라고!"

롤랑드는 서랍 속에서 공책 하나를 꺼내며 덧붙였다.

"언니가 적은 일기에 이어서 나는 뒤에다가 갖가지 거짓과 가식으로 이루어진 네 인생을 기록해두었지. 사법 당국에 이 공책을 넘기면 넌 내 눈앞에서 그런 것처럼 이번 사건의 범인임을 부정할 수는 없을 거야."

제롬이 얼굴을 거칠게 찡그리며 중얼거렸다.

"아! 뭔가 꿍꿍이가 있는 모양이군…."

"있지! 네 눈앞에 자신의 기소장을 자세히 보여줄 거야!"

"그리고 날 심판하겠다는 거군. 지금 판사 앞에 서 있는 것 같은데…."

제롬이 비아냥거렸다.

"넌 지금 언니 앞에 서 있는 거야! 잘 듣기나 해!"

제롬은 롤랑드를 노려본 후 펠리시앵을 바라봤다. 두 사람 모두 바짝 날이 서 있어 제롬을 개처럼 두들겨 팰 것 같은 태도였다. 제롬은 어쩔 수 없이 의자에 털썩 앉아 다리를 꼬고 마치 지루한 설교를 억지로 들어주기로 한 사람처럼 한숨을 쉬며 말했다.

"말해보시지."

7
죽을 사람

롤랑드는 신랄하지도, 흥분도 하지 않은 절제된 목소리로 이야기를 시작했다. 자기 의견을 펼치는 것이 아니라 단순히 사건을 요약하는 말투였다. 제롬 엘마라는 인간의 본성에 대한 심리학적 분석이나 설명을 완전히 배제하는 것이었다.

"제롬, 첫 번째 희생자는 바로 네 어머니였어. 아니라고는 하지 마. 네 입으로 자백한 것이나 마찬가지니까. 네 어머니는 너 때문에 죽은 것이라 할 수 있지. 다만 네 어머니가 강한 모성애로 덮어두려고 했기 때문에 주변 사람들은 네 잘못이 무엇인지 알 수 없었던 거지. 위조 서명을 하고 부도수표를 쓰고 온갖 추잡한 짓은 다 하고 다니고… 하지만 네 어머니가 파산할 때까지, 죽을 때까지 지불을 해주었기 때문에 아무도 알 수 없었던 거야. 그 이야기는 거기까지 하지."

"그러는 게 좋겠군. 한 가지 말해두는데 당신이 하는 이야기는 망상일 뿐이야. 시간 낭비하는 거라고."

제롬은 웃으며 말했지만 롤랑드는 이야기를 계속했다.

"그 후 수 년 동안 네게 어떤 일이 일어났는지는 알 수 없어.

다만 지방이나 외국에서 살았다는 것 밖에는…. 그러다가 우연히 언니 앞에 한 번 나타난 이후, 넌 다시 베지네의 네 집에 머물게 되었고 **클레마티트**를 정기적으로 드나들었지. 당시 너는 한 가지 생각을 갖고 있었어."

"무슨 생각?"

"언니와 결혼하겠다는 생각. 막연한 생각이긴 했어. 언니가 가져가게 될 지참금이 네 욕심에 미치지 못했으니까. 그런데 언니가 아무 생각 없이 비밀 이야기를 털어놓는 바람에 결혼하겠다는 생각이 구체적으로 된 거지."

"정말로?"

"물론. 언니가 언젠가 이런 이야기를 했겠지. 우리 어머니 친척 중 한 분이 막대한 유산을 물려주기로 되어 있고, 그래서 지참금도 늘어날 것이라고 말이야."

제롬이 반박했다.

"완전히 지어내는군. 난 그 일을 알지도 못했어!"

"왜 거짓말을 하는 거야? 언니가 쓴 일기가 있어. 네게는 보여준 적이 없지. 순간 본능적으로 네게 보여주면 안 되겠다는 생각이 들었거든. 대신 다른 사람들에게는 보여주었지만… 넌 언니의 친척이 병석에 누워 있고 돈도 많다는 것을 확인하고 언니의 사랑을 얻어내는 데 성공했어. 언니는 네 청혼을 기쁘게 받아들였지. 언니는 행복해했어. 너도 겉으로는 그런 척했지. 그리고 뒤에서는 뭔가를 조사하고 다녔어."

"뭘 조사하고 다녔다는 거지?"

"친척이 재산을 물려주려는 이유 말이야. 넌 과거를 캐고 다

넜지. 아니라고는 하지 마. 증언해준 사람이 한두 명이 아니니까. 넌 옛날 소문들을 알아봤고 우리 아버지와 그 친척의 사이가 좋지 않았다는 사실을 알게 되지. 짓궂은 소문 중에는 언니가 조르주 뒤그리발의 딸이라는 이야기가 있었는데 네가 그 소문을 놓칠 리가 없었지. 내가 이렇게 친척의 이름까지 말하는 것은 그 소문이 중상모략에 불과하기 때문이야."

"정말로 중상모략이군."

"상관없어. 넌 궁금한 것이 많았지. 조르주 뒤그리발의 의도가 무엇인지 확실히 알고 싶어 했어. 그래서 언니가 여기서 시름시름 앓고 있을 때 넌 캉으로 가서 구체적으로 조사했지. 어느 날 밤, 어떻게 들어갔는지는 모르겠지만 넌 조르주 뒤그리발의 방까지 들어가 거울 장을 열었고 유산을 받을 사람이 언니가 아니라 나라는 사실을 알아낸 거야. 언니의 목숨은 그때부터 죽은 것이나 다름없었지."

제롬이 고개를 저었다.

"당신이 지어내는 소설 속에 진실이 한마디라도 있다면 말이야, 왜 엘리자벳이 죽은 것이나 다름없었다는 거지? 난 그냥 엘리자벳과 헤어지면 되는 건데."

"언니와 헤어지면 나와 결혼할 수 있었을 것 같아? 네가 언니와 헤어지면 그건 배신하는 것이니 모든 희망은 사라져버리게 되지. 막대한 유산이 사라져버리는 거라고. 넌 애매모호한 태도를 취하며 차일피일 결혼을 미루기 시작했어. 시간은 흐르고 넌 끔찍한 계획을 세우고 있었지. 비겁하고 위선적인 계획이었어. 사람을 죽이는 것만큼 끔찍하고 위험부담이 많은 방법이 어디 있겠어? 언니를 죽이게 되면 너라고 마음이 가벼웠겠어? 그래서 넌 일단 이런저런 핑계를 대며 결혼을 미뤄 시간을 벌기로 했어. 그렇게 버티다 보면 허파에 문제가 있는 언니가 위독해질 수도 있고, 자연스럽게 결혼이 무산되어 서서히 자유를 찾을 것이라는 계산이었지. 그러면 언젠가 내게 그럴듯하게 접근할 수도 있는 거고. 언니를 배신한 것도, 죽인 것도 아닌 입장에서 말이야. 다른 방법이라면 사고사도 있지. 네가 책임을 지지 않아도 되는 사고사를 위장하는 것 말이지. 실제로 넌 몰래 작업하고 있었어. 끝까지 가보자는 생각보다는 운에 맡기자는 생각을 했을지도 모르지만, 어쨌든 계속 작업을 했지. 매일 정해진 시간에 언니가 내려가는 물가 위 나무 계단과 말뚝을 조금씩 자르는 작업 말이야."

롤랑드는 지쳐 보였다. 목소리도 겨우 귀에 들릴 정도였다. 롤랑드는 잠시 침묵했다.

제롬은 아무렇지도 않는 듯한 표정으로 롤랑드를 똑바로 바라봤다. 제롬은 말도 안 되는 이야기를 억지로 들어주고 있다는 경멸스러운 표정까지 하고 있었다.

펠리시앵은 제롬의 작은 동작 하나도 놓치지 않고 지켜봤다.

덧문 뒤에 숨어 있던 라울도 안에서 벌어지는 일을 열심히 보며 귀를 기울였다. 롤랑드는 매우 논리적으로 제롬의 죄를 폭로하고 있었다. 하지만 한 가지 애매한 점이 있었다. 엘리자벳이 아니라 롤랑드 자신이 조르주 뒤그리발의 유산 상속자라고 하는 사실에 대해 그 이유를 정확히 이야기하지 않고 있다는 것이었다. 어찌 보자면, 롤랑드가 그 일을 미리 알고 있었다고 해도 마치 모르고 있는 것처럼 말하고 행동해야만 하지 않았을까?

롤랑드가 이어서 말을 계속했다.

"막상 언니가 눈앞에서 살해되자 넌 내심 바랐던 죽음이었음에도 순간 정신이 없을 정도로 당황했겠지. 넌 잠시나마 정신적으로 방황하고 절망하는 모습을 보이기는 했어. 하지만 바르텔르미의 시체 근처에 회색 헝겊 자루가 떨어져 있다는 것을 알고는 다시 기운을 되찾았지. 오후에 사람들이 들락거려 혼잡한 틈에 넌 그 회색 자루를 빼돌려 응접실 어딘가에 숨기는 데 성공했어. 하지만 네가 회색 헝겊 자루를 줍는 것을 누군가가 본 거야. 바로 시몽 로리앙이었어. 시몽 로리앙은 **클레마티트**에 드나드는 사람들 틈에 섞여 널 관찰하고 있다가 저녁에 네 뒤를 밟아 덮친 거지. 너와 시몽은 몸싸움을 벌였어. 아침에 시몽이 발견된 그 지점이었지. 넌 치명상을 입은 시몽을 그대로 버려두었고 너 역시 부상을 입은 몸을 끌고 가다가 현장에서 한참 멀리 떨어진 곳에 쓰러졌지. 이렇게 해서 넌 하루 동안에 두 번의 범죄를 저지른 거야."

"이제 세 번째 이야기를 들어보지."

제롬이 농담하는 듯이 말했다.

"세 번째 범죄도 넌 주저하지 않고 바로 준비에 들어갔어. 네게 쏟아질 의심부터 다른 쪽으로 돌려놓아야 했지. 어떻게 해야 할까? 네게는 운이 따랐어. 마침 펠리시앵이 애매한 시간에 보트로 연못을 건너 날 위로해주려고 왔으니까. 펠리시앵은 내 곁에서 두 시간 정도 머물다 갔어. 그런데 펠리시앵이 배를 타려 하는 모습을 본 사람이 있었어. 마침 그때 너는 **클레마티트**를 벗어나 시몽 로리앙의 미행을 받고 있을 때였지. 경찰 조사 때 그 일에 대한 질문을 받자 넌 '범인이 연못으로 통하는 골목 길에서 튀어나온 것 같습니다'라고 대답했어. 그 후 펠리시앵에게 모든 혐의가 돌아가면서 수사가 진행되었지. 그러나 펠리시앵은 변명도 하지 않았고 그럴 마음도 없었어. 자신이 연못 주변에서 한 행동을 설명하려면 결국 결혼도 안 한 내가 남자를 방에 들였다는 사실을 공개해야 했으니까. 펠리시앵은 그저 아니라고만 대답하며 집에만 머물렀고, 결국 진술에 의심이 간다며 체포되었지. 그렇게 네 앞을 가로막는 장애물이 깨끗하게 없어진 거야. 문제는 나였어. 내가 뭔가 생각을 깊게 하기 시작했으니까…."

롤랑드는 목소리를 낮춰 더욱 숨 가쁘게 말을 이어갔다.

"난 곰곰이 생각했어… 생각하고 또 생각했지. 매 순간마다 강박관념처럼 생각했어… 묘지에서는 언니의 관에 두 팔을 얹고 맹세했어. 원수를 갚아주겠다고… 내 인생의 목표는 오직 그것일 거라고. 그 복수를 위해 모든 것을 희생하겠다고 맹세했어. 펠리시앵을 맨 먼저 희생했지. 다베르니 씨도 주변을 잘 살펴보라고 내게 말한 적이 있었어. 내 주변에 수상한 것이 느껴지면 그냥 넘기지 말라고 했지. 내 주변을 살핀다? 내 주변에는 펠리시앵과 너밖에 없었어. 그러나 펠리시앵은 언니를 살해할 동기가 없으니 범인일 리가 없지. 그렇다고 해서 제롬 널 바로 의심했어야 할까? 난 엘리자벳의 일기장을 읽고 또 읽었고 그러면서 뭔가 깨닫게 되었어. 엘리자벳이 너와 산책을 위해 보트를 준비하러 나가기 전에 남긴 글이 있었어. 그때 넌 뭔가 생각에 잠긴 듯 멍하게 있다고 적혀 있었어. 사정이 좋지 못한 자기 상황에 대해 넋두리를 했고 미래에 대해 불안해했다고 말이야. 가여운 언니는 널 위로하기 위해 유산상속 이야기를 또 꺼냈지. 그 후로는 더 이상 어떤 의심도 하지 않았어. 그리고 난 모든 사람들, 다베르니 씨조차 조심했어. 나무 계단이 미리 훼손되어 있다는 것을 밝혀낸 사람인데도 말이야. 난 그 누구와도 말을 하지 않았어. 시몽 로리앙, 바르텔르미와 관련된 사실들에는 관심도 없었어. 네가 병원에서 퇴원해 내 곁으로 돌아왔을 때도 우리 사이에는 침묵만이 흘렀어. 아마 기억날 거야. 네게 질문을 하거나 의심을 한다는 생각은 전혀 하지 않았지… 너에 대해서는 뭔가 불안한 예감이나 찝찝한 의심을 할 수 없었어. 그런데 어느 날….”

롤랑드는 잠시 말을 멈췄다. 그리고 제롬에게 좀 더 다가가 이렇게 말을 이었다.

“어느 날 우리 둘이 잔디밭에서 서로 가까이 앉아 책을 읽고 있었어. 그리고 오후 5시 정도에 네가 자리를 떠나면서 내 손을 잡고 작별 인사를 하려고 했지. 그런데 네가 내 손을 2~3초 정도 너무 오래 붙잡는 거야. 우정의 표시도 아니었고 언니를 애도하는 몸짓도 아니었어. 다른 의미가 있는 몸짓이었지. 그동안 눌러온 어떤 감정을 표현하기 위해 애쓰는 남자의 몸짓 같았지. 뭔가를 고백하거나 호소하려는 듯한 몸짓이었어. 그렇게 경솔하게 굴다니, 제롬! 그런 몸짓을 보이려거든 1년이나 2년은 기다렸어야지. 그런데 겨우 한 달 지났는데… 그 후로 내 생각은 확실해졌어. 만일 내 주변, 나와 가까운 사람들 가운데 범인이 있다면 바로 언니와 약혼한 사이였으면서 언니가 죽은 지 한 달 정도 만에 동생인 내게 관심을 보이는 남자일 거라고 말이야. 물론 아직은 모든 것이 수수께끼였어. 그러나 그 수수께끼를 푸는 암호가 네게 있다는 사실, 네 영혼의 은밀한 부분, 네가 알고 있고 원하는 것에 숨어 있다는 사실이 분명해졌어. 더 이상 나도 깊게 생각할 필요가 없어진 거야. 대신 널 집중적으로 조사했어. 우리 두 사람과 언니가 가까워지기까지 일어난 모든 일을 다시 검토해봤어. 물론 네가 범인이라는 가정하에서 말이지. 솔직히 나도 보통은 아니었어. 널 안심시키고 덫으로 끌어들이기 위해 네가 보여주는 애정 공세를 그대로 받아들이는 척했으니까. 넌 내가 진짜로 받아들인다고 생각했어. 어느새, 넌 똑똑한 머리는 어디에 두고 결국 진심으로 날 좋아하게 된 거야…."

롤랑드는 목소리를 낮췄다.

"그때까지만 해도 내 인생은 슬픔으로 가득했지만 여러 가지가 확실해지면서 더욱 단단해졌지. 엘리자벳의 복수에 자신감이 생긴 거지. 누군가에게 내 비밀을 들킬까 봐 불안했어. 그래서 그 비밀을 마치 보물처럼 가슴 안에 품었어. 감옥에서 막 나온 펠리시앵조차 만나려 하지 않았어. 오히려 내가 펠리시앵과 언니를 배신한 것처럼 믿게 했지. 그러나 펠리시앵이 자살 시도를 하려 했다는 사실을 알게 된 후에는 너무 놀라 그를 보기 위해 한밤중에 달려갔지. 그때 펠리시앵에게 모든 것을 털어놓았어. 마침 포스틴이 내게 자신의 이야기를 하면서 죽은 애인에 대한 복수를 하겠다는 말을 했지. 난 그녀의 애인을 죽인 범인에 대해 내가 가진 의심을 다 설명했어. 의혹이라고? 아니, 오히려 확신에 가까웠지. 내 이야기를 듣던 포스틴도 나와 같은 생각이었어. 무엇보다 우리를 모두 놀라게 한 명백한 증거도 있지. 넌 죽은 언니의 집에 살면서 언니를 죽음으로 몬 무너진 계단을 아무렇지도 않게 보며 정원을 산책하고 몇 주 전에 언니에게 했던 말을 내게 속삭였지. 이 엉터리 배우, 어떻게 그럴 수 있지?"

롤랑드는 다시 한 번 폭발할 듯한 분노를 겨우 억누르며 계속 말을 이었다.

"그런데 넌 치밀하게 계획을 짜면서도 우리 세 사람이 한편이 되었다는 사실을 전혀 눈치채지 못했어. 우리가 엄청나게 조심을 하긴 했지. 넌 펠리시앵이 내게 관심이 있다고 처음부터 의심하고 있어서 그런지 경계하고 있었지. 그래서 우리는 포스틴과 펠리시앵이 서로 붙어 다니도록 작전을 세웠어. 네 질투심도 점차 수그러들더군. 그러나 넌 펠리시앵을 상대로 못된 짓을 계속했어. 익명의 편지를 쓴 것도 네가 한 일이었지. 시몽 로리앙을 칼로 찌른 현장 근처에 펠리시앵이 갖고 다니는 것과 비슷한 손수건에 피를 묻혀 던진 것도 네가 한 일이지. 그런데 네가 벌인 일이 오히려 내가 필요했던 확실한 증거가 되었어. 결국 사건이 일어났어. 운명의 여신이 내 편이 되기 시작한 거지. 언젠가 조르주 뒤그리발이 날 찾아왔는데 다행히 네가 **클레마티트**에 없었던 거야."

갑자기 제롬이 몸을 떨었다. 당황한 티가 분명히 났다. 제롬의 얼굴은 불안으로 일그러졌다.

롤랑드는 단호하게 말했다.

"그분이 날 찾아왔지. 예전에 아버지와 크게 싸움을 벌인 일을 알고 있었기 때문에 처음에는 만나려 하지 않았어. 하지만 그분은 꼭 만나야 한다고 했고 결국 나는 그분을 이 방으로 모셨어. 그분은 우리 어머니에게 얼마나 깊은 우정과 존경, 애정을 품었는지 들려주었고 자신이 찾아온 진짜 이유를 알려주었지. '롤랑드, 내가 병석에 누워 있는 동안 누군가 내 방으로 들어와 거울 장을 억지로 열었습니다. 거기에는 내 재산 일부를 당신에게 상속한다는 유언장이 들어 있었죠. 더구나 귀걸이, 반지, 보석 등 가문 대대로 내려오던 귀중품이 담긴 가죽 보석함 속에 한 쌍을 이루는 반지 중 하나만 없어졌습니다. 그리고 며칠 후 자주 만나던 친구들이 있는 여기 베지네에서 당신이 결혼하게 되었다는 편지를 받은 겁니다. 그런데 남편이 될 제롬 엘마에 대해 별로 좋지 않은 이야기도 함께 전하더군요'라고 했어. 내가 그분과 어떤 이야기를 나누었는지 굳이 다시 설명할 필요가 있을까? 난 그분에게 부탁했어. 내가 유산을 상속받을 이유가 없으니 유언장은 찢어버리시고 대신 내게 주겠다는 보석만 받아들이면 안 되겠냐고 부탁했지. 그래서 펠리시앵이 그분을 만나러 캉에 가기로 약속한 거야. 조르주 뒤그리발은 만일 자신의 병이 더 위독해질 것을 대비해 펠리시앵이 아예 방해받지 않고 집 안으로 들어와 가죽 보석함이 든 금고를 열 수 있도록 필요한 열쇠를 모두 내게 주었어. 그렇게 된 거지. 보석함은 이 서랍 안에 있고. 그 안에는 도둑맞은 반지와 똑같이 생긴 또 하나의 반지가 들어 있어. 이제야말로 내가 마음 대로 행동할 수 있게 된 거지. 만일 네가 어머니에게 물려받은 반지라며 결혼식에서 내게 건네주는 반지가 보석함 속에 있는 반지와 같다면 너는 결혼반지를 마련하기 위해 도둑질한 범인 이 되는 거야. 나아가 언니와 시몽 로리앙을 살해한 범인임을 증명하는 거고. 그 증거를 확보하려면 너와 어쩔 수 없이 결혼 식을 올려야 했어. 물론 펠리시앵은 크게 반대하고 나섰어. 강 제로라도 결혼식을 막겠다는 거지. 내가 너의 성을 단 아내가 된다는 생각에 이성을 잃었는지 날 납치하기까지 했지. 그러나 소용없었어. 어차피 일어날 일은 일어나니까. 예상대로 오늘 아침에 넌 문제의 반지를 내밀더군. 너에 대한 증오심과 역겨 움에는 이미 익숙해졌지만 반지를 보니 진짜로 속이 뒤집힐 것 같았어. 황금으로 된 거미발과 그 속에 박힌 다이아몬드, 정말 똑같았지. 네가 범인이라는 사실을 드디어 확신하게 되면서 내 가 얼마나 속이 뒤집혔는지 알아? 이 비열한 놈, 이제 이해하겠 어?"

롤랑드의 목소리는 점점 날카로워졌다. 롤랑드는 제롬에 대 한 혐오와 증오로 몸이 부들부들 떨렸지만 온 힘을 다해 그를 위협하고 모욕했다.

제롬은 고개를 들어 올리며 이렇게 중얼거렸다.

"그래서?"

"그래서라니?"

"당신이 원하는 게 뭐냔 말이야. 날 비난하는 것은 이해하지 만 정식으로 고발할 건가?"

"그래, 이미 편지를 썼어."

"보낸 건가?"

"아니."

"언제 보낼 거지?"

"오후에."

"오후라고?"

제롬이 씁쓸하게 웃었다.

"그렇군, 내게 외국으로 도망갈 시간은 주겠다는 뜻이군…."

그러나 잠시 후 제롬은 다시 날카롭게 물었다.

"그런데 고발은 왜 하려는 거야? 날 당신 인생에서 개처럼 내쫓는 것만으로도 충분히 복수했다고 생각하는데? 날 절망스럽게 할 거라면 지금처럼 내가 당신을 사랑하게 만든 것으로 충분한 거 아냐?"

"펠리시앵이 의심받고 쫓기는 거 몰라? 진범을 정식으로 고발하지 않으면 결백한 펠리시앵을 구할 수 없게 돼. 그리고 내겐 확신이 필요해. 네가 다시는 내 눈앞에서 얼씬거리지 않을 것이라는 확신… 모든 것이 마무리되었다는 확신… 그러니까 편지는 사법 당국에 보내야 하는 거지."

롤랑드는 잠시 주저하더니 말을 이었다.

"편지는 보내야 하지… 단지…."

"단지 뭐지?"

롤랑드가 또렷한 목소리로 대답했다.

"여기 탁자 위에 필기도구가 있어. 여기 앉아서 언니와 시몽 로리앙, 그리고 너 때문에 누명을 쓴 펠리시앵 샤를을 위해서라도 네가 유일한 범인이라는 사실을 글로 쓰는 거야… 끝에다 서명하고."

제롬은 오랫동안 생각에 잠겼다. 그의 얼굴에 고통과 당황스러움이 드러났다. 마침내 제롬은 이렇게 중얼거렸다.

"이제 버텨봐야 무슨 소용이 있겠어. 나도 지쳤어. 그래 롤랑드, 당신 말이 맞아. 내가 어떻게 그런 연극을 할 수 있었냐고? 엘리자벳을 직접 죽인 것은 내가 아니었으니까. 시몽 로리앙을 칼로 찌른 것도 정당방위라고 생각했으니까. 그렇게 나 스스로 믿었기에 가능했지. 물론 비겁한 생각이긴 했어. 하지만 당신을 사랑할수록 내가 저지른 일이 끔찍하게 생각되기는 했어. 그건 진심이야… 당신은 알지 못했겠지만… 난 조금씩 달라지고 있었어. 나를 과거의 내 자신으로부터 구해내 새로운 사람으로 살게 한 것은 당신이었어… 하지만 더 이상 말해봐야 소용없지… 다 지나간 일이니까."

제롬은 탁자에 앉아 펜으로 글을 쓰기 시작했다.

롤랑드는 그 내용을 어깨 너머로 읽었다.

제롬이 마지막에 서명을 했다.

"원하는 대로 한 거지?"

"그래."

제롬은 자리에서 일어났다. 롤랑드가 원하는 대로 모든 것이 끝나고 있었다. 제롬은 롤랑드와 펠리시앵을 번갈아 바라봤다. 무엇을 기다리는 것일까? 작별 인사? 용서의 말?

그러나 롤랑드와 펠리시앵은 꼼짝하지도, 아무 말도 하지 않았다.

제롬은 순간 분노가 치밀고 심술궂은 생각이 들었지만 겨우 자제하며 밖으로 나갔다.

제롬이 자신의 방, 즉, 신혼방으로 가는 소리가 들렸다. 소지품을 몇 가지 챙겨서 나가려는 것 같았다. 몇 분 후, 계단을 내려가는 발소리, 현관문이 조용히 열리고 닫히는 소리가 들렸다. 제롬은 멀어져 가고 있었다.

펠리시앵과 롤랑드는 방 안에 단둘이 남자 손을 잡고 눈시울을 붉혔다.

펠리시앵은 세상에서 가장 소중한 배우자에게 하듯 롤랑드의 이마에 입을 맞췄다.

롤랑드가 미소를 지으며 말했다.

"우리의 첫날밤이죠, 펠리시앵? 하지만 당신은 당신 숙소에서, 난 이 집에서 신혼의 밤을 보내야 해요."

"그러기 위해선 두 가지 조건이 만족되어야 합니다. 우선 제롬이 다시 돌아오지 않는다는 확신이 들 때까지 내가 당신 곁에 한두 시간 정도는 있어야죠."

"또 다른 조건은요?"

"결혼한 사람이라면 적어도 한 번은 이마가 아닌 다른 곳에 입을 맞춰볼 권리가 있다고 생각해요."

그러자 롤랑드는 얼굴이 빨개지더니 자기 방 쪽을 흘끔 바라봤다. 그리고 당황해하며 말했다.

"좋아요… 하지만 여기서는 좀… 아래로 내려가요! 내가 피아노 연주로 처음 당신에게 마음을 전했던 응접실로 내려가서 해요."

롤랑드의 어조가 쾌활해졌다.

롤랑드는 제롬의 서명이 담긴 종이를 보석함 안에 넣고 펠리시앵과 함께 아래층으로 내려갔다.

라울은 두 사람이 나가자 얼른 방으로 들어와 보석함에 있던 종이를 빼서 호주머니에 집어넣었다.

그리고 다시 발코니로 가 건물 측면의 돌출부까지 가서는 텃밭으로 된 출입로를 빠져나갔다.

펠리시앵은 새벽 3시에 별채로 돌아왔다. 안락의자에 앉아 졸면서 펠리시앵을 기다리고 있던 라울은 얼른 손을 내밀어 악수를 청했다.

"날 용서하시오, 펠리시앵."

"뭘 말입니까?"

"아까 당신을 덮쳐 묶어둔 것 말이오. 혹여 어리석은 짓이라도 할까 봐 미리 막으려 하다 보니 그렇게 되었소."

"어리석은 짓이라니요?"

"그러니까… 신혼의 밤인데 혹시…."

펠리시앵은 웃음을 터뜨렸다.

"그렇지 않아도 라울 씨일 것이라는 생각은 했습니다! 우리 사이에 그런 건 별 상관없습니다. 나 역시도 용서를 구해야겠군요."

"왜죠?"

"결박을 풀고 빠져나간 일이요."

"혼자서 한 거요?"

"아뇨."

"누가 도왔소?"

"포스틴이요."

"내 그럴 줄 알았지. 포스틴도 밤에 이 주변을 서성였던 거군… 들키지 않아야 하는데…."

라울이 잇새로 웅얼대더니 이렇게 결론을 내렸다.

"그건 두고 볼 일이고… 펠리시앵, 날이 밝는 대로 롤랑드 가브렐에게 전화를 해서… 제롬의 서명이 담긴 종이를 찾다가 없어도 놀라지 말라고 전해줘요. 사실, 오전 9시 반에 예심판사가 오기로 되어 있는데 당신과 롤랑드 두 사람이 예심판사에게 시달리지 않으려면 보석함의 종이를 빼두는 것이 나을 것 같아서 그렇게 했소이다."

펠리시앵이 당황하며 말했다.

"아니, 어떻게! 어떻게 그걸…."

라울이 자리를 뜨며 말했다.

"어쨌든 롤랑드에게 걱정할 것 없다고 해주시오. 그리고 조만간 내가 보러 갈 것이라고도 전해주시오. 우리도 그때 봅시다. 알겠소?"

8
프리네 조각상

루슬랭은 약속 시간에 정확히 맞춰 왔다. 오전 9시 반에 라울이 아침 식사를 막 끝낼 무렵, 루슬랭은 예심판사가 아니라 크루아시 지역의 한가로운 잉어들을 방해하러 온 낚시꾼의 차림으로 왔다. 종 모양의 낡은 밀짚모자를 쓰고 노란색 작업복 바지, 천막용 직물로 된 신발 차림이었다.

라울이 외쳤다.

"멋지군요, 예심판사님! 오늘은 아주 근사한 날이 되겠군요! 그 지긋지긋한 사건을 조금은 잊을 수 있는 기회 같습니다."

"그렇게 생각합니까?"

"그럼요, 틀림없이 그럴 겁니다."

"이 사건의 결말을 보여주기 위해 날 부른 것 아닙니까? 간밤에 일어난 일이요."

"일이 일어나긴 했죠."

"하지만 라울 다베르니 씨에게 행동할 자유를 주면서 내가 기대하고 있던 그 결과물은 아직 안 보이는 것 같군요."

"그건 내일 드리면 안 될까요?"

"내일은 너무 늦습니다."

라울이 루슬랭을 바라봤다.

"새로운 소식이 있는 거죠, 예심판사님?"

루슬랭이 웃음을 터뜨렸다.

"그렇습니다, 다베르니 씨… 새로운 소식이 있죠. 그런데 우리가 한 약속과는 달리 놀라운 소식을 전할 사람은 당신이 아니라 제 쪽인 것 같습니다."

루슬랭이 잠시 주저하다가 말을 이었다.

"…한 시간 반 전에 샤투 경찰서장이 파리 시 경찰청에 전화를 걸어 알려준 소식입니다. 제롬 엘마가 베지네의 자택 현관에서 죽어 있는 것을 가정부가 발견했다고 합니다. 자기 심장에 권총을 발사해 자살했다는군요. 금방 들어온 것인지 대문도 열려 있었다고 합니다. 구소 형사가 현장으로 파견되었습니다. 전 기차에서 내리면서 소식을 들은 거고요."

라울이 동요하지 않고 말했다.

"논리적인 결말이군요, 예심판사님. 스스로 죗값을 치른 거죠."

"다만 제롬 엘마가 자신이 범인임을 고백하는 유서를 전혀 남기지 않은 것 같아 유감입니다. 자살만으로는 자백했다고 보기는 힘드니까요. 그리고 결혼한 제롬 엘마가 신혼집이 아니라 옛집으로 가서 자살했다는 것도 이해가 안 갑니다."

"롤랑드 가브렐과 펠리시앵 샤를, 그리고 제 앞에서 자백했기 때문에 그렇게 행동한 거죠."

"말로 한 자백이었겠죠?"

"글로 남겼습니다."

"가지고 있습니까?"

"여기 있습니다."

라울은 제롬 엘마의 서명이 담긴 종이를 내밀었다.

루슬랭이 만족해하며 큰 소리로 말했다.

"이번에야말로 제대로군요. 뭔가 해결된 듯한 느낌입니다. 하지만 의문점 하나 없이 완전히 깔끔하게 마무리되려면 몇 가지를 설명해주셔야 할 것 같습니다. 일종의 자백 같은 것이라 할 수 있지만….."

라울이 쾌활하게 대답했다.

"기꺼이 그러죠. 그런데 누구를 상대로 자백을 해야 하는 건가요? 사법 당국을 대표하는 루슬랭 예심판사님? 아니면 너그러운 이성과 세밀한 감성, 그리고 인간미를 갖춘 낚시꾼 루슬랭? 전자라면 입을 조심해야겠지만 후자라면 허심탄회하게 털어놓을 수 있습니다. 그리고 어떤 부분을 대중에게 공개할지, 공개하지 말아야 할지 합의할 수도 있고요."

"예를 든다면요, 다베르니 씨?"

"예를 들어 펠리시앵 샤를과 롤랑드 가브렐은 서로 사랑하는 사이다. 두 달 전 사건이 일어났을 때 펠리시앵이 보트를 탄 건 슬픔에 젖은 롤랑드를 만나러 가기 위해서였다. 펠리시앵이 의심을 받으면서도 적극 해명하지 않은 것은 롤랑드의 명예를 보호하기 위해서였다… 이런 부분은 대중에게 공개하지 않고 비밀로 남겨둬도 되지 않겠습니까?"

감성이 예민한 루슬랭은 눈가가 이미 촉촉하게 젖어 있었다.

"여기에 있는 것은 낚시꾼 루슬랭입니다, 다베르니 씨. 허심탄회하게 이야기해도 됩니다. 이미 경찰청에서 다베르니 씨가 일시적으로 제게 협조한다고 말한 바 있고 그동안 많은 공헌을 한 것도 알고 있으니 더더욱 허심탄회하게 말씀하셔도 됩니다. 다베르니 씨의 과거 문제가 좀 있지만 경찰 내부에서도….”

“조금 골치 아픈 과거 말입니까?”

“그렇습니다. 지나치게 엄격한 일부 법률을 지키지 않은 과거가 있긴 하지만 경찰 내부에서도 **바람직한** 인물로 생각되고 있습니다. 그러니 어서 말씀해보십시오, 다베르니 씨.”

루슬랭은 궁금해서 가슴이 두근거리는 것 같았다. 뿐만 아니라 라울 다베르니가 이런저런 암시를 하며 호기심을 더욱 키워주었기에 루슬랭은 낚시꾼으로 온 것도 잊은 채 **클레르 로지**에 오랫동안 머물러 푸짐한 점심도 대접받았다. 그리고 오후 3시까지 다베르니가 아르센 뤼팽으로서 슬슬 꺼내는 흥미로운 속내 이야기에도 정신없이 귀를 기울였다.

헤어질 시간이 되자 루슬랭은 감격한 목소리로 말했다.

“다베르니 씨, 덕분에 살면서 가장 흥미로운 하루를 보낸 것 같습니다. 이제 사건을 모든 각도에서 보게 되었고 전적으로 당신의 생각에 동의합니다. 신중하게 따져서 공개할 사건입니다. 살인 사건이 있고 그걸 부추긴 물질적인 동기가 있긴 하지만, 진정으로 아름다운 사랑 이야기라고도 할 수 있는 사건이군요. 증오심과 복수심이 뒤섞인 모험담이기도 하고요. 우리의 아름다운 롤랑드가 어떻게 자신의 역할을 그렇게 끝까지 할 수 있었는지… 정신력이 대단하군요! 치밀하고요!”

“그것 말고 제게 묻고 싶은 것은 없습니까, 예심판사님?”

"있습니다. 두 가지 점이 좀 궁금… 아니, 세 가지 점이라 해야겠군요. 그냥 단순한 호기심입니다만….'

"말씀해보시죠.'

"첫째, 펠리시앵에 대해서는 어떻게 하실 겁니까? 펠리시앵이 진짜 아들이라고 생각하십니까?"

"모르겠습니다. 앞으로도 잘 모를 것 같습니다. 하지만 펠리시앵이 내 아들이라 해도 펠리시앵을 대하는 제 행동은 변함이 없을 겁니다. 펠리시앵에게 사실을 알려준다거나 그러지는 않을 겁니다. 차라리 자신을 사생아로 알고 사는 게 낫죠. 누군가의… 예심판사님도 잘 아는 그 누군가의 아들이라는 것을 알기보다는요… 동의하시나요?"

루슬랭은 가슴이 먹먹해진 채 대답했다.

"물론입니다. 두 번째, 포스틴은 어떻게 된 겁니까?"

"아직 수수께끼입니다. 찾아봐야죠.'

"다시 만나볼 생각이 있습니까?"

"그렇습니다.'

"왜죠?"

"보통 예쁜 게 아니지 않습니까. 포스틴이 모델을 선 프리네 조각상이 머릿속을 떠나지 않습니다."

루슬랭도 다베르니가 느끼는 감정과 욕망은 이해가 된다는 듯이 다시 한 번 깍듯하게 고개를 숙이고는 말을 이었다.

"세 번째, 복잡한 이번 사건에서 묵직한 은행권 다발이 담긴 회색 헝겊 자루는 중요하지 않다고 생각하시는 거죠? 그러니까 그 엄청난 돈은 영원히 사라진 것이 아니라는 겁니까?"

"그렇게 생각합니다. 누군가 수혜자가 있겠죠."

"그게 누구죠?"

"그건 말씀드리기가 곤란합니다… 다만 다른 사람보다 머리가 좋은 누군가가 시몽 로리앙과 제롬이 몸싸움을 벌인 그 장소 주변을 열심히 관찰했겠죠. 두 사람이 부상을 당해 정신이 없을 때 돈 자루는 풀밭의 어느 구덩이에 떨어졌을 겁니다."

루슬랭은 라울 다베르니의 말을 되뇌었다.

"다른 사람보다 머리가 좋은 누군가… 아무리 생각해도 당장에 떠오르는 사람이 없는데요…."

"있습니다… 있고말고요."

라울은 그렇게 중얼거리고는 탁자 위에서 담배 한 개비를 꺼내 불을 붙이고 생각에 잠겼다.

루슬랭은 별 뜻 없이 되뇌인 말이었는데, 라울의 태도를 보면서 감이 왔다. 지금 자신과 이야기를 하는 라울이야말로 필립 가브렐에게는 더 이상 필요 없어진 보물을 슬쩍 챙기는 편이 나을 것이라고 판단을 할 똑똑한 사람이 분명했다. 어차피 아무도 관심 없는 구덩이 속에 빠진 물건 아닌가.

루슬랭은 눈을 크게 뜨고 라울을 바라봤다. 눈빛으로 루슬랭은 이렇게 말하고 있는 것 같았다.

'보통 인물이 아냐! 세련된 기품이 넘쳐흐르지만 도둑의 본성은 유지하고 있다니… 다른 사람의 행복과 안전을 위해 자신을 내던지면서도 다른 사람의 지갑을 슬쩍할 기회도 놓치지 않으니까… 이 사람과 헤어지면서 악수를 청해도 되는 건지….'

라울은 루슬랭의 마음을 읽었는지 미소를 지으며 말했다.

"예심판사님, 그런 사람이 한 건 한 정도는 그냥 너그럽게 눈 감아 주는 편이 낫다고 생각합니다. 평범한 사람의 호주머니를 털자는 것이 아니라 필립 가브렐처럼 비열한 탈세자를 혼내기 위해 슬쩍한 것이니 정정당당한 신사라고 할 수 있지요."

그리고 쾌활한 목소리로 덧붙였다.

"예심판사님, 어쨌든 난 이번 사건이 내 마지막 모험이 될 것이라 생각합니다… 이제는 나도 맑은 공기를 쐬고 싶고 좀 더 점잖은 일을 하고 싶습니다. 지금까지 남을 위해서만 열심히 살아와서 그런지 이제는 좀 더 내 자신을 돌보고 싶습니다. 그렇다고 수도원 같은 곳에 틀어박혀 있겠다는 건 아니고… 제 생각이 그냥 그렇다는 거죠. 그리고… 이해하시겠지만 소박한 바람이 있다면 내가 사람들 앞에 더 이상 나타나지 않을 때 이런 말을 해주셨으면 좋겠습니다. 꽤 괜찮은 사람이었다고… 나쁜 놈이기는 해도 괜찮은 사람이었다고 말입니다…."

루슬랭은 라울과 헤어질 때 악수를 청했다.

"작별 인사를 하려고 왔습니다. 롤랑드… 그리고 펠리시앵에게도요. 난 떠나기로 했습니다! 세계 일주를 하거나 뭐, 그럴 겁니다. 여기저기 사는 친구들이 날 보고 싶어 하는군요. 롤랑드, 몇 가지 미안하다는 말을 할 것도 있고 나에 대해 비난을 하지 않아 감사하다는 말도 하고 싶군요. 그래요, 인정합니다. 제가 조금 잘못한 점이 있었죠. 예심판사에게 주기 위해 보석함 속 종이를 훔친 것은 죄송했습니다. 하지만 그것뿐만이 아닙니다. 신혼 첫날밤 일에 대해서도 자세히 알고 있습니다. 어떻게 알았냐고요? 사실, 발코니에서 제일 좋은 위치에 자리 잡고 모든 것을 다 보고 들었습니다. 뿐만 아니라 캉의 조르주 뒤그리발 서재에도 찾아갔다가 펠리시앵 씨가 금고를 뒤지는 모습을 전부 보게 되었죠. 그 외에도 비밀리에 한 일들이 있습니다. 하지만 당신도 이에 대해 어느 정도는 책임이 있다고 말씀드릴 수 있습니다. 기억하겠지만 내게 조언을 구한 적이 있었고 그때 우리가 손을 잡고 협력할 수 있다고 믿었습니다. 그런데 언젠가부터 갑자기 입을 꾹 다물고 있기만 했습니다. 뭐든 돕겠다는 친구에게 등을 돌린 셈이죠. '안녕히, 라울. 이제 각자 알아서 하죠!'라고 말한 것이나 다름없었습니다. 그리고 펠리시앵, 날 믿으라고 여러 번 말했지만 그러지를 않았소. 연못을 몰래 건너갔으면서 내게 '사랑하는 여인에게 갔다 왔습니다'라고 솔직하게 말하지 않고 침묵으로 일관했지. 그래서 일이 어떻게 되었소? 서로 두 편으로 나뉘어 일을 제대로 해결하지 못했소이다. 각자 신통치 않은 결과만 봤지. 나도 갈팡질팡했으니까. 루슬랭과 협력하다가도 루슬랭 몰래 일을 벌였고, 당신의 결백을 믿고 롤랑드와 제롬을 이번 사건의 공범으로 생각하기도 했소. 이미 지나간 일이지만 말이오. 롤랑드가 한 행동이 증오심에서 비롯되었다는 것을 당시 난 알지 못했소. 증오는 거리에서 흔히 만나는 평범한 감정이 아니지. 롤랑드가 품은 증오심은 정상적인 감정은 아니오. 당연히 증오심에 휩싸이다 보면 무모하게 행동하게 되지."

라울은 롤랑드 곁에 앉아 부드럽게 손을 잡았다.

"롤랑드, 결혼식까지 올린 것은 정말 너무한 행동이었다고 보지 않나요? 그 때문에 졸지에 결혼한 여자가 되었고 제롬 엘마와 같은 성을 가져 엘마 부인이 되었으니까요. 진정한 신혼 첫날밤을 복구하려면 여러 달 동안 이런저런 수고를 해야 하고 귀찮은 절차를 밟아야 합니다. 당신이 날 진정한 친구로 대했다면 그런 바보 같은 행동을 하게 놔두지 않았을 겁니다. 당신이 같은 목표에 갈 수 있는 다른 방법은 열 가지가 넘어요. 예를 들어 연인 펠리시앵에게 '지난번에 내 방 창문 아래까지 몰래 보트를 타고 발코니까지 올라왔던 그 실력으로 이번에는 제롬의 집에 들어가 그가 훔친 반지를 가져와주었으면 좋겠어요. 그러면 반지 두 개를 비교할 수 있지 않을까요?'라고 부탁했으면 일이 더 깔끔하게 처리되었을 겁니다. 더구나 당신이 바랐던 것은 제롬을 경찰에 넘겨 단두대에서 처형하게 만드는 것이 아니라 제롬의 목표를 좌절시키고 이 집에서 내보내는 것에 불과했죠. 우리 솔직해지죠, 롤랑드⋯ 이 정도면 라울 다베르니에게 모든 것을 맡기는 편이 나았을 것이라고 인정해야 하지 않을까요?"

롤랑드는 뭔가 대답을 하려고 했지만 그녀의 미소만으로도 라울은 어떤 대답이 나올지 짐작이 갔다. 하지만 라울은 대답을 기다리지 않고 말을 계속 이었다.

"대답 안 해도 됩니다. 그런 말을 들으려고 여기 온 것은 아니니까요. 간단하게 연설도 하고 당신에게 해결책을 알려주고 축하의 말을 하기 위해 여기에 온 겁니다. 롤랑드, 펠리시앵과의 결혼을 진심으로 축하합니다. 나도 한때는 펠리시앵에 대해 잘못 생각해 불량한 청년이라고 믿을 뻔한 적이 있습니다.

하지만 알고 보니 사랑을 제대로 할 줄 아는 남자더군요. 용기도 있고 끈기도 있고. 내가 우정을 외면한 적도 있지만 그를 계속 돌봐주었으니 펠리시앵도 내가 원망스럽지는 않을 겁니다. 전부 그가 잘되기를 바라서였으니까. 펠리시앵은 당신이 받을 만한 행복, 완벽한 행복을 안겨줄 겁니다. 그리고 이건 내 결혼 선물인데… 꼭 받아야 합니다. 당신이라면 당연히 받을 만하고 그래야 나도 기쁠 테니까요… **클레르 로지**의 공사는 거의 마무리 단계입니다. 펠리시앵, 또 의뢰할 일이 있소. 니스를 내려다보는 곳에 내 이름으로 되어 있는 오래된 건물이 있소. 올리브 나무들이 멋진 땅도 있는데 거기서 마음 편히 지내면서 날 위해 멋진 일을 해주시오. 당신도 마음에 들 거요. 앞으로 약 보름 정도 후에 루슬랭 씨도 만나보고 사건이 완전히 종결되면 두 사람이 함께 니스로 가서 살도록 하시오. 여기서 멀리 벗어나 마음 편히 쉴 필요가 있소. 롤랑드, 포옹을 해도 되겠습니까?"

라울은 펠리시앵이 깜짝 놀랄 정도로 아주 다정하게 롤랑드를 안았고 펠리시앵도 안았다. 그리고 펠리시앵의 두 손을 잡고는 얼마간 지긋이 바라봤다.

"당신에게는 이것 말고도 다른 할 이야기가 좀 더 남아 있을 거요. 신들이 돕는다면 나중에 할 기회가 있겠지… 분명 그럴 거요. 내가 그런 운은 있으니까."

라울은 다시 한 번 펠리시앵을 껴안았다. 그리고 놀란 표정으로 먹먹히 있는 두 남녀를 남겨두고 갈 길을 갔다.

라울은 1년 넘게 여행을 했다. 여행 중에도 롤랑드, 펠리시앵과 편지를 주고받았다. 펠리시앵은 설계한 도면을 보냈고 라울에게 자주 조언을 구했다. 그러면서 펠리시앵은 라울에 대한 신뢰감을 점점 드러내고 있었다. 하지만 라울은 그 이상의 가까운 관계는 이루어지지 않을 것이라는 생각을 했다.

'분명 클라리스 데티그와 나 사이에서 난 아들이야. 하지만 그렇다고 내가 펠리시앵을 많이 안다고 할 수 있을까? 내가 아버지로서의 마음가짐을 갖고 있다고 할 수 있을까?'

그래도 라울은 기뻤다. 칼리오스트로 백작부인의 복수는 이루어졌지만 효력은 발휘하지 못했기 때문이다. 라울은 가끔 빈정거리며 혼잣말을 했다.

"조제핀 발사모, 당신은 실패했어… 아이는, 펠리시앵이 진정으로 그 아이라면 말이야… 도둑도, 살인자도 되지 않았고 우리 부자 사이는 아주 좋으니까. 당신이 실패한 거야, 조제핀…."

라울이 예상한 대로 **클레마티트**와 **오랑주리** 사건은 종결되었다. 한편, 토마 부키는 운 나쁘게도 감옥에서 나오기 힘들게 되었다. 이번 사건의 범인이 밝혀졌으니 토마 부키는 감옥에서 나오는 것이 맞지만 안타깝게도 이후 조사 과정에서 또 다른 범죄 행각이 드러난 것이다. 유행성 독감에 걸린 덕에 바로 벌을 받는 것은 면했지만 조만간 도형수가 되어야 할 운명이었다.

15개월이 지나고 라울은 프랑스로 돌아와 코트다쥐르의 멋진 토지에 도착했다. 거기서 라울은 대규모 화훼 농장을 만들고 있었다.

어느 날 라울은 몬테카를로의 어느 도박장에서 우연히 한 귀부인을 보게 되었다. 눈부신 미모에 찬사를 던지는 남자들이 그녀의 주변을 둘러싸고 있었다. 그 귀부인 뒤에 자리를 잡게 된 라울은 조용히 중얼거렸다.

"포스틴….."

귀부인이 얼른 고개를 돌렸다.

"당신이에요?"

포스틴이 미소를 지으며 묻자 라울이 대답했다.

"그래요, 나예요… 당신을 여기저기서 열심히 찾아다녔지!"

두 사람은 얼른 밖으로 나와 멋진 풍경 속을 산책했다. 라울은 지난 이야기를 하다가 벤치 위에서 포스틴이 펠리시앵을 품에 안았던 날 밤에 대해 물었다.

"사실, 품에 안은 것은 아니었어요. 내 어깨에 기대 울고 있었거든요."

"울었다고?"

"그래요. 펠리시앵은 제롬 엘마를 몹시 질투하고 있어서 제롬과 롤랑드의 결혼을 끔찍하게 생각하고 있었죠. 너무 고통스러워하기에 어느 날 저녁 따뜻하게 위로해준 거죠."

라울은 포스틴이 알지 못하고 있는 롤랑드와 제롬의 결혼 첫날밤 이야기를 자세히 들려주었다. 그리고 라울은 갑자기 포스틴을 돌아봤다.

"그나저나 포스틴, 당신이 맞죠?"

"나라니, 뭐가요?"

"당신은 제롬이 범인이라는 것을 확신했고 롤랑드에게 쫓겨

날 것이라고 예상했죠. 그리고 제롬이 정체가 탄로 날 것이 두려워 도망치기 전에 우선 자기 집부터 들를 것이라는 사실도 예상하고 있었어요."

"그래서요?"

"제롬의 집 문 앞에서 숨어서 기다리고 있었겠죠… 제롬이 문을 열 때까지 기다렸다가 문이 열리자 얼른 총을 발사했겠지… 그런 거였죠? 제롬은 자살을 할 만한 위인이 못 되거든."

포스틴은 대답 대신 저 멀리 희미한 수평선을 손으로 가리켰다.

"저 너머가 우리 고향이에요… 코르시카… 이곳에서도 어렴풋이 보일 때가 있죠. 저곳에서는 피해를 입은 사람이 유일하게 행복을 누릴 수 있는 방법이란 복수를 완성할 때뿐이죠…."

"그래서 행복합니까, 포스틴?"

"아주 행복해요. 과거가 깔끔하게 결말을 맞았기 때문에 행복해요. 그리고 현재 때문에도 행복하죠. 어느 부유한 이탈리아 귀족이 내게 마음을 바치고 제노바에 있는 장밋빛 대리석 궁전을 선물했거든요."

"결혼을 했단 겁니까?"

"그럼요."

"그 남자를 사랑합니까?"

"그는 일흔다섯이에요. 라울, 당신은 행복한가요?"

"글쎄요… 뭔가가 부족하지만 않았어도 지금쯤 행복할 텐데 말입니다…."

"그게 뭐죠?"

두 사람의 시선이 마주쳤다. 포스틴의 얼굴이 빨개졌다. 라울은 이렇게 중얼거렸다.

"하나도 잊지 않았습니다… 비록 이루어진 일은 아니지
만…."

포스틴도 조용하게 답했다.

"이루어지지 않았다면 그럴 만한 가치가 없어서겠죠."

라울은 포스틴을 발끝에서 머리끝까지 자세히 살폈다.

"하나도 잊지 않았습니다…."

라울이 다시 중얼거렸다.

잠시 후 포스틴은 노골적으로 대꾸했다.

"증명해보세요."

"증명하라고?"

"그래요. 이루어지지 않은 일에 아쉬움을 품고 추억을 간직
하고 있다는 증거를 보여주세요."

"아쉬운 감정 이상이죠, 포스틴."

"그러니까 증명을 해달라는 거죠."

"그럼, 하루만 시간을 줄 수 있습니까? 내일 이 시간에 당신
을 여기에 다시 데려다주죠."

포스틴은 라울을 따라 자동차에 올랐다. 두 사람이 탄 자동
차는 출발한 지 한 시간 만에 니스를 굽어보는 언덕 꼭대기 쪽
으로 달렸고 아스페르몽이라는 마을 근처에 도착했다.

대문이 열렸다. 포스틴은 기둥 두 개에 적힌 별장의 이름을
읽었다.

"포스틴 별장."

포스틴은 감동을 받았지만 이렇게 중얼거렸다.

"추억의 증거는 맞지만, 아쉬움의 감정은 느껴지지 않네요…."

"희망의 증표입니다. 언젠가 이 별장 안에서 당신을 다시 만나게 되리라는 희망…."

포스틴이 고개를 흔들었다.

"라울, 당신 같은 남자라면 기둥 두 개 위에 새겨진 별장 이름보다 더 나은 것을 내게 줄 수 있을 거예요."

"물론 더 나은 게 있죠. 실망하지 않을 겁니다. 하지만 그 전에 한마디만 하죠. 포스틴, 왜 처음부터 당신은 내게 적대적으로 나왔습니까? 단순히 경계하는 것이 아니라 원한과 분노도 품고 있는 것 같았죠. 왜 그랬는지 솔직하게 말해줘요."

포스틴은 다시 얼굴이 빨개지더니 작게 속삭였다.

"그래요, 라울. 당신이 미웠어요."

"왜죠?"

"아무리 해도 당신이 미워지지 않아서…."

라울이 열정적으로 포스틴의 팔을 잡았다.

두 사람은 평지에서 평지로 연결되는 산길을 올랐다. 깎아지른 듯한 산과 알프스에 눈이 쌓인 풍경이 나무들 사이로 보였다 이내 사라졌다.

두 사람은 큰 정자의 이중 기둥이 둘러싼 꼭대기 평지까지 올라갔다.

한가운데에 여신의 자태가 그대로 살아 빛나고 있는 프리네 조각상이 서 있었다!

"오!"

감동한 포스틴이 더듬거리며 말했다.
"나야! 나라고!"

포스틴은 자신의 이름을 딴 이 별장에서 12주 동안 머물렀다.